ライトノベル・クロニクル 2010—2021

飯田一史

LIGHT NOVEL CHRONICLE

Ichishi Iida

スムウズな文学はつまらない。

――北園克衛『サボテン島』より

はじめに

一年五作で二〇一〇年から二〇二一年までのラノベを語る

マンガ原作者で評論家の大塚英志は、日文研大衆文化研究プロジェクト『日本大衆文化史』（KADOKAWA、二〇二〇年）において、いわゆる「お約束」や共通前提（歌舞伎でいう「世界」）を踏まえながら新要素（同じく歌舞伎でいう「趣向」）を採り入れて作品が生み出されていくという二次創作的とも言える仕組みが「文化」であり、それは「群としての作者」（柳田國男）が担ってきたという見立てを採用した。

ライトノベルもまた、作家と読者とが共有するお約束（「世界」）を踏襲した上で、商業出版だけで月に数十冊は刊行される本の書き手の群れが、それぞれに新たな「趣向」を採り入れながら、少しずつ変化をしているジャンルだ。

本書はこの十年余りのラノベジャンルの運動を紹介し、論じるものである。この本は「二〇〇〇年代における『ハルヒ』のように、ラノベに詳しくない人が一〇年代以降のラノベで『とりあえずこれ読んどけばいいのか』とわかって、流れが五〇作くらいで理解できるものが欲しい」という編集者のオーダーから生まれた。

十年をたった五〇作で語るのは、言うまでもなく乱暴だ。誰がどう選んでも完璧なラインナップにはなりえない。だが、月に何十冊も読む「ラノベ読み」や業界関係者以外に「だいたいこんな作品や動きがあった」と伝えるなら、絞った方がわかりやすいのも間違いない。

その年にアニメ放映された作品の中から累計発行部数順に選ぶ（＋出版産業史的重要作）

　ではどう選ぶか。ラノベの刊行点数は非常に多い。筆者も到底、全体を網羅しているとは言えない。一方で作品の多様さを利用して、筆者が個人的に好きな作品や、論を立てる上で都合のよい作品だけをセレクトしていけば「流れ」を捏造することもできる。本書は客観的な記述を目指す「研究」の書ではなく、この十年余りのラノベの大ざっぱな動きを紹介し、また「批評」するものではある。だがそうした本の趣旨を考えても、視点を設定し、ある程度納得感のある選別をした上で論じ、そこから見える景色を提示する必要がある。

　どんな視点から語るか。この本では「現象（時事風俗／流行商品）としてのライトノベル」を語っていく。個別の作品論や作家論を深掘りするというより、それとともにヒット作品に関連する現象、トピック、論点を語っていくというスタイルにした。それによって五〇の作品論を書く以上の広がりを描く。

作品はどう選ぶか。一〇年で五〇作だから一年五作とし、基本的には「その年にTVアニメが放映された作品」の中から、なるべく累計発行部数の大きい順に選んだ。その作品のアニメ放映時が、もっとも時事風俗、消費物としての関心が高まるからだ。

ただし、商品としてのラノベの変遷を語っていく以上、出版産業史的な視点は外せない。一〇年代以降のラノベには「なろう系」の台頭、ボカロ小説の流行、ライト文芸のジャンル的確立などいくつもの重要な変化があった。こちらの観点から〝はじまり〟として、あるいははじまりが重要な作品に関しては「TVアニメ放映年」ではなく「刊行年」や「連載開始年」を起点として入れている。たとえばボカロ小説の起点は一〇年刊の『悪ノ娘』にあり、この作品は一〇年に取り上げた。

ようするに、特に売れた作品を中心に取り上げた上で「どんな特徴があり(どんな「世界」をベースとし)、先行作品からどうアレンジした(「趣向」を加えた)のか、それはどのように評価できるか」「どんな影響を及ぼしたか」「前後の時代/文化の流れからどう位置づけられるか」といったことを見ていくことにした。時事風俗として扱う以上、同時代の隣接ジャンルの動き、社会や政治とも関連付けて語っている。

巨視的に見ればラノベは「群れ」が作り出す運動である。ただし、当事者や読者のリアルタイムの意識としては「個」（個別の作品・作家）として認識されている。「群れ」として完全に突き放して記述するには、論者（筆者）と対象（作品・作家）が生きた時代が近すぎる。といって「個」としてのみ扱うにも、先行作品やその後の作品との関係を無視して語っては片手落ちになる。だから本書での個々の作品の論じ方も、群れとしての扱いと個としての扱いの間を揺れていることは正直に断っておかねばならない。

また、筆者の守備範囲の問題から「女性向け」とされる作品はほとんど扱えていない。女性向けのラノベの重要作も多数取り上げて紹介し、論じた本としては嵯峨景子、三村美衣、七木香枝『大人だって読みたい！ 少女小説ガイド』（時事通信社、二〇二〇年）がある。女性向けに関してはそちらの本を参照されたい。

なぜラノベは時事風俗として語るべきだと考えたのか？

ジャンル的背景

ライトノベルはヒットすると——一〇年代後半以降では書籍がヒットしなくてもウェブで人気であれば——マンガになる。ヒットすると、模倣作品があらわれる。そして書籍もマンガも売れた一握りの作品がアニメになる。アニメの影響で、それと似たようなラノベが増える。

だから短期的に見ると「似たようなものばかり出ている」ように映る。「世界」を共有する「群れとしての作者」の生み出す文化とは、そういうものだ。

しかし五年、一〇年単位で見れば、明らかに変化している。次々に生み出される作品は「似ている」としても「同じ」ではなく、新たな「趣向」が付け加えられていくからだ。ＳＦやミステリーといったジャンル小説同様に、先行作品を踏まえた上で少しずつ変化していくジャンルの運動がラノベにもあり、それを牽引するのは大抵ヒット作である。むろん漸進的な変化の文脈とは別に、突然変異的に現れるヒット作もまれにあるが、こちらも結局は模倣されることが多い（売れたのにフォロワーが現れなかった作品は、それはそれで取り上げたつもりだ）。だから本書の趣旨に従うのであれば、商業的に牽引した作品群を通じて、ジャンルの運動／連鎖を大まかに記述するのがいいと筆者は考える。

ラノベは純文学やミステリー、ＳＦなどとは異なり文学賞は事実上存在せず、権威や有識者による評価が市場を左右することがあまりない。年間ランキングを決める『このライトノベルがすごい！』などは、『このミステリーがすごい！』や『ＳＦが読みたい！』あるいは各種文学賞とは異なり、作家や批評家が投票や合議によって決めるのではなく、ほぼ読者による人気投票である。そのうえ『このラノ』ランキングで上位に入っても売上が伸び悩み、早々に打ち切られた作品もある（言葉を選ばずいえば『このラノ』の影響力は「小さくはないが大きくもない」）。

ほかのジャンルでは「名作」は古本市場でそれなりの値段が付き、ロングセラー化するが、ラノベは少し前に売れた作品はブックオフのような新古書店で１００円＋税で売っていて、顧みられることは少ない。「読み継がれる名作」がほとんど存在せず、時事風俗として流れていく。だから本書は、時事風俗／流行を彩った商品としてのラノベの上澄みであるヒット作を扱う。

年次区切りに関するお断り

ただ本来、ラノベに関して厳密に「この年にこういうことが起こった」「この年を代表する作品はこれ」と語ることは難しい。

ヒット作の影響は、シリーズ刊行年からゆるやかに増し、最初のアニメ化を機に最大化し、大半は徐々にフェイドアウトしていくが、その後も一部の作品は中長期的に影響を持つ。つまり構造的に年次で区切って語りづらい。たとえば戦記ラノベブームは〇八年頃におおよそ起点があり、一三年に爆発したとみられているが、このジャンルに属する『魔弾の王と戦姫』のアニメ化は一四年、『天空のアルデミラン』は一六年だ。現象を語り、時代の変化を語っていくには、本当は年区切りが馴染まない部分もある。といってクロニクル形式以上のわかりやすい記述の方法も、筆者には思いつかなかった。本書では、現象と年次区切りの相性の悪さから「なぜこの年にこの作家のこの作品を？」と思われるであろうセレクトがいくつもある。なぜこの年なのかと特に思われそうな作品については文中でフォローしたが、それがなくてもここまで記述してきたような「現象」（時事風俗＋出版産業史的観点）を語るがゆえの時間的な「幅」については理解いただけるとありがたい。通して読めば、直線的にではなく層が折り重なるようにしてゆるやかに、徐々に変化していく過程は体感できると思う。

　また、極力「アニメ化した年に取り上げる」、つまり現象がピークに達するタイミングで取り上げるという方針ゆえに、既に進行している現象に対する「遅れ」がどうしても生じることもあって、一九年までの一〇年分ではなく二〇年、二一年分も加えて「一〇年代ラノベ」を語る本とした。

本書は熱心なラノベ読者に向けて一〇年代以降のラノベを網羅的に論じたものではない。ジャンルに詳しくない人（特に文化批評の読者）に向けて、もっとも売れた作品群を中心に取り上げ、一作品あたり二〇〇〇字程度の論評を五〇作品（＋二〇年、二一年分の一〇作）分提示することで、おおまかな見取り図と論点を提供するものだ。補足として収録したいくつかのコラムと合わせて、このジャンルの特徴と変化を知る足がかりにしてもらえれば幸いだ。

目次

2010

この年放映された小説原作のTVアニメ

『あそびにいくヨ！』『いちばんうしろの大魔王』『えむえむっ！』『オオカミさんと七人の仲間たち』

『俺の妹がこんなに可愛いわけがない』『刀語』『屍鬼』『心霊探偵八雲』『デュラララ!!』『伝説の勇者の伝説』

『とある魔術の禁書目録II』『バカとテストと召喚獣』『迷い猫オーバーラン！』『四畳半神話大系』

『れでぃ×ばと！』

創刊したレーベル

○ライトノベル
PHP研究所スマッシュ文庫、宝島社このライトノベルがすごい！文庫
○ウェブ小説書籍化
アルファポリス・レジーナブックス、エタニティ文庫

関連トピック

DeNA、SNSサイト「モバゲータウン」内の小説コーナーを発展させたウェブ小説投稿サイト「E★エブリスタ」開設
ソーシャルゲームがブームに
ラノベ出身作家・桜庭一樹が『私の男』で直木賞を受賞
角川スニーカー大賞出身作家・冲方丁の『天地明察』が本屋大賞受賞
岩崎夏海『もし高校野球の女子マネージャーがドラッカーの『マネジメント』を読んだら。』がベストセラーに
「小説家になろう」運営がヒナプロジェクトとして法人化
角川学園小説大賞優秀賞受賞作・高木敦史『"奈々子さん"の戯曲』ウェブ上で全文公開
藤木稟『バチカン奇跡調査官』が角川ホラー文庫から文庫化されてヒット。ホラー文庫の女性読者獲得につながる

とある魔術の禁書目録《インデックス》

（電撃文庫）

鎌池和馬

二〇〇四年～刊行中
TVアニメ第1期二〇〇八年一〇月～〇九年三月、第2期一〇年一〇月～一一年四月、
第3期一八年一〇月～一九年四月放送

超長編化して続くラノベ界の『ONE PIECE』

刊行開始は二〇〇四年だが、『このラノ』の人気キャラランキングでは一〇年代にもヒロイン御坂美琴は上位をキープ。『新約』『創訳』とシリーズを区切りながら二一年現在終わる気配のないラノベ界の『ONE PIECE』が『禁書』だ。二〇〇〇年代から一〇年代、二〇年代への変化を記述していくにあたっての起点として、ここで取り上げた（『俺の妹がこんなに可愛いわけがない』『バカとテストと召喚獣』も同様）。ラノベで最も人気のあるジャンルはバトルとラブコメだ。「戦い」「恋愛」「コメディ」要素

のない作品の需要はラノベでは少ない、というのが二〇〇〇年代後半以降の傾向だった。

バトルものを象徴するのが本作だ。戦いをメインにし、恋心や笑いも描く。超能力者が集められた学園都市で「レベル0」と呼ばれる無能力者・上条当麻は、実はすべての異能の力を打ち消す右腕イマジンブレイカーの持ち主。当麻は空から落ちてベランダにぶら下がっていたシスター「インデックス」と出会ったことで、科学と魔術の争いに巻き込まれていく。『ジョジョの奇妙な冒険』に代表される、特殊能力の持ち主同士が戦う「能力バトル」ものだが、ラノベでは「異能バトル」と呼ばれる（学園ものと合体したものは「現代学園異能」とも言われた）。炎や重力を操る異能力者に対して当麻は敵の力を無効化しながら接近し、相手の理屈に対して説教しながら「その幻想をぶち殺す！」と言って殴る。バトルものでしばしばあるように、物語のスケールはインフレし、当麻が第三次世界大戦を終結させると新シリーズ『新約』に突入、それも一段落すると『創訳』が始まり、物語は続く。

本作で「魔術」サイドとされるのはキリスト教をモデルにした宗教勢力だ。本作はキリスト教モチーフの娯楽作品としては日本でもっとも売れているものだろう。そして主人公は「神をも殺す」イマジンブレイカーの保有者。ニーチェを思わせる設定だ（学園都市では超能力は科学と結びついている。ただし当麻は科学万能主義者として魔術＝宗教と戦うのではない。科学サイドに対しても度し難いことがあれば首を突っ込む）。本書の読者に記憶してほしいのは、広義のラノベでは『禁書』のように、神を信奉する「教会」が「敵」としてしばしば表象される点である。山中弘編『現代宗教とスピリチュアル・マーケット』（弘文堂、二〇二〇年）など宗教学で指摘されているように、超常的な力や奇跡を求める一方、宗教は忌避するという態度が二〇〇〇年代以降のスピリチュアル・ブームで見られるが、これと同型だ。たとえば八〇年代の伝奇バイオレンス小説では密教が肯定的に援用され、宗教的なものをベースに力が顕現する（不可分である）ものが少なくなかったが、二一世紀のラノベでは能力と教義・教団・信仰が分離可能になり、後者は望ましくないものとして表象されることが多い。。

　ともあれ本作ではシリアスで、ときに衒学的な魔術・宗教ネタの絡むストーリー――登場キャラの名前が実在した伝説の魔術師と同じアレイスター・クロウリーだったりする――が学園もののフォーマットに落とし込まれている。この「『世界』と『学園』の重ね合わせ」がラノベの特徴だ。たとえば魔術サイドが学園都市に仕掛けるテロを防ぐため、当麻は体操服のまま体育祭を抜け出し、高校生なのに中学生に混じって玉入れをしながら異能力者の罠を探り、その中で女性キャラとの「ラッキースケベ」（男性キャラが意図したものではないが、女性の胸を触る、下着が見える、着替えに遭遇する、といった事象が起こる）も発生する。事件と舞台と出来事が不釣り合いで、シュールである。だが当麻は口癖である「不幸だ」と漏らしながらも（彼はすべての異能の力を打ち消すため、降りかかる幸運もキャンセルされる）、大真面目にやっている。シリアスな話にギャグが挟まれるだけなら、手塚治虫以来のマンガの作劇にもある。だが緩急をつけるに留まらず、読者年齢を考慮して学園ものに押し込み、年齢的にポルノが正規ルートでは買えない中高生男子のために性欲を刺激する要素を入れ込んだ結果いびつになり、しかしそれが支持されたのが文庫ラノベの特徴だった。

——だが『禁書』は二〇年にはパチンコ台になった。ラノベ原作のパチンコ・スロットは二〇〇〇年代まではほぼ見られなかったが、一〇年代に入ると一四年に『ささみさん@がんばらない』『涼宮ハルヒの憂鬱』、一五年に『ハイスクールD×D』『IS〈インフィニット・ストラトス〉』、一九年に『オーバーロード』が遊戯機化された。これはいずれの作品も中核的な読者が一八歳以上であることを意味する。

『禁書』が刊行され始めた二〇〇〇年台前半には、桜庭一樹をはじめとするラノベ出身作家が一般文芸作品を書くことが「越境」と言われ、電撃文庫からデビューしたがメディアワークスからハードカバーを刊行した有川浩は「大人のライトノベル」を自称した。二〇〇〇年代までのラノベとそれ以外の小説（ミステリーやSF、その他のエンタメ小説）の線引きは、書き下ろし文庫か最初は単行本かという刊行形態の違い、中高生向けか大人向けかという読者層の違い等を意味していた。大人はラノベの中核読者ではなく、大人が褒めるラノベは売れない（本来のターゲットとは感覚がズレている）のが常識だった。だがかつて中高生向けとされた『禁書』自体が「大人が読むもの」になったのだ。

俺の妹がこんなに可愛いわけがない

（電撃文庫）

伏見つかさ

二〇〇八年八月～刊行中
TVアニメ第1期二〇一〇年一〇月～一二月、第2期一三年四月～六月

妹もののセオリーを反転させた強気ヒロインものラブコメにしてネット連動企画の先駆

ラノベの二大ジャンルであるバトルとラブコメのうち、この頃のラブコメを代表する作品のひとつが本作だ。モデルもしているギャル風の中学生・高坂桐乃が妹ものの「エロゲー」（一八禁のポルノゲーム。ポルノ要素を強調したくない場合は「美少女ゲーム」と呼称されることも多い）が大好きだと知った兄の高校生・京介が、ゲームやアニメに無理解な父親や桐乃の友人のために桐乃を擁護し、兄妹間の亀裂を解消して仲を深める。その後はゴスロリの格好をした桐乃の趣味友達・黒猫や、桐乃の親友あやせなど

を交えたハーレムラブコメを繰り広げる。

当時最終巻とされた一三年刊行の一二巻において、京介は他のすべての女性を振って血のつながりのある桐乃との恋愛関係を選んだ（が、「恋人ごっこ」をして関係を解消）。この結末は他のヒロインを選んで欲しかったファンからの批判はもちろん「近親間での本気の恋愛は気持ち悪い」「中途半端」と桐乃派からも非難を招いた。なおその後、本作を原作としたゲームを元に、あやせと付き合う「あやせif」、黒猫と付き合う「黒猫if」も小説化されている。

本作を読み直すと、今日もマンガなどで散見される「オタクに都合のいいギャルヒロイン」像を桐乃がすでに確立していたことや、当時は「年長世代はアニメやゲームに対して無理解」「趣味を学校の友達にオープンにするのは恥ずかしい」という前提の存在が確認できる。「オタとリア充をいかに表象するか」はラノベの流れを語る上で一テーマになるものだが、現実には二〇〇〇年代末の一〇代においても、アニメやゲーム好きなだけで差別されることはすでに一般的ではなかった。一九八八年から八九年に宮崎勤が起こした幼女連続誘拐殺人事件の影響や九〇年代初頭にマスメディアに露出していたライター宅八郎のイメージから来る「オタク＝見た目からしてキモい」なる図式は失効していた。というより「アニメやアイドルが好きな人一般」と振る舞いやみだしなみがアウトな「キモオタ」は分けて扱われていた（筆者は〇九年頃から一〇年代半ばまで複数回にわたってアニメ好きの中高生にヒアリングしてこれを確認している）。ともあれ本作序盤では「オタクはキモい」「犯罪者予備軍」という旧来的な価値観が描かれ、京介はそのレッテル払拭のために奮闘する。桐乃の父は「女子中学生が一八禁ポルノに接している」ことを断じるべきだと思うが、奇妙なことに性的な内容の有無ではなく「ゲームやアニメはダメか、ダメではないか」が主な論点になる。ともあれ、この感覚の古さはアニメ化によって支持層が二〇～三〇代以上に拡大していくにあたってはプラスに作用した。

『俺妹』では作中で妹ものエロゲーがジャンルとして存在している。また、物語としては、複数存在するヒロインから選択肢を選んで「桐乃ルート」「黒猫ルート」と分岐していくつくりになっている。これは九〇年代から二〇〇〇年代にかけてブームとなったエロゲーが、ノベルゲーム／ビジュアルノベルと呼ばれる、文章を読み進め、選択肢を選んでヒロインを「攻略」していくスタイルを取っていたことを踏まえたものだ（妹ものは一八禁に限らず、同じメディアワークス発だけでも全年齢向けの先行作品として九九年から二〇〇三年まで展開されたメディアミックスプロジェクト『シスタープリンセス』などがあった）。二〇〇〇年代から一〇年代初頭までにかけての、大人向けのはずのエロゲーと中高生向けのはずのラノベの近さについてはこの後も触れていくが、他にも『俺妹』について語るべき点は多い。

作中で「かーずSP」「アキバblog」といった著名サイトの実名を出してプロモーションにも利用、キャラクター名でTwitterアカウントを取得してあたかも桐乃や黒猫が存在して語っているかのように振る舞い、彼女たちに読者の書評を逆にレビューする企画を実行させ、ＴＶアニメが大成功を収めると桐乃を実際の雑誌のモデルなどに貸し出すというコラボ企画を実施した。これは当時話題を呼んだが、意外と追随者は少なかった。

中二病の扱いも、この時期らしいものがある。「中二病」という言葉はコメディアンの伊集院光がラジオ番組の中で「思春期にありがちな背伸びした発言や振舞い」を指して呼称したものだが、徐々に意味が転じ、ネットスラングとしての「厨房」（ガキっぽい＝中坊のようなことを言う人間を揶揄する言葉）と結びついた。邪気眼（『幽遊白書』の飛影のように第三の眼が覚醒して特殊な力を発動させたもの。この言葉は〇六年一二月にネット掲示板2ちゃんねる上で生まれたとされる）持ちだと自称し、設定をノートにしたためる人間を「中二病」「厨二」と呼ぶようになった。この頃の典型的なイメージは、〇六年放映のＴＶアニメ『コードギアス 反逆のルルーシュ』のルルーシュだろう。黒衣に身を包んで大仰な振る舞いや台詞回しに高笑い、どんな命令でも服従させられる能力を有する（能力発動時には片目が光る）。これは黒猫の造形に影響が感じられる。そうやって一方で中二病をバカにしながら、もう一方では難読漢字や特殊ルビを多用する異能力バトルは常に人気であるという「アイロニカルな没入」（大澤真幸）ないし「シラケつつノリ、ノリつつシラケる」（浅田彰）現象がラノベやマンガ、アニメの受け手には見られてきた。

バカとテストと召喚獣 （ファミ通文庫）

井上堅二

二〇〇七年一月～一五年三月刊行
TVアニメ第1期二〇一〇年一月～三月、第2期一一年七月～九月

テストを模したクラス対抗戦を通じてバカを下に見る学校的価値観を反転したラブコメ

ラノベでは笑いに対する旺盛な需要がある。

ラノベより対象年齢の低い児童書や児童マンガでは『かいけつゾロリ』『おしりたんてい』「コロコロコミック」などの人気を見れば自明なように、大きな需要がある。ところが大人向けの純文学やエンタメ小説ではギャグ、コメディ主体のものは少ない（森見登美彦や田中啓文など、笑いが得意な作家もいるものの）。マンガでも、児童～少年マンガと比べて青年マンガではギャグ漫画の比率は下がる。しかし日本ではテレビにお

笑い芸人が出ていない時間がほぼない。この事実を踏まえると奇妙なほどに、大人向けの文字ものでは笑いは端に追いやられている。逆に言えば笑いの需要に応え、テンションの高い会話が描かれている点が、エスタブリッシュメントからラノベが格下に見られやすい一因でもある。読者を笑わせることに積極的に取り組むことが少ない文学では「性と暴力」は描かれるべき題材とされることが少なくないが、それらはラノベでは「ラブコメとバトル」として表象される。すると途端に「程度の低いもの」とみなされるのだ。ともあれ、そのような文壇的な物差しとはまったく異なる評価軸／ニーズによってラノベ市場は回ってきた。

この時期のギャグ主体のラブコメラノベの代表格が『バカテス』だ。成績順に振り分けられたＡクラスからＦクラスまでの生徒たちが、「試召戦争」と呼ばれる召喚獣を用いてのクラス対抗戦を行う。そしてその成績によって学校生活の待遇が変わる。たとえば最低ランクだと机がミカン箱になり、隙間風が吹き込むボロ教室があてがわれる。ただし「バカ」とタイトルに入っているが、勉強しない人間をバカにするような展開や言い回しは極力排除されている。作中ではその悲惨さや主人公クラスの面々の頭の悪さは戯画的に描かれて笑いに昇華され「おもしろい連中」と思えるようになっているし、ＦクラスはＡクラスに時として勝つ。さらにはＡの人間がＦの人間を片想いすると言った逆転も用意する。

これが後続する『魔法科高校の劣等生』『ようこそ実力主義の教室へ』などでは、クラス間格差の導入はネオリベ的な競争や、視線を内向きにして生徒同士をギスギスさせるデスゲーム的装置として機能している（『魔法科』『よう実』はコメディではないが）。ただ『バカテス』を含めいずれの作品でも「生徒同士を争わせて待遇差をつけるな。みんなが良い状態を得られるよう体制変革を目指す」という話にはならない。学園ラノベは革命を志向しない。ともあれ、二〇〇〇年代後半から一〇年代前半を湧かせた『バカテス』のおおらかさと、後半以降を湧かせる『よう実』のシビアさは対照的だ。また、主人公たちがバカか／ハイスペックかでも、一〇年代前半まで／後半以降は分けられる。

もうひとつ『バカテス』で重要なのは秀吉だ。秀吉は生まれた時の性は男性、本人の性自認も男性、性愛の対象は女性だが、見た目は可愛らしい女性のようである。秀吉は周囲から男性でも女性でもない第三の性「秀吉」として扱われ、読者からも支持された。二〇〇〇年代後半には異性装ものラノベが増え、秀吉もその流れから「男の娘」（読みは「おとこのこ」）、美少女の外見をもつ男子として愛でられた。これが『僕は友達が少ない』の幸村、『俺の青春ラブコメはやはりまちがっている。』の戸塚などに継承されていく（幸村は名前が戦国武将由来ということからも明白）。シスヘテロの男性向けのラノベであっても、女装キャラや特殊能力によって男性から女性の姿に転じた人間、または性別は男性である「男の娘」が性的対象として消費された。しかしこれは書き手や読者がＬＧＢＴＱに対して寛容であることを必ずしも意味しない。この頃の作品では異性愛を前提としたジェンダー規範、セクシュアリティを撹乱するような存在はコメディの材料、笑いの対象として扱われがちだった。また、女性同士の友情や恋愛は「百合」として受容する一方で、ヒット作となった裕時悠示のラブコメ『俺の彼女と幼なじみが修羅場過ぎる』の主人公・鋭太が恋愛至上主義を嫌悪する一方で「ホモと間違われないようにする」（作中での言い回し）ことに注意を払っていたように、男性同士の恋愛は嫌悪やギャグの対象とされ、かわいい男子キャラは登場しても男同士の恋愛には至らなかった。『バカテス』秀吉の熱狂的受容、『俺修羅』での男性同性愛嫌悪、『俺妹』読者の「妹もの」は好きだが本気の近親恋愛には拒絶を起こす――これらを並べると、この頃のラノベ読者の性愛観の線引きが見えてくる。

　本作を語るには相応しくないほどシリアスな論点を取り上げたが、最初に述べたとおり『バカテス』は「気楽に笑いたい」という読み手の需要に何より応えた作品だ。内容のみならずパッケージ面にも配慮がされ、表紙をめくったカラー口絵はマンガ、各章の冒頭はテスト問題を模倣した凝ったレイアウトから始まり、試召戦争で学校内を舞台にする時には校舎の図面が載るなど、小説を読み慣れていない人向けに本を読むハードルを下げる、難しく感じさせないような工夫が随所になされていた。このような低年齢層（中学生）を積極的に獲得するための試みは、一〇年代半ば以降のラノベではほとんど見られなくなる。

ゲート自衛隊彼の地にて、斯く戦えり

（アルファポリス）

柳内たくみ

二〇〇六年～〇九年六月連載（Arcadia）
二〇一〇年四月～一六年三月、Season2は二〇一七年七月から刊行継続中
TVアニメ第1クール二〇一五年七月～九月、第2クール一六年一月～三月

新興版元アルファポリスとウェブ小説書籍化の躍進を象徴する大人向け単行本ラノベ

ラノベジャンルにおけるウェブ小説書籍化の流れは、電撃文庫で刊行された川原礫『アクセル・ワールド』『ソードアート・オンライン』（二〇〇九年）、佐藤勤『魔法科高校』、橙乃ままれ『ログ・ホライズン』（ともに一一年）、そして本作の前後から加速していく。ただし本作はその後に主流となる「小説家になろう」連載ではなく、東日本大震災後に閉鎖騒動が起きて「なろう」へ作家・作品が流出することになった「Arcadia」連載である（Arcadiaが初出の作品にはほかに『アクセル・ワールド』の原

型や『ダンジョンに出会いを求めるのは間違っているだろうか』『オーバーロード』『幼女戦記』などがある)。

また、文庫ではなくソフトカバー単行本で刊行されている。これは二〇〇〇年に設立された新興出版社であり、ウェブ小説登録サイト(書き手があらすじやタグなどの作品情報を登録し、読み手とマッチングすることを目的としたリンク集)を運営し、のちに投稿サイトを立ち上げるアルファポリスが、ラノベ文庫市場は電撃文庫・ファンタジア文庫・スニーカー文庫・ファミ通文庫などを擁する角川グループ(当時。一三年から「KADOKAWA」)の寡占状態にあり、シェア獲得が困難と判断して単行本での出版を選んだためだった。奇しくもその角川傘下のエンターブレインから一〇年一二月に刊行された橙乃ままれ『まおゆう魔王勇者』とともに一〇年代前半までの「大人向けのウェブ小説書籍化はソフトカバー単行本」というイメージを形成することになり、また〇七年に創刊したがなかなか書店で棚が取れずにいたアルファポリス文庫躍進のための目玉タイトルとして、一二年に文庫化したのが本作だった。

アルファポリスは二〇〇〇年から作家が自ら小説を登録し、読者から予約購入または出資を募る「ドリームブッククラブ」というサービスを行い(その頃「クラウドファンディング」という言葉は一般的ではなかった)、吉野匠『レイン』や本作が出版された。その後、〇八年スタートのWebコンテンツ大賞の方がメインとなり、一〇年の七月にＤＢＣは終了する。一〇年代には「ウェブで人気の小説は紙で出しても手堅く売れる」というイメージが形成されていくが、一四年には東証マザーズ上場企業となりその後も成長を続けるアルファポリスにも、読者から出版資金を集めていた時代があったのだ。

　このころ文庫ラノベでは主要登場人物は中高生、ファンタジーでも一三歳から一八歳であることがお約束であり、二〇代以上の主人公やヒロインが登場してヒットした事例は稀有だった（長谷敏司『円環少女』の主人公が二四歳であるなど「皆無」ではなかったものの）。ところが『ゲート』では、ヒロインたちは実年齢はともかく見た目はローティーンからハイティーンだった一方、主人公・伊丹は三三歳のオタク自衛隊員。ヒロインのひとりからは「お父さん」と呼ばれて慕われる。それでも売れた。中心的な購買層は一〇代ではなく、三〇～四〇代だった。Arcadiaやなろうの書籍化作品に大人が多いことはその後「常識」となるが、当時のラノベの「常識」からは考えられないものだった。たとえば〇六年創刊の竹書房Z《ゼータ》文庫は二〇～三〇代読者を狙ったが売上が芳しくなくすぐに撤退したし、同様に大人読者を見込んだ富士見書房のソフトカバー単行本レーベルStyle-Fは〇七年に創刊し、本作刊行と同じ一〇年に終了している。

　本作の物語の導入部では、銀座に異世界と通じる穴が生じて怪物たちが人びとを襲ってきたため、邦人救助を目的に自衛隊が異世界への進出を決める。伊丹は彼の地の住人たち同士の戦争に首を突っ込み、時に命令違反を犯してでも彼を慕う亜神やエルフ、魔法使いの女性陣とともに事件を解決していく。これは自衛隊が戦国時代にタイムスリップしてしまう半村良『戦国自衛隊』（原作七一年、映画七九年）と、新宿に異世界と通じる穴が生じて魔の者が溢れ出した世界を描く菊池秀行の魔界都市シリーズ（八二年スタート）を思わせる設定だ。著者の柳内は生年を明かしていないが、八〇年代に青春時代を送り、角川映画や伝奇バイオレンスを摂取した世代の作品であることは明白だ。

『ゲート』は一五年には自衛隊員募集のポスターに起用される一方で、中国ではアニメ版が配信禁止になった。自衛隊ものという時点で中国政府には好ましくなかっただろうが、作中の政治的主張が右派のものだったからなおさらだろう（作者のサイトを見てもその政治的なスタンスは明白だ）。作中で政府が異世界に自衛隊派遣を決めた理屈は「日本にできた異世界との通路だから、ここは日本の領土だ」というもので、つまり領土問題を扱う作品なのだ。そして日本に文句を付けてくる外国の政治家たちの主張は戯画的・揶揄的に描かれる。一〇年代ラノベをめぐっては、『魔法科』の主人公がマテリアル・バーストという魔法によって朝鮮半島南端を地球上から抹消する展開がネット上で物議を醸し、まいん『二度目の人生を異世界で』が転生前の主人公が戦前に中国大陸で百人斬りをした軍人であり、また作者がTwitter上で中国・韓国に対するヘイト発言をしていたことで一八年六月にＴＶアニメが制作中止となった事件がある。「ラノベの読者や作家はネトウヨに親和的」と一足飛びに捉えるのは誤りだが、本作は一〇年代ラノベと政治の関係を語る上では外せない。

悪ノ娘

（ＰＨＰ研究所）

悪ノｐ（mothy）

原曲二〇〇八年四月投稿（ニコニコ動画）
二〇一〇年八月〜一二年八月刊行

「ボーカロイドキャラクターの小説化」時代を牽引したボカロ小説の嚆矢

「大人向け」のウェブ小説書籍化と並び一〇年代ラノベを語る上で外せないのが一〇年代前半を彩った「一〇代女子向け」のボカロ小説ブームだ。ボカロ小説とは「ヤマハが開発した合成音声技術ボーカロイド（代表的なものは初音ミク、鏡音リン・レンなど）を用いてつくられた楽曲を原作とする小説」のことだ。事実上の嚆矢が一〇年に刊行された悪ノＰ（mothy）による本作である。狭義の文庫ラノベとは作風も中心読者も異なるが、ライト文芸、なろう系と並んで一〇年代初頭に台頭・確立された広義のラノベの一種である。

　クリプトン・フューチャーメディアから初音ミクが〇七年に発売されると、前年にサービスが開始してネット民を惹きつけていた動画投稿サイト「ニコニコ動画」でボーカロイドを使った曲がブームとなった。その盛り上がりのなかで、物語性の高い楽曲が投稿され始める。

　初期の注目作のひとつが〇八年四月に投稿された悪ノＰ「悪ノ娘」「悪ノ召使」だ。悪ノＰの「Ｐ」とは「プロデューサー」の意。ただし音楽プロデューサーではなく、作曲者を意味する。これはニコ動上で、プロデューサーになってアイドルを育成するゲーム『THE IDOLM@STER』の動画が人気となり、その投稿者を「〇〇Ｐ」と呼称したことがボカロ楽曲・動画に転じて、作曲者・投稿者を「〇〇Ｐ」と呼ぶことになった（動画サイトのユーザーによるコメントなどから「〇〇Ｐ」と「他称」されるケースが多く、徐々に「〇〇Ｐ」という呼び方は廃れていく）。

「悪ノ娘」のようなストーリー性のあるボカロ楽曲は、動画サイト上での人気に留まらず、二次展開され始める。〇七年にhukeが描いたイラストを元にsupercellのryoが〇八年六月に発表した楽曲「ブラック★ロックシューター」（ＢＲＳ）は〇九年にＯＶＡ（オリジナルビデオアニメ。テレビ放送や配信を前提としない、有料でパッケージ販売されるアニメ）化され、一二年にＴＶアニメ化された。『悪ノ娘』は一〇年八月に初の本格的なストーリー性をもったボカロ小説として刊行され、シリーズ化されて累計発行部数一〇〇万部超に。ＰＨＰ研究所は猫ロ眠@囚人Ｐ『囚人と紙飛行機』やhalyosyによる卒業ソングを小説化した『桜ノ雨』などを次々に成功させ、角川グループや一迅社も追随してボカロ小説刊行ラッシュが一二年頃から起こる。

一〇代男子向けを建前としてきた文庫ラノベとは異なり、『悪ノ娘』は一〇代女子読者を獲得した。本作が後続のボカロ曲／小説とも通じる点は、負の感情の過剰さ、過激さだ。『悪ノ娘』では主人公の片割れの王女（暴君）が親族、家臣を含めて次々殺害し、自らもギロチンにかけられる。文庫ラノベの主要ニーズは「楽しい」「ネタになる」「刺さる」であり、ダークで悲痛な世界観の作品は主流ではなかった（浅井ラボや藤原佑作品などあるにはあったが、彼らの作品も比較的女性読者が多い）。ボカロ曲／小説では「エグい」か「かわいい」がヒットの二大系統であり、『悪ノ娘』は前者に属する。この過剰さ、過激さは、ボカロ曲が主流のＪ－ＰＯＰやアニソンのオルタナティブとして、それらが放送コードに対する配慮などから使わないモチーフや言葉、フォーカスしない感情——しかし需要はあるもの——を積極的に描いて人気を獲得してきた流れゆえだろう。二〇〇〇年代以降のネット発コンテンツは、音楽でも小説でも、メジャー／商業出版では「そんなもの売れない」と思われていた〝常識〟を覆してきたが、ボカロ小説もそのひとつだ。

『悪ノ娘』『囚人と紙飛行機』『桜ノ雨』はいずれもミクやリン・レンなどボーカロイドキャラクターがモデルの人物が登場する楽曲であり、小説版にはミクやリン・レンの版権元（ボーカロイドの発売元）であるクリプトン・フューチャーメディアとボーカロイドの開発元であるヤマハのマルシー（著作権表記）が入っている。ボカロキャラを原案として商業出版が許諾された二次創作である、というスタンスだった。ミクやリン・レンなどの二次創作であるかぎり、楽曲を原作に小説化、マンガ化、映像化するにあたっては、すべてクリプトンにおうかがいを立てなければならない。ボーカロイドキャラクターの権利はその発売元にあり、許諾を得ないで勝手に運用・利用することはできない。

クリプトンはボカロキャラが登場する作品の映像化を――「マジカルミライ」などのボカロが登場する公式のライブイベントの映像を除けば――基本的に許諾していない。「ＢＲＳ」のアニメ化は、huke・クリプトンが「ＢＲＳはミクではない」という共通認識に立っていたから可能だった（デザイン的には誰が見てもわかるレベルで似ていたこともあって発表当初は〝誤認〟され、問題となって、後に公式声明が出された）。また『桜ノ雨』は実写映画化されたが、これはボカロキャラの二次創作ではないように登場人物の設定を変えたことで実現した。そうした例外を除けば、ボカロ曲の代名詞的存在の「千本桜」ですら、小説版は刊行されたのに映像化は実現していない。これがボーカロイドキャラクターが登場するボカロ小説のブームが、文庫ラノベのように継続的なヒットのサイクルを生み出せなかったボトルネックのひとつだ。

涼宮ハルヒの変遷　『ハルヒ』受容の一七年史

二〇〇六年に京都アニメーションによりTVアニメ化され、エンディングテーマ「ハレ晴れユカイ」に合わせて踊るキャラクターたちの通称「ハルヒダンス」を真似た「踊ってみた」動画が相次ぎ、社会現象と化した谷川流の小説「涼宮ハルヒ」シリーズ。その九年ぶりの新刊『涼宮ハルヒの直観』が二〇年一一月二五日に発売になった。最初の『涼宮ハルヒの憂鬱』が刊行されたのは〇三年六月。『ハルヒ』受容の一七年史を振り返ることで、ラノベと一般文芸をめぐるこの二〇年の動きが垣間見える。

ライトノベルとSF、ミステリーの架橋の時代の象徴
——二〇〇三〜二〇〇五

『ハルヒ』が刊行された〇三年は、どんな時代だったか。

同年五月より、角川スニーカー大賞出身の冲方丁によるSF『マルドゥック・スクランブル』が早川書房のハヤカワ文庫JAから三か月連続刊行され、同作は日本SF大賞を受賞。同年九月に講談社から舞城王太郎、西尾維新、佐藤友哉、清涼院流水など講談社ノベルス——一九八〇年代後半以降、新本格ミステリの牙城とされてきた——で活躍していた若手作家を起用した雑誌「ファウスト」が刊行。同年一二月、二〇〇七年に直木賞を受賞することになる桜庭一樹の『GOSICK』が富士見ミステリー文庫でスタート……等々。

二〇〇〇年代初頭には、ライトノベル出身作家がSFやミステリーなど一般文芸のレーベルで書く、ミステリーの新人賞でデビューした西尾維新がラノベとして支持される、という現象が起きていた。〇四年には日経BP社からムック『ライトノベル完全読本』が刊行され、新聞や経済メディア上でもラノベの市場規模の大きさなどが改めて喧伝される。上記で述べたライトノベル出身作家が一般文芸で書くことは「越境」と形容され、文芸業界的にも注目された（現在まで続く年間ランキング企画のムック『このライトノベルがすごい！』が宝島社から刊行されたのも〇四年末からだ）。

最初期の『ハルヒ』はこういう流れにある作品として認知されていた。谷川流はデビュー以前から関西のミステリー書評サイト界隈では知られた存在だったが、『涼宮ハルヒの憂鬱』には、文中に「あなたの魂に安らぎあれ」という表現が登場する。これは日本SFを代表する作家のひとり神林長平の同名長編のタイトルからの引用だ。角川スニーカー文庫編集部が刊行していた小説誌「ザ・スニーカー」〇四年一二月号の付録「長門有希の100冊」は、作中に登場する長門が好きな本という設定のリストとして谷川が作成したものだが、ここにはSF、ミステ

リーの名作などがずらりと並んでいた（ポール・アンダーソンのSF『タウ・ゼロ』はこのリストがきっかけで東京創元社から復刊されている）。

『ハルヒ』はラノベとSF・ミステリーの架橋に可能性が感じられていた時代を象徴する作品のひとつだった。

ビジネス的な意味でのラノベブームの象徴として
——二〇〇六〜二〇一一

そういう受容のしかたを過去のものとしたのが〇六年のTVアニメ化だ。筆者は当時二四歳だったが「学園ものギャルゲーをパロディにしてSFをやっている作品」だと思って読んでいた『ハルヒ』が、アニメ化を機にあちこちの中学・高校の文化祭でハルヒダンスが演目として採用され、学園ものラノベとしてベタに受容されるようになって驚愕した。当時の中高生にとってはSFだのミステリーだのといった文脈は関係なかったのである。同年スタートしたドワンゴが運営する動画投稿サイト「ニコニコ動画」上には『ハルヒ』のアニメ本編の違法アップロード、アニメを素材として（勝手に）使ったいわゆるMAD動画、ハルヒダンスの「踊ってみた」動画などがアップされて楽しまれていた（この出来事がなければ角川グループがドワンゴを買収しようとは思わなかっただろう）。

また、二〇〇〇年代中盤には複数の出版社がラノベの新レーベルを創刊したが、『ハルヒ』はアニメをきっかけにした爆発的なヒットも手伝って——出てきた当初のSF・ミステリーとラノベの架橋といった「文化的」な意味ではなく——「ビジネス的」な意味でのラノベブームの象徴としてみなされるようになっていく。

その熱狂に背を向けるように、〇六年には『ハルヒ』の新刊は一冊しか出ず、〇七年にやはり一冊だけ出て以降、一一年まで新刊は途絶える。〇七年発売の『涼宮ハルヒの分裂』ではアニメで描くことが不可能な叙述トリック（文章を用いた性別誤認トリック）が用いられており、映像化によるブームに対する谷川のアンビバレンツな気持ちを筆者は邪推してしまったが、この間、新刊が出なかった理由は定かではない。〇九年にはTVアニメが初回放送時とは順番を入れ替えて再放送され、ループものエピソードである「エンドレスエイト」を八週連続放送して話題を呼び、一〇年には劇場用アニメ『涼宮ハルヒの消失』が公開されてヒット。しかし、その間も原作は沈黙を続けた。

一一年に『涼宮ハルヒの驚愕』（前）（後）が刊行されたが、このときの売り文句は「二冊合わせて初版発行部数一〇二万六〇〇〇部でラノベ史上最多初版部数を樹立」「全世界同時発売」というものだった。ラノベ文庫史上、単巻での初版部数五一万三〇〇〇部という記録は今も破られていない。TVアニメから『驚愕』まで、『ハルヒ』は「お祭」として消費された。

「越境」作家が「角川」のクラシックとして回収される
——二〇一九

『ハルヒ』は〇九年に創刊された小学生向けの児童文庫「角川つばさ文庫」でも第一作『涼宮ハルヒの憂鬱』が刊行されたが「児童文庫でラノベを出す」試みは『ハルヒ』に限らず長続きせず、シリーズ全巻が刊行されることはなかった。おそらく商業的に成功しなかったからだろう。

ところが一九年に角川文庫から〝シリーズ全巻〟がイラストなしの装丁となって再刊された。角川スニーカー文庫というライトノベルレーベルから刊行されたものが、角川文庫という一般向けの文庫から刊行され直したのである。

こうした出し直しは、『ハルヒ』に始まったことではない。

古くは二〇〇一年にスニーカー文庫のなかの「角川ミステリー倶楽部」でデビューした米澤穂信の「古典部」シリーズの初期作品二作が、スニーカー文庫から角川文庫に〇六年に移っている。

桜庭一樹がラノベレーベル・ファミ通文庫で書いていた『赤×ピンク』『推定少女』は〇八年に、富士見ミステリー文庫から刊行されていた『砂糖菓子の弾丸は撃ち抜けない』『GOSICK』シリーズは〇九年から角川文庫に移った。

河野裕が〇九年からスニーカー文庫で書いていた『サクラダリセット』シリーズは一六年からやはり角川文庫に移っている。

米澤、桜庭は二〇〇〇年代前半にラノベから一般文芸への「越境」作家として語られていた存在であり、河野は二〇一〇年代にジャンルとして定着した〝ラノベと一般文芸の中間〟的形態とされる「ライト文芸」の書き手として、その代表的なレーベル新潮文庫nexなどで執筆している作家だ。

ラノベレーベルから角川文庫へと移される作品は、そういうものである。かつて「越境」と言われた作品群が、時間を経て、これこそが「角川」のクラシックなのだとして——ライトノベルのイラストは時代性が強く刻印されるため、それを外されて——ロングセラー作品となるべく収まりの良いかたちで再刊される。

つまり『ハルヒ』は一周してアニメ化以前までと似たような扱いに戻ってきたと言える。

二〇〇〇年代前半の米澤・桜庭作品はラノベの中では周縁的な存在だった（「ライト文芸」という言葉もなかった）。『ハルヒ』は二〇〇〇年代後半からの数年間「これこそがラノベの代表」として扱われた。

「越境」作家と「本丸」の作家が同じようなパッケージで刊行されているのは、一見すると奇妙である。しかし『ハルヒ』はもともとSFやミステリーファンからの読みに耐えうる作品だった。

三〇代もラノベを読む時代の象徴
——二〇二〇

　ところが、二〇年一一月二五日発売の『涼宮ハルヒの直観』は角川スニーカー文庫から、いとうのいぢのイラスト付きで刊行された。最新刊は角川文庫から刊行、ではなかった（いずれ収録されるのだろうが）。これはかつてのファンの「同じ装丁で揃えたい」「これを機に買い直そうかな」という需要に応えたものだろう。

　TVアニメが最初に放映された〇六年に一四歳だった中学生は二〇年には三〇歳。当時一七歳なら三三歳だ。

　小説投稿サイト「小説家になろう」連載作品を書籍化すると中心購買層は三、四〇代と言われているが、『ハルヒ』世代もすでに三〇代。当時の読者が今はなろう系を読んでいることも少なくないだろう。スニーカー文庫などで書き下ろしで刊行される（ウェブ小説ではない）ライトノベルも、今では社会人の主人公やヒロインが少なくなく、二〇代、三〇代も読むようになっている。

　とはいえ、たとえば小野不由美が一九九一年に少女小説のレーベルである講談社X文庫ホワイトハートで始めた『十二国記』は、二〇〇〇年に一般向けの講談社文庫に移り（これが少女小説／ラノベシリーズから一般文庫への移籍として最初の事例とされている）、一二年からは新潮文庫で刊行し直されているが、シリーズ最新刊は新しく出し直したレーベルから出ている（移籍以降ホワイトハートで新刊は出なかった）。

　これを考えれば、角川文庫から『ハルヒ』の新刊が出てもおかしくなかった——が、読者も作家もスニーカーから出るほうを望んだ、ということなのだろう。

　『ハルヒ』が角川文庫で出し直されるのと並行して、新刊はスニーカー文庫から刊行されるという不思議な事象は、ラノベを三〇代が読むのも珍しくなくなった昨今を象徴している。

　知名度のわりに原作の沈黙期間が長い作品ながら、各時代のラノベと一般文芸の関係を、それらの読者のありようを体言してしまうのが『ハルヒ』なのだ。

　なお『直観』の内容は、一〇年代以降に本格ミステリ界隈で流行している特殊設定を導入した本格において、法月綸太郎が提唱した後期クイーン的問題をいかにクリアするかを扱った、谷川流らしく「現在」に応答したミステリー作品だった。

　かつての越境作家はそののち一般文芸のみで活躍、ラノベも読んで育ったミステリー作家はミステリージャンルでのみ執筆し、ライトミステリー作品はラノベレーベルではなくライト文芸レーベルから刊行されるようになった今では、もはや『ハルヒ』のような「ライトノベル」は二度と現れないだろう。

2011

この年放映された小説原作のTVアニメ

『R-15』『いつか天使の黒ウサギ』『IS〈インフィニット・ストラトス〉』

『お兄ちゃんのことなんかぜんぜん好きじゃないんだからねっ!!』『神様のメモ帳』『境界線上のホライゾン』

『けんぷファー für die Liebe』『これはゾンビですか？』『GOSICK』『灼眼のシャナIII -Final-』

『C3　シーキューブ』『ダンタリアンの書架』『電波女と青春男』『No.6』『バカとテストと召喚獣にっ！』

『緋弾のアリア』『Fate/Zero』『ベン・トー』『僕は友達が少ない』『まよチキ！』

『もしドラ（もし高校野球の女子マネージャーがドラッカーの『マネジメント』を読んだら）』『ロウきゅーぶ！』

創刊したレーベル

○ライトノベル
講談社ラノベ文庫、京都アニメーションKAエスマ文庫、ニトロプラスブックス
○ウェブ小説書籍化
角川コンテンツゲートKCG文庫林檎プロモーション・フェザー文庫
○ライト文芸
星海社文庫、星海社FICTIONS

関連トピック

集英社スーパーダッシュ文庫発のマンガ誌「スーパーダッシュ＆ゴー」創刊
角川スニーカー文庫刊の谷川流『涼宮ハルヒの驚愕』（前）（後）、合わせて初版発行部数102万6000部でラノベ史上最多初版部数を樹立
角川書店のライトノベル誌「ザ・スニーカー」休刊
角川グループホールディングスがラノベレーベルMF文庫Jを持つメディアファクトリーを買収
富士見書房、新人賞のファンタジア大賞に「ラノベ文芸部門」を新設（12年に「ラノベ文芸賞」として独立）。ファンタジア文庫よりも大人向けのエンタテインメント小説を求める
東川篤哉『謎解きはディナーのあとで』が大ヒット
川村元気、10月8日からLINE公式アカウント初の連載小説『世界から猫が消えたなら』連載、10月25日にマガジンハウスから書籍化

Fate/Zero

（TYPE-MOON BOOKS →星海社文庫）

虚淵玄

二〇〇六年一二月〜〇七年一二月TYPE-MOON BOOKSにて刊行
二〇一一年一月〜六月に星海社文庫より文庫化
アニメ第1期二〇一一年一〇月〜一二月、第2期二〇一二年四月〜六月

『魔法少女まどか☆マギカ』で一躍知名度を挙げた虚淵の小説家としての代表作

虚淵玄は一一年にブレイクし、この年以降、小説に戻ってこなかった。

ニトロプラスから二〇〇〇年に発売された『Phantom-PHANTOM OF INFERNO-』でシナリオライターとしてデビューし、二〇〇〇年代にはニトロのゲームやライトノベルを執筆し、玄人好みする悲痛な展開と重厚な文体によって熱狂的な支持者を得ていた虚淵が初めてシリーズ構成と全話脚本を手がけたTVアニメ『魔法少女まどか☆マギカ』は、社会現象を巻き起こした。同年、TYPE-MOONのノベルゲーム『Fate/stay night』（〇四年）の前日譚を描いた、ダークで酷薄な虚淵節が味わえる伝奇アクション小説である本作もＴＶアニメ化され、制作会社ufotableの丁寧な作りもあってやはり商業的に成功をおさめた（TYPE-MOONはそれまでアニメ化に恵まれたとは言い難い状態だったが、本作以降――正確には奈須きのこ『空の境界』の劇場アニメ化以降――ufotableと組んでアニメファンにも訴求する高クオリティ作品を次々生みだす）。本作は元々TYPE-MOONが同人小説として制作し、とらのあななどのいわゆるオタク専門ショップを中心に流通していたものだったが、一般書店で流通する星海社文庫版がアニメ放映と同じ年に刊行された。

『Fate』は魔術師である「マスター」が、アーサー王やジル・ド・レ、アレキサンダー大王、佐々木小次郎といった歴史や神話上の人物などを召喚して「サーヴァント」として契約・使役し、どんな願いもかなえる聖杯を手にするために争う「聖杯戦争」を描くシリーズだ（この有名人召喚バトルは山田風太郎『魔界転生』の流れにある）。というより『Zero』をもって「TYPE-MOONの奈須きのこ以外の手による作品も〝シリーズ〟化されるようになった」と言った方が正確だ。虚淵は奈須に、共通する世界観や主人公機の特徴を持つ『機動戦士ガンダム』のように『Fate』もシリーズ化するべきだと進言したが、まさに『Zero』は「Fateのガンダム化」に一役買った。一五年にローンチされたスマートフォン向けゲーム『Fate/Grand Order』は日本のみならず世界でも有数の売り上げを誇ることになるが、本作の成功なくして『FGO』はなかった。『Zero』

のアニメ製作を手掛けたアニプレックスを「ソニー傘下の一アニメ製作会社」から「ソニーグループのＩＰ展開の一翼を担い、巨額の利益を叩き出すゲーム・アニメカンパニー」へと転身させたきっかけは本作にある。

二〇〇〇年代にはエロゲー出身作家がライトノベルに大量流入したが、有望な作家のリクルーティング先は一〇年代にはウェブ小説に変化する。いわゆるテキストサイト（笑える文章をメインコンテンツとするサイト。一九九〇年代後半から二〇〇〇年代初頭まで隆盛）を運営していた『ゼロの使い魔』のヤマグチノボルや、直木賞作家となった桜庭一樹（山田桜丸）もエロゲー仕事をしていたほど二〇〇〇年代のエロゲーは書き手を欲し、才能を育てた。一九九六年発売のLeaf『雫』などを皮切りに起こったテキスト中心のエロゲーブームによってシナリオを書ける人間が大量に必要とされ、物書きになりたい若者にとって格好の入り口となったからだ。

その後、二〇〇〇年代にラノベレーベル創刊ラッシュが起こるとやはり刊行点数確保、話題作確保のためにエロゲーライターに声がかかった。角川スニーカー文庫では虚淵の手がけた『鬼哭街』などニトロプラス作品のノベライズなど、エロゲーを全年齢向けに小説化したものもヒットした。

虚淵が発掘したニトロプラスの鋼屋ジンや、デビュー以前から鋼屋と交流のあった東出祐一郎をはじめ、エロゲーのシナリオライターにはウェブ上で小説（二次創作含む）を書いていた人間が少なくない。だが二〇〇〇年代にはウェブで活動していた書き手はエロゲー経由でラノベ作家になったことはあっても、ウェブ小説がそのまま書籍化されたケースはほぼない。奈須きのこ『空の境界』も初出は一九九八年にウェブだったが、二〇〇一年に同人版が作られ、〇四年に講談社ノベルスから刊行された時には「同人小説が商業化された」という触れ込みであり、「ウェブ小説が書籍化」とは謳っていなかった。そして一〇年代に入ると、少なくないかつてのエロゲーライターやラノベ作家たちが、急増したスマホ向けゲームのシナリオや設定、各種テキストの書き手としての仕事に従事していく。

一方の虚淵は、一一年の『まどマギ』『Fate/Zero』の成功によって「脚本家」として映像業界で引っ張りだことなり、以降は短編か共著でしか小説を刊行していない。構成が巧みなだけでなく、祖父である作家・大坪砂男に劣らぬ美文家でもあった虚淵の「文章」は、コラムやTwitterを除けば一〇年代以降、新規に読むことは困難になった（例外は一六・一八年の『FGO』内「Fate/Accel Zero Order」「人智統合真国 シン 紅の月下美人」シナリオ）。虚淵玄の小説家としての代表作は『Fate/Zero』、完全オリジナル作品では『アイゼンフリューゲル』になる。エロゲーからラノベへの転身が相次いだ二〇〇〇年代に、虚淵の小説家としての活躍を期待した者としては、映像業界への才能流出を惜しむばかりだ。

ログ・ホライズン

（エンターブレイン）

橙乃ままれ

二〇一〇年四月一三日～連載中（小説家になろう）
二〇一一年三月～刊行中
TVアニメ第1期二〇一三年一〇月～一四年三月、第2期一四年一〇月～一五年三月、第3期二一年一月～六月（予定）

「小説家になろう」発で最初にTVアニメ化された記念碑的作品

橙乃ままれは2ちゃんねるに二〇〇九年九月から一一月にかけて投稿した作品が『まおゆう 魔王勇者』として一〇年にエンターブレインから単行本化されて話題となり、続いて「なろう」に一〇年から投稿を開始した本作も同じ会社から一一年三月末より書籍化された。エンブレからのウェブ小説書籍化は電撃文庫やMFブックスのような「レーベル」ではなかったからこそ、本作、『ニンジャスレイヤー』、『オーバーロード』など毛色の違う多様な作品が刊行できた。レーベル化すると対読者へのウリがわかりやすくなり、書店の棚も取りやすくなる半面、ラインナップの多様性は失われるという良し悪し両面がある。

橙乃の『まおゆう魔王勇者』は魔王と対峙した勇者が、魔王から「自分を倒しても人間社会の問題は解決しない」と説得され、魔王の持つ農業技術などの豊富な知識を借りて社会・経済を再興していく「内政もの」「内政チート」（中世ヨーロッパ風ファンタジー世界を近現代の知識や技術を使って改良する話）の典型として、後続作品を触発した（ただし内政もの自体は『ゼロの使い魔』の二次創作などで『まおゆう』以前から存在していた。また、ウェブ小説における異世界転移の流行自体が『ゼロ魔』とその二次創作から影響を受けている）。さらに『まおゆう』と和ヶ原聡司『はたらく魔王さま！』は「魔王勇者もの」の流行を牽引し、一〇年代ラノベでは文庫でもウェブ小説でもうんざりするほど無数の作品に「魔王」が登場した。

橙乃はゲームクリエイター桝田省治の推薦付きで『まおゆう』でデビューし、新興出版社ではなく角川グループから文庫ではなく単行本で書籍化された、などの物珍しさもあり、一〇年代初頭には彼の作品は他のなろうやArcadia発の本よりも従来からのラノベやアニメファンに注目されていた。

「大災害」と呼ばれる集団転移事件によって日本に五つあるサーバ（拠点）が分断され、主人公シロエは子どもを助けに行く、という内容は――連載開始当初、作家は意図していなかったとはいえ――東日本大震災を想起させるものだったことも、本作には追い風になったように思う（なお純文学とは異なり、ウェブ小説やラノベでは「震災後」的な文脈の作品が次々発表される現象は起きなかった）。『ＳＡＯ』は「なろう」発ではないし、『魔法科』や『ゲート』は異世界転生・転移ではなかった。本作は「異世界に転移する」という「なろう系」の文脈に沿ったヒット作（本が売れた作品）としては初期のものになる。そして「小説家になろう」発で最初にアニメになった作品でもある。ＶＲＭＭＯＲＰＧからログアウトできなくなった（本作は正確には集団異世界転移）作品ということで、『ＳＡＯ』からの流れで「ウェブ小説ってこういうものか」と読まれていた印象がある。

ただし本作の一話あたりの文字数はなろうの主流と比べると多い。そもそも著者は「紙の本を書く練習」として全九章で一冊分になるような構成（三幕構成）を意識して書いており、「一話を短く、しかしその中で盛り上がりを作る」といったウェブ小説のセオリーからは外れていた。もっとも、同じエンターブレインの名物編集者（メディアに露出したり、本の後書きで言及されるときは「Ｆ田」と呼ばれる藤田明子）により書籍化された丸山くがね『オーバーロード』も一話一万字程度の大ボリュームで投稿されていたものの、やはりなろう上でも人気があった。一六年には津田彷徨が「なろう」のランキング攻略指南小説『ネット小説家になろうクロニクル』を刊行しているが、おそらく一三、四年頃には既にセオリー無視の投稿方法でのランキング入りの難易度は上がっていったと思われる。投稿作品数も書籍化点数もまだ少なかった一〇年代初頭と爆発的に増加して以降では、「なろう」発の成功パターンの「幅」は変わったのだ。『ログホラ』は『まおゆう』に続いて、社会・経済の秩序をいかに形成するか、人々の欲望を踏まえた上でどのように政策を設計・実施すると生きやすくなるのかに焦点が当たっている。こうした内政要素は後続の『転生したらスライムだった件』などにもあるし、ウェブ発ではない文庫ラノベで二〇〇〇年代後半から二〇一〇年代半ばまで起こった戦記ブームにも共通する（戦記ものでは国と国の争いを描き、武力や戦略だけでなく、兵站や生産力、交渉力も戦局を左右する）。

　三・一一のあと純文学で書かれた震災後文学では被害者や受苦する人間を描いても、危機や混乱を為政者・当事者としてどう乗り越えるのかという物語は描かれなかった。震災を直接的にテーマにしたラノベは少なく、売れた作品となるとほぼ皆無だが、広義のラノベジャンルで起きた内政・戦記ものの人気は、震災後の混乱を受けて爆発した「決められない政治」アレルギーの裏返しである橋下徹や安倍晋三、小池百合子のような「強いリーダーシップ（の演出）」を大衆が欲望した時代精神とシンクロしていた。コントロール願望の高まりとマッチしてブームを引き起こしたのが一六年の映画『シン・ゴジラ』だったが、本作もその横に置きたいところだ。

ビブリア古書堂の事件手帖
（メディアワークス文庫）

三上延

二〇一一年三月～刊行中
TVドラマ二〇一三年一月～三月、実写映画一八年一一月一日公開、アニメ映画制作中

ラノベから派生したライト文芸がラノベとは別物だと決定づけた「日常の謎」作品

二〇〇〇年代までは「大人のライトノベル」などと言われてラノベから見ても一般文芸から見ても収まりの悪い扱いを受け、新聞などのメディアからするとラノベから一般文芸への「越境」、ラノベ側から見るとラノベレーベルから新潮社や文春、早川書房、東京創元社などの一般文芸、ＳＦ、ミステリージャンルに作家を「流出」させてきた（させざるを得なかった）タイプの作品・作家の受け皿として誕生したのが、メディアワークス文庫だった。二〇〇九年末に創刊されたメディアワークス文庫は、当初「電撃

文庫を卒業した大人」に向けられていた。ラノベではなく、一般文芸でもない文庫作品群が、作品内容的にも書店での流通（棚・平台の位置）的にも、ラノベとも一般文芸とも明確に違う場所を確保されるようになったのは二〇〇九年末創刊のＭＷ文庫以降のことだ。ＭＷ文庫は創刊時、書店ではワゴンに入れられてラノベ棚やレジの横に置かれていた。「電撃文庫を刊行するメディアワークスから創刊された文庫だし、作家もラノベ出身だが、別カテゴリーのものだ、一緒にしてくれるな」という意志を感じる販売戦略がなされていた。

もっとも、こうした作品群をくくる名前が一五年に創刊（一四年一一月創刊告知）された集英社オレンジ文庫（コバルト文庫の後継レーベル）を形容するものとして最初は用いられた「ライト文芸」に収束するまでは「ラノベ文芸」「ライトミステリー」といった言葉が用いられていた。角川文庫や角川ホラー文庫から刊行されるものは二一年現在も「キャラクター文芸」とくくられ、本家メディアワークスはソフトカバー単行本を「新文芸」と呼んでいる。ただ、書店や読者的にはＭＷ文庫的なものの呼び名は一五、六年を境に急速に「ライト文芸」で定着した印象がある。

二〇〇〇年代の「越境」とは異なり、一〇年代にはラノベ以外からの人材の大量流入をも引き起こした。一三〜五年に刊行点数・創刊レーベルが急増したライト文芸は、当初の主たる供給源であったラノベ出身作家のみならず、少女小説、一般文芸、ウェブ小説投稿サイト「エブリスタ」やケータイ小説サイト「野いちご」発の作家など多様な出自の書き手が手がける場所になる。つまり一〇年代初頭まではライト文芸的なものは「ラノベから派生したもの」と言えたが、半ば以降は独立したカテゴリーになり、個別の作家レベルでは「ラノベ出身者が書いている」とは言えても「ライト文芸はラノベの一種」とするのは苦しくなった（皮肉にも「ライト文芸」に呼称がおおよそ収束するのは「ラノベから派生したもの」ともはや言いがたくなった一〇年代半ば以降のことだ）。

　そのなかで本作はライト文芸になぜ「ライト」が冠されているのか――元々はラノベから派生したジャンルだった――ということを象徴する一作だ。三上延は電撃大賞からデビューし、本作刊行以前はホラー・ファンタジーものラノベを手がけていた作家だからである。もっとも、本人はデビュー作『ダーク・バイオレッツ』は「スティーブン・キングの学園もの」だと言い、対談相手の桜坂洋に「マンガ的なキャラクターを意識したわけじゃないんですね」と返されており、そもそもの適性がラノベの本流を向いた書き手でなかったことも明らかではあるものの（「桜坂洋×三上延」、「ダ・ヴィンチ」二〇一五年一月号、KADOKAWA、五〇頁）。

　一一年に第一作が刊行された『ビブリア』は、古書店の二代目店主である栞子、本は好きだったがあるトラウマで本が読めなくなった体育会系の大輔、ともに二〇代を主人公とする。本作も「一〇代を主人公とした＝一〇代に向けて書かれた」作品ではないことが年齢設定からしてわかる（ただし『ビブリア』は『かくりよの宿飯』『神様の御用人』と並んで中高生にも支持されている例外的なライト文芸作品ではある）。本作の爆発的なヒットは、イラストのテイストや登場人物の年齢以外にも「これはラノベではない」と感じさせるものだった。

というのも、ラノベではミステリーは売上的には鬼門ジャンルだったからだ。各種ミステリーランキングで常連の米澤穂信の初期作品を刊行していたスニーカー・ミステリー倶楽部（二〇〇一年一一月創刊）は早々に終了し、二〇〇〇年創刊の富士見ミステリー文庫は二〇〇三年一二月には「Ｌ・Ｏ・Ｖ・Ｅ！」を売り文句にし、エロを押し出した新井輝『ROOM NO.1031』などが売れ筋となった末に二〇〇九年に終了。

ところが『ビブリア』は夏目漱石や横溝正史といった著名作家の作品（古書）を巡って事件が起こる「日常の謎」（日常空間で起こる事件を描いた、人が死なないミステリー）ものだ。日本では北村薫らが開拓・普及させたこのスタイルは、前述の米澤穂信や相沢沙呼らを触発したが、米澤は角川スニーカー文庫でデビュー、相沢はラノベ新人賞に投稿していた。ミステリー作家がラノベでデビュー、または投稿時代にラノベを書いていたことは珍しくなくなった（二〇一七年に刊行されて各種ミステリーランキングを総なめした『屍人荘の殺人』の今村昌弘もデビュー以前は電撃大賞投稿組だった）。そしてキャラクター小説と日常の謎との組み合わせは二〇一〇年代に爆発的に花開く。狭義のラノベとは、また別のものとして。

魔法科高校の劣等生

（電撃文庫）

佐島勤

二〇〇八年一〇月〜一一年一二月連載（小説家になろう）
二〇一一年七月〜刊行中（二〇年一〇月より『続・魔法科高校の劣等生』）
アニメ第1期二〇一四年四月〜九月、第2期二〇年一〇月〜二一年三月

ネットスラング「さすおに」で知られる、なろうブームを加速させた立役者

「ラノベ系ウェブ小説の書籍化といえば『小説家になろう』発」という認識が強まるのは、東日本大震災後に「Arcadia」からの移行者が増え、本作が電撃文庫から刊行されたあとからだろう（その後Arcadiaや個人サイト発作品は減少）。たとえば『Re: ゼロから始める異世界生活』の長月達平は本作刊行で「なろう」を知り、それまでラノベ新人賞に投稿していたが、二次創作ではないウェブ小説を書き始めた（「異世界ものは何がそんなに面白いのか？『リゼロ』長月達平×『オバロ』丸山くがね対談」https://

ddnavi.com/interview/647325/a/)。同様に「新人賞でダメならこちらに」と考えた作家志望者は少なくなかった。以降、商業デビューのルートは文庫ラノベでも従来型の小説新人賞と「なろう」からの書籍化は双璧をなし（そしてホビージャパンやオーバーラップは「なろう」と組んで新人賞を始めた）、売れ行き・打率的には新人賞受賞作より「なろう」発の方が堅調という傾向が顕著になる——これがラノベ読者の年齢上昇の一因となる。

　佐島は別作品を別ペンネームで電撃小説大賞に投稿していたが、編集者が「なろう」経由で書籍化の打診をしたことで『魔法科』でのデビューが決まる。「なろうといえば異世界転生・転移」というイメージが、なろうユーザーの間には〇〇年代末、ラノベ読者には一〇年代前半には形成されたが、『魔法科』はそれに属さない。「主人公最強もの」の、近未来日本を舞台とした学園ものだ。売れるとフォロワーが続出するラノベ界ながら、タイトルの付け方以外では本作のフォロワーが陸続と誕生したとは言えないだろう（動じない主人公が魔法学校に入学するとバカにされるが最強ぶりを発揮してモテまくる『魔王学院の不適合者』などはある）。

　主人公・司馬達也と妹・深雪は旧帝大同様に日本に九つしかない魔法科高校のひとつ第一高校に入学。魔法の才能を持つ人間は一握り、さらに第一高校の中でも特に魔法に優れた一科生とそうではない二科生に分かれる。表向きは禁止だが、一科生による二科生差別、魔法を持つ者による持たざる者への差別が横行していた。英国階級社会を反映した『ハリー・ポッター』のように、本作では「家柄」＝「生まれ持っての才能」が決定的に重要だ（才能に溺れず血の滲む努力をしているとか、才能を持たなかったら自分も反魔法テロに惹かれていたかも、という発言はあるものの）。

達也は文武両道、スポーツ万能だが魔法の実技はダメな二科生として、すべての成績が優秀で学年総代を務める一科生の深雪とともに入学。早々にチンピラめいた一科生に絡まれるが、達也は実は学園内の全ての一科生を超える能力の持ち主であり、世界に一三人しかいない、軍事的なパワーバランスを左右する魔法の使い手をも優越する力を持っている。同時に達也は複数の女性キャラから恋心を抱かれ、妹・深雪からも愛を注がれる（深雪の「さすがはお兄様です」というセリフはＴＶアニメ化に際して「さすおに」とネタにされ、ネットスラング化した）。そういう意味で妹ものの系譜にあるが、『俺妹』の二の舞にならないような展開がされる。

深雪も日本社会のトップに君臨する魔法の使い手の一族であり、社会経済的な地位も高い十師族のひとつである一条の後継者から求愛される。十師族同士の勢力争い、達也と深雪が属する四葉家の跡目争い、魔法の使い手と一般人、日本と諸外国の勢力との争いに——ティーネイジャーの恋愛が絡む。

世界有数の魔法の使い手のはずのロシアからの刺客がわずか一六歳の少女で諜報の訓練をろくに受けていないチョロさを露呈する一方、達也はひとりで世界の勢力図を変えてしまう圧倒的な力を持つ。いかにもアンバランスだ。ただ、日本や世界の命運を握る戦いを勝ち抜く全能感と、恋愛慣れしていない面々が繰り広げる学園ラブコメ要素の同居ぶり（「『世界』と『学園』の重ね合わせ」）は、『禁書』の項で語ったように、バトルものラノベの保守本流だ。

『ゲート』の項で触れたように、達也は中国系犯罪集団が横浜で起こす事件を終息させるために朝鮮半島南端を地球上から消し去る。中華街が国際犯罪の温床であるかのようなイメージは、横浜住民や中華系の日本在住者が避けたいと思う誤ったステレオタイプだが、本作はそのレッテルを強化する。さらに達也と深雪はアメリカ系移民の子孫に喧嘩を吹っかけられる展開もある――本当は悪いやつではなかったというフォローはされるものの。文中に露骨なヘイトや右派的発言こそ書かれてはいないが、外国人や移民の悪役・敵役配置、日本以外の国を軽んじるスタンスは目に付く。魔法が使えるかどうかによる差別へのセンシティヴさとは対照的だ。児童文学者の佐々木赫子は『はがない』に対して「白人コンプレックスが強く、有色人種との混血児は登場しない」と指摘していたが（佐々木赫子「『僕は友達が少ない』を読んでみた」「日本児童文学」二〇一四年七・八月号、小峰書店、五一頁）、「アジア・アフリカ系キャラでは人気が出ない」などを理由にラノベ業界が潜在的・顕在的なレイシズムへの対応を欠いた（放置し続けた）ことは、アニメ制作の資金を海外販売でリクープする時代に入った一〇年代以降には、商売的に見ても望ましいものではなかっただろう。

僕は友達が少ない　（ＭＦ文庫Ｊ）

平坂読

二〇〇九年八月～一五年八月刊行
アニメ第1期二〇一一年九月～一二年四月、第2期一二年一二月～一三年五月、実写映画二〇一四年二月一日公開

二〇一〇年代初頭の「残念なヒロイン」と「変な部活ものラブコメ」の起爆剤

ＭＦ文庫Ｊは創刊初期を除いて一貫してラブコメに強く、二〇〇〇年代の異世界ファンタジー兼ラブコメの代表格であるヤマグチノボルの『ゼロの使い魔』のあとには本作のような現代日本を舞台にした学園ラブコメも無数に描かれ、『けんぷファー』『まよチキ!!』『変態王子と笑わない猫』などがアニメ化された。中でも本作のもたらしたものは何か。

主人公と女性キャラ数人で奇妙な名前の部活を作り、お題を出したり何かしらゲーム

をやるなどしてバカ騒ぎをし、巻の後半ではシリアス展開をしてその巻でフォーカスされるヒロインと関係を深め、次の巻ではまたコメディパートから始めて違うヒロインをフォーカス……を繰り返して巻数を重ねるフォーマットを確立したことだ。大きな事件や目的がなくても、アニメやゲームをネタにダべってボケて突っ込んでを一冊の半分費やしても商業的に成立することを〇八年から始まる葵せきな『生徒会の一存』が示したが、翌年から始まった本作、通称『はがない』がそのテンプレ化を決定づけた（変な呼称の部活らしきものを作るラノベとしては〇三年に始まる『ハルヒ』の「ＳＯＳ団」などが先駆）。

『はがない』では、ヤンキーのような金髪（地毛）のために怖がられて友達ができない主人公が、誰もいない教室で「エア友達」（エアギター的な意味で）に話しかけている三日月夜空を目撃。それをきっかけに主人公は夜空が設立した「隣人部」に巻き込まれ、見た目はよく勉強もできるが人間性やコミュニケーション能力に難のある柏崎星奈や志熊理科といった「残念」なヒロインたちが集まる隣人部を舞台に、大喜利や罵倒を繰り広げる。

平坂読は『はがない』の前の作品は『ラノベ部』、後の作品は『妹さえいればいい』といずれもラノベ作家もので、業界身内ネタやメタなネタを得意とする。その才覚が本作でも十二分に発揮されている。のみならず本書は『バカテス』同様、文字の拡大や書体の変更といったフォントいじりや、下手くそな絵と字で描かれた隣人部の部員募集ポスターなど、物語や会話の内容以外の部分でも笑いを取り、楽しませようという工夫に満ち、ローティーンからミドルティーンの本好きではない層までをも取り込むことに成功した。

高スペックなのに欠点がある、または単純にポンコツな存在を「残念」と呼称するようになったのがいつ頃からかは定かではないが、ネット上では『ウェブ進化論』を書いた経営コンサルタント梅田望夫の「日本のWebは残念」と題する二〇〇九年のインタビュー記事と本作がそのバズワードを広げた立役者の二大巨頭だと思われる。のちにはネット、サブカル界隈を離れて今泉忠明監修『ざんねんないきもの事典』（高橋書店）などの児童書や一般書にまで広まっていくが、初期の爆心地のひとつは『はがない』だった。

本作も「オタとリア充をどう表象するか」を語る上で外せない作品だ。この頃のラノベ、アニメ界隈では「残念」を「外見的にはかわいいのにオタク趣味」（趣味が残念）と解する傾向が見られ、オタクヒロインが量産された。だが『俺妹』の項で記述した通り、二〇〇〇年代後半にはすでにアニメやラノベが好き「だから」バカにされるという空気は中高生の間には薄くなっていたし、時代が下るほどその傾向は強くなった。「CanCam」モデルだった女優の山本美月が一一年放映のＴＶアニメ『魔法少女まどかマギカ』のまどかのコスプレをする、一四年にＴＢＳテレビに入社して後にフリーになったアナウンサーの宇垣美里がアニメやマンガ好きを公言しやはりコスプレもする、といった例に事欠かなくなった。桐乃的な存在は、刊行当初ファンタジーだと感じる読者が少なくなかったが、「アニメ好きのかわいい女子は現実に当然いる」という認識が広まると、趣味を理由に「残念」認定されることは減っていった。もっとも『はがない』では「オタク〝だから〟残念」という書き方はせず、コミュ力や性格、口の悪さゆえに「残念」だと見なされている。

ＴＶアニメが大成功を収めた『はがない』は実写映画化もされたものの、発表時も予告編が出たあとも劇場公開後も非難轟々、惨憺たる興行成績に終わった。ラノベ実写化には『ブギーポップは笑わない』『半分の月がのぼる空』『しにがみのバラッド。』『ライトノベルの楽しい書き方』『二度目の夏、二度と会えない君』などがあるが、いずれも商業的に成功していない。『はがない』はここで挙げたいずれよりも叩かれ、以降、ライト文芸やライト文芸寄り作品以外でのラノベ実写化作品数はさらに減った（なお実写版『はがない』は予想される批判を織り込んだかのように、押井守の『うる星やつら2　ビューティフルドリーマー』オマージュな内容だった）。一〇年代を通じ、マンガ原作の実写ドラマ・映画化、マンガやアニメなどを原作とした2・5次元舞台作品が市場規模を拡大していく一方で、ラノベ原作は成功パターンを作れず、こうした流れから取り残された。二〇年代に入って成田良悟の代表作『デュラララ!!』の舞台化が発表される（ただし新型コロナウイルス流行により中止）など新しい動きもあるが、どうなるかは未知数だ。

ウェブ小説書籍化の歴史――「異世界転生」前史①九〇年代〜二〇〇〇年代前半

　二〇二一年現在、ウェブ小説といえば「なろう系」「異世界転生」というイメージが根強くある。実際にはなろうではランキングシステム変更に伴い一六、七年頃から転生・転移以外のファンタジーや現代を舞台にしたラブコメも増え、なろう以外のウェブ小説サイトには、それぞれなろうとは異なる強いジャンルがあるにもかかわらず、だ。ここでは日本のウェブ小説書籍化の歴史を辿ることで、転生ブーム以前のウェブ小説と出版業界の関わりを見ていきたい。

九〇年代ウェブ小説の書籍化
「神様」『錬金術師ゲンドウ』『空の境界』

　九四年に川上弘美「神様」が第一回パスカル短篇文学新人賞を受賞してウェブ（ASAHIネットのサイト上）に掲載され、同作などを収録した『パスカルへの道第一回パスカル短篇文学新人賞』（中央公論社）が九四年一〇月に刊行され、川上単独名義での同名の単行本が九八年九月に刊行されたものが自費出版以外では最初期のウェブ小説書籍化だ。

　次に著者P．E．P、監修鴻上尚史『ペプシマン〈インターネット小説〉』（ぶんか社）が九六年九月に刊行されている。これはペプシコーラのサイト上に鴻上が冒頭だけ書いたペプシマンを主役にした小説の続き（短編）をメールで書いて投稿すると鴻上が優秀作をいくつか掲載、さらにその続きも募って投稿作から選ぶという、ストーリー分岐型のリレー小説をウェブに掲載したのち、ゲームブック風に書籍化したものだ。

　ほかに九〇年代ウェブ小説で書籍化された作品で、今日から見て重要な作品がふたつある。

　ひとつは九五年夏にパソコン通信上で脱稿された『新世紀エヴァンゲリオン』の二次創作「錬金術師ゲンドウ」だ。これは二〇〇三年一二月から『福音の少年 Good News Boy ～錬金術師の息子～』としてぺんぎん書房から三冊刊行され、同社倒産ののち〇七年六月から徳間デュアル文庫で九巻刊行された。もちろん二次創作をそのまま出したのではなくキャラ名や設定を変更した上での出版だが、「ウェブ小説の二次創作との近さ」を示すものであり、また、「二次創作の名作をキャラ名を変えて出版する」という手法はのちのやる夫スレ書籍化（一九年九月～）に継承されている。

　ふたつめの重要作は九八年一〇月から奈須きのこが同人サークル「竹箒」のサイト上に連載した『空の境界式』（のちの『空の境界』）だ。ウェブ連載ののち九九年の夏コミでコピー誌を制作するも少部数しか売れず、しかし第一から四話が〇一年一月発売の同人ソフト『月姫PLUS-DISC』に再録されたことで『月姫』ファンに知られるようになり、〇一年一二月末の冬コミで同人版書籍を発売。同人版『空の境界』が講談社ノベルスオマージュの装丁だったことをきっかけに〇四年に講談社ノベルスにて商業出版されることになる。『Fate/Zero』の項でも触れたが、『空の境界』がこんにちの目から見て興味深いのは、講談社から刊行された際に「伝説の同人誌を書籍化」的な扱いはされていても「ウェブ小説書籍化」とは謳われていなかったことだ。「ネット発」であることより、コミケを中心として、とらのあななどオタクショップなどでも展開される「同人シーン発」であることのほうが〇四年時点ではるかにウリになった。

ここまででわかるように、九〇年代ウェブ小説では異世界転生もので書籍化された作品はひとつもない。そして実は、おそらく二〇〇〇年代にもひとつもないと思われる。

二〇〇〇年代前半『オルゴール』『Deep Love』『いま、会いにゆきます。』『電車男』

文芸社からは〇一年一二月に山田悠介『リアル鬼ごっこ』、〇二年一二月に神永学『赤い隻眼』（のちの『心霊探偵八雲』）などのヒット作が生まれた。

そのうち中園直樹がいじめの話を描いた『オルゴール』（〇二年二月刊）は、著者のウェブサイトが初出で同社から自費出版したものが若者のクチコミでヒットしたものだった。自費出版とはいえISBNを取得しているから（定義にもよるが）「商業出版」であり、ウェブ小説書籍化作品で初めて重版がかかったのは同作ではないかと思われる。

なお、「小説家になろう」の書報ー出版作品紹介ページ（https://syosetu.com/syuppan/list/）を辿ると、最初の書籍化作品と目されるのは〇六年八月に新風舎から刊行された斉藤寧子が書いたケータイ小説風の女子高生の恋愛もの『ゆわゆら』であり、つまりやはり自費出版だ。電子書籍を除くと二〇〇〇年八月に発売された雨宮雨彦『魔王の扉』鳥影社がもっとも古いものとして同ページには存在しているが、「なろう」は〇四年四月開設だからつじつまが合わず、『ゆわゆら』が最古ではないかと思われる。ただし、なろうの同ページには「なろう発作品」だけでなく、「なろうでも活動した作家がなろう発以外から出した本」も掲載されているため、『ゆわゆら』が初のなろう書籍化でない可能性もある。ただ斉藤がなろうで活動していたこと自体はほぼ確実であり、ウェブ小説と自費出版の距離が近かったことは確認できる。

自費出版ではないウェブ小説書籍化の動きは二〇〇一年からだ。

たとえば米澤穂信『氷菓』が第五回角川学園小説大賞ヤングミステ

リー＆ホラー部門奨励賞を受賞して角川スニーカー文庫内「スニーカー・ミステリ倶楽部」の第一回配本として一〇月に刊行された。これは「オンライン小説の評価サイトに投稿したミステリーがほかの作品と比べて桁違いに評価が良かったため、リライトして新人賞に応募」したものだった（「米澤穂信バイオグラフィー＆作品紹介」、「ダ・ヴィンチ」一五年九月号、一六〇頁）。「ユリイカ」〇七年四月号の米澤と滝本竜彦との対談「ＨＴＭＬ派宣言！　ネットが僕らの揺籃だった」を読むかぎり、この「評価サイト」の名前は「楽園」である（一八二頁）。

「楽園」はオンライン小説リンク集のひとつ（ほかに「ＨＯＮなび」「Novel Search」「NOVELS WORLD」などがあった）で、当時、新しく人気投票システムを導入して躍進していた。前身は「小説連合」。「楽園」の投稿者にはメフィスト賞を受賞して〇二年三月に『『クロック城』殺人事件』でデビューする北山猛邦もいた。また、ほかに同様のリンク集に「ＨＯＮなび」「Novel Search」「NOVELS WORLD」などがあった。

　また、アルファポリスが第一弾書籍である桃『夜を旅する童話たち』を〇一年五月に刊行している。アルファポリスは二〇〇〇年八月に法人を設立し、同名のサイトをオープン。九月には「ドリームブッククラブ」を開始している。ドリームブッククラブは何度かしくみを改訂しているが、Internet Archiveで確認できる最古のページ（〇一年四月一五日）では、著者がアルファポリス上に作品を公開《アップ》してから三か月のあいだに一冊千円（送料込み）での一〇〇冊の購入予約が集まるか、一口一万円で募る合計投資額が出版金額をクリアすれば初版五〇〇部で本が出せる、というしくみだ。

　アルファから二〇〇〇年代前半最大級のウェブ小説書籍化のヒット作を書く作家がデビューしたのは、〇二年一月。tacこと市川たくじこと市川拓司である。

　tacは二〇〇〇年一一日に小説「きみはぼくの」を「楽園」に登録。するとアルファポリスから一週間後に「ドリームブッククラブでの作品公開を検討ください」とメールをもらい、「VOICE」を登録（『きみはぼくの』アルファポリス、〇六年、一〇九〜一一一頁、一一六〜一一七頁）。

　公開期限を三回延長した末に（三度目は「VOICE」と「きみはぼくの」の二つを公開）、〇一年九月に達成。タイトルは「きみはぼくの」から『Separation』に、著者名はtacから市川たくじに変えて〇二年二月に刊行される（同書一二〇、一二五、一二八頁）。

　市川は同作を元に営業しようとまず小学館の嶽本野ばらの担当編集者宛に『Separation』を送りつけると——すぐに「会いたい」と連絡が来て、新作を小学館で出せることが決まる。

　こうして生まれたのが〇三年五月に市川拓司名義で刊行した『いま、会いにゆきます。』だ。この作品は〇二年五月から市川がウェブとメルマガにて書き上げた順に公開して連載したもので、執筆中に届いた読者からの感想が物語の展開に影響を与えているという。

　市川の『Separation』は〇三年七月から『14ヶ月』というタイトル

でＴＶドラマが放映されたが、これがおそらく最初のウェブ発小説の映像化作品である（自主制作を除く）。

〇四年三月には掲示板サイト2ちゃんねるに『電車男』が投稿され、一〇月に新潮社から書籍化、〇五年六月には実写映画が公開されている。『電車男』は実話か創作かは見解が分かれる（つまり「ウェブ小説」の仲間とみなすか「ブログ書籍化」の類いのノンフィクションの仲間とみなすかが微妙な）し、フィクションだとしても2ちゃんねるに投稿されてスレ主以外との反応を含むものを「小説」と呼ぶのはためらわれるところだが、ともあれ二〇〇〇年代前半のウェブ小説書籍化のヒット作『オルゴール』『いま、会いにゆきます。』『電車男』は現代を舞台にした青春や恋愛の物語であり――しかもいずれもフィクション度合いの濃淡の差はあれど、少なからず「著者の実体験に基づいた」という触れ込みで宣伝された――、今日「ウェブ小説」と言って連想されるタイプのジャンルの作品はそれほど目立っていなかった、ということだ。

〇三年一月発売の『群像増刊エクスタス』に「江利子と絶対」を発表して本谷有希子が小説家デビューするが、これは本谷がサイトで連載していた小説を読んだ編集者が声をかけたことがきっかけとなっている（ただし「江利子と絶対」はサイト上で連載していた小説ではない）。ほかにも大西巨人が九七年二月から個人サイト上に連載していた『深淵』が光文社から〇四年一月に発売されるなど、エンタメ小説だけでなく純文学とウェブ小説との関わりもあった。しかしこののちケータイ小説やなろう系がブームになると、それらのオンライン小説は純文学サイドからは蔑視・敵視されることになる。

もちろん、二〇〇〇年にはよろずＳＳ投稿・捜索掲示板Arcadiaが開設され（〇三年にオリジナル小説の投稿掲示板もできる）、同年の後半から吉野匠が『レイン』の連載を個人サイトで開始（「吉野匠×柳内たくみスペシャル対談」、『このWeb小説がすごい！』宝島社、二〇一五年、六九頁）、〇二年一一月から九里史生（川原礫）が『ソードアート・オンライン』を個人サイトで連載開始、〇四年四月に「小説家になろう」が開設、同年六月からＭＦ文庫Ｊでヤマグチノボル『ゼロの使い魔』が刊行され、〇六年夏のＴＶアニメ放映以降の爆発的なヒットによって二次創作も含めて二〇〇〇年代後半以降の異世界転移・転生作品に影響をあたえる――等々、のちに書籍でもヒットするファンタジー小説につながる種も撒かれていたが、二〇〇〇年代前半には、本の世界では可視化されなかった。

2012

この年放映された小説原作のTVアニメ

『アクセル・ワールド』『Another（アナザー）』『織田信奈の野望』

『お兄ちゃんだけど愛さえあれば関係ないよねっ』

『俺の妹がこんなに可愛いわけがない TRUE ROUTE スペシャル』

『カンピオーネ！～まつろわぬ神々と神殺しの魔王～』『境界線上のホライゾンII』『黒魔女さんが通る!!』

『ココロコネクト』『この中に1人、妹がいる！』『これはゾンビですか？ OF THE DEAD』

『さくら荘のペットな彼女』『新世界より』『人類は衰退しました』『ゼロの使い魔F』

『ソードアート・オンライン』『だから僕は、Hができない』『中二病でも恋がしたい！』『偽物語』

『ハイスクールD×D』『這いよれ！ニャル子さん』『はぐれ勇者の鬼畜美学』『パパのいうことを聞きなさい！』

『氷菓』『Fate/Zero 2nd シーズン』『モーレツ宇宙海賊』『生徒会の一存 Lv.2』

創刊したレーベル

○ライトノベル
フィールドワイ・ファルコムBOOKS
○ウェブ小説書籍化
主婦の友社ヒーロー文庫

関連トピック

TVアニメ『PSYCHO-PASS』の脚本にラノベ出身作家・深見真が参加
TVアニメ『K』の脚本をGoRA（古橋秀之、壁井ユカコらラノベ作家からなる作家集団）が担当
櫛木理宇『ホーンテッド・キャンパス』が日本ホラー小説大賞読者賞を受賞して角川ホラー文庫から刊行され、ヒット

これはゾンビですか？（富士見ファンタジア文庫）

木村心一

二〇〇九年一月～一五年六月
アニメ第1期二〇一一年一月～三月、第2期一二年四月～六月

これはゾンビではない

高校生の相川歩は殺人犯の標的となるがネクロマンサーの少女・ユーによって再生能力のあるゾンビとして蘇生され、魔法の世界から来たハルナから魔装少女に任命される。そこに吸血忍者のセラフィムも加わり、彼女たちと同居しながらメガロと呼ばれる怪物と戦う。

書評家の卯月鮎が「海外ホラーの影響からラノベでゾンビものが多かった」と書いたのは二〇一一年末（卯月鮎「魔王もの・ゾンビもの・長文タイトルの流行――ますま

す細分化するライトノベル」『SFが読みたい！　2012年版』早川書房、二〇一二年、八六頁）。『これゾン』のアニメ放映前後でゾンビものラノベは一〇作前後刊行されたが、ヒットして映像化されたのは本作だけだ。

「〇〇ものが流行した」と言っても送り手（作家・版元）側の流行（「刊行された」）なのか、受け手にとっても流行した（「売れた」）のかは別の話で、ゾンビラノベは前者である。

『これゾン』はゾンビラノベ「だから」売れたのではない。ゾンビに限らず、ホラー全般がミステリーと並んでラノベでは売上的には鬼門ジャンルだ。本作はラノベとホラーとの相性の悪さを回避したから売れた。ホラーでは暴力や身体欠損、腐臭などのグロ描写が避けがたいが、『これゾン』はバトルでも徹底してソフトなバイオレンス描写にとどめている。これをホラーと思って読む人はいないだろう。ラブコメ、バトル、ギャグが揃ったラノべらしい作品だ。そもそも本作をいわゆるゾンビものとみなすこと自体に問題がある。というのも、タイトルに「ゾンビ」と入ってはいるものの、主人公の相川歩はゾンビ（で魔装少女）となるが、ジョージ・A・ロメロ『ナイト・オブ・ザ・リビングデッド』以降のゾンビの特徴である「見境なく人を襲う、喰う」「頭部を破壊されたら活動停止」「噛んで伝染させる」「人間だった頃より知能が低下」といったお約束には一切従わない。人間を襲わず、不死身で、伝染せず、知能は人間時代と変わらない。強く知性があり日光に弱いという点では吸血鬼に近い（そういうゾンビも小野不由美の九八年作『屍鬼』という先行事例があるが）。

　売れなかったゾンビラノベでは、妹や幼なじみの少女がいわゆるゾンビになっていたが、読者はそんなヒロインと恋愛したいと思わなかった。一一年放映のアニメ『魔法少女まどか☆マギカ』で「それじゃあたしたちゾンビにされたようなもんじゃないか！」「こんなからだじゃ、抱きしめてなんて言えない！」と杏子やさやかが言うが、彼女たちは腐らないし、人も喰わないし、知能もあるから人気キャラでいられた。だが多くの人間は生肉を追い求める腐乱死体は恐怖やギャグの対象にはできても性愛の対象にはできない。『これゾン』のヒロインは魔装少女や吸血忍者、人間であってゾンビではないし、主人公の肉体は朽ちないし腐臭もしない。傷はすぐに再生する。バトルで活躍できる無敵の存在だ。敵をロメロゾンビにしたラノベでは、ゾンビをあっさり倒せてはおもしろくないので主人公をあまり強くできないが、ラノベのバトルもので弱い主人公は好まれない。また、知能がなくしゃべれないゾンビを倒しても、『禁書』で当麻が対戦相手にしているように「説教して（＝理屈で勝って）から、物理的に倒す」という展開ができず、爽快感に欠ける。ほとんどのゾンビライトノベルはゾンビになった存在以上にキャラが立っている人間が少なく、また、ゾンビにストーリーの焦点を当てるがゆえにそれ以外のキャラクターの掘り下げが甘くなる傾向にあった。しかし本作は先に述べたとおりゾンビは主人公に付与された二つの属性のうちのひとつにすぎず、ほかのキャラも吸血鬼＋忍者など、二つ以上の属性が付与されており、ツカミのインパクトが十分なキャラが揃っていた。また、コメディ系ゾンビながらきっちりと「刺さる」（感動する、泣ける）展開を用意していた点も、本作の商業的成功の要因としては重要だ。『これゾン』は毎巻必ずプロローグ＋四話＋エピローグという構成になっており、二話までは日常パートでラブコメ展開をし、三話と四話でシリアス展開をし、エピローグで日常パートに戻ってくる。ウェブ小説が流入して一巻ごとの区切りの作法が変容する以前の文庫ラノベでは、こうしたサイクルでシリーズを回していた作品が数多く存在していた（『魔法科』で話が途中なのに巻が閉じて以下続刊となったのを初めて読んだときには驚愕した。もっともその後ウェブ小説書籍化でも巻ごとの区切りの付け方のセオリーが確立されたが）。一〇年代前半までの文庫ラノベでは、ギャグ色の強い作品でも全編くだらない展開に留まり、ラストにしょうもないオチを付けるものがヒットした例はまれだ。巻の序盤ではヒロインたちとソフトエロも交えた笑いある展開をし、後半では彼女たちの内面や過去に迫るものが好まれた。

つまり『これゾン』は「ゾンビものラノベが流行った二〇一一、一二年の象徴」ではなく、半面では『生徒会の一存』『バカテス』『はがない』といったギャグ／ラブコメ色の強いラノベの一連のフォーマットを汲んだ作品であり、もう半面では（見た目は魔法少女に女装した姿であるというふざけたものだが）鏡貴也作品や『ＳＡＯ』『魔法科』的な最強主人公に連なる爽快感を持った作品である、と理解すべきなのだ。

カゲロウデイズ

（KCG文庫）

じん（自然の敵P）

楽曲投稿二〇一一年二月開始、一三年九月完結
二〇一二年六月～一七年一二月刊行
TVアニメ二〇一四年四月～六月

ボカロPオリジナルキャラによるボカロ小説最大のヒット作の手法は「物語消費」

八月一五日。うだるような暑さのなか、田舎から出てきた少年ヒビヤがあこがれの少女ヒヨリとともに都会の街を歩いていると、トラックがヒヨリを轢いた。むせかえる血の匂い。時はループし、今度はヒビヤの目の前に空から鉄柱が振ってきてヒヨリの身体を貫く。

こんな内容の楽曲「カゲロウデイズ」は一一年九月三〇日にニコニコ動画に投稿され、またたく間に百万回再生を突破。じんが手がけた「カゲロウプロジェクト」（カゲ

プロ）と総称された一連の楽曲、小説、漫画、アニメは、一〇年代前半の日本のユースカルチャーを語る上で外せない作品である。カゲプロのメカクシ団のメンバーは、みな自殺や殺人によって悲惨な死を経験することで「目」にまつわる特殊能力を獲得している。世界をループさせている「カゲロウデイズ」についての秘密と、それぞれのいわくつきの過去について知っていく。

「ボカロ小説」と言っても、じんの作品には初音ミクやＩＡといったボーカロイドはキャラクターとして登場しない。カゲプロにはじんがつくったオリジナルキャラしか出てこない。

　ボカロ小説は当初『悪ノ娘』的な「ボーカロイドが出てくる小説」だったがカゲプロ前後から「ボカロを使った曲を原作にした小説」になった。Ｐオリジナルキャラへと移行することによって原作の権利はボカロＰに一元化された。メディアミックス時にクリプトンなどのボカロメーカーに伺いを立てる必要がなくなり、本作のように映像化される作品がいくつか現れた（Last Note.『ミカグラ学園組曲』、Honey Works『告白予行演習』、れるりり『脳漿炸裂ガール』など）。

　にもかかわらず本作をはじめとする諸作の映像化の商業的失敗とニコ動のスマホ対応への遅れが相まって、ボカロ小説ブームは収束していった。

「カゲロウデイズ」を典型に、一〇年代初頭にニコ動でボカロのランキングに入るような曲はＢＰＭ二〇〇以上のギターロック（「高速ボカロロック」と呼ばれた）であり、歌詞はポジティブ／ネガティブを問わず、表現が過激・過剰だった。なかでも楽曲ごとに曲調を変え、喜怒哀楽や恐怖といった各情動に訴えるバラエティに富んだ展開をしたのがカゲプロだ。結果、登場キャラの人気もバラけ、「怖さ」「かわいさ」などに特化した他のボカロ曲／ボカロ小説よりも頭ひとつ抜けたヒットとなった。

カゲプロは楽曲は作中の時系列順をバラバラに発表していき、音楽、マンガ、小説、アニメでそれぞれ別のループを描いた。これは大塚英志が『物語消費論』で言った「物語消費」（と言う名の「世界観」消費）の手法そのものだ。大塚は一九八〇年代のサブカルチャーを分析し、たとえば当時子どもの間で流行した「ビックリマンシール」には、シール裏面に書かれていたキャラやビックリマンの世界に関する断片的な情報を子供たちが集め、想像しながら断片の背後にある巨大な世界観を消費していること、『ガンダム』や『ファイブスター物語』も同様の構造でできている、と指摘した。年表化できるような断片的な情報がユーザーに提示され、しかし、年表に記しうる重大な事件と事件の間には語られていない空白がある。ファンは作者が描く各作品（断片）を楽しみつつ、そのバックにある隠されたキャラ同士の関係性を想像し、推測する——当時のカゲプロのファンの行動は「物語消費」だった。

そういう意味でカゲプロの手法は新しくはなく、むしろ懐かしいものだ。八〇年代から変わったのは、楽曲発だったこと、ＳＮＳや動画サイトの活用、ループものだったことくらいだろう（派生出版物として一四年から学習参考書『カゲロウデイズで中学英単語が面白いほど覚えられる本』が刊行されてシリーズ累計五〇万部となり、学研プラスがその成功を受けてCD・オリジナルMV付きの『ボカロで覚える』シリーズを立ち上げ累計五八万部となったことは出版史的に画期だったが）。

小説『カゲロウデイズ』は手法は新しくないものの、当時の文庫ラノベの常識からすると異物だった。文庫ラノベのお約束とは異なる物語展開をし、男女問わず（女子の方が多かったが）一〇代読者を獲得した——これはボカロ小説全般に言えることだ。教育相談員の田中すみ子は、本作のファンの不登校の中三女子に『俺妹』について尋ねたところ「あれはオタク系ですから」とカゲプロとはまったくの別物だと返されたことを記している（田中すみ子「ピンポイントの読者ターゲットへの戦略『俺の妹がこんなに可愛いわけがない』」、『日本児童文学』二〇一四年七・八月号、小峰書店、五二頁）。

逆もしかりで、ボカロ小説はラノベレーベルの電撃文庫やMF文庫Jからも刊行され、ラノベ出身作家も筆を執ったが、狭義のラノベファンからは収まりの悪い扱いを受けた。本作は四〇〇万部以上売れたが、ラノベファンが投票でランキングを決める『このラノ』で上位に入ったことはない（ほかのボカロ小説も同様）。これはArcadiaやなろうから書籍化された作品とは明確に異なる。ラノベファンはウェブ小説は認めても、ボカロ小説は異物扱いし、認めなかった。

人類は衰退しました（ガガガ文庫）

田中ロミオ

二〇〇七年五月～一六年九月刊行
TVアニメ二〇一二年七月～九月放送

日常系へのラノベからの応答——に見えた田中ロミオの小説家としての代表作

二〇〇七年創刊の小学館ガガガ文庫の創刊タイトルのひとつであり、美少女ゲーム『CROSS†CHANNEL』『最果てのイマ』などでカルト的な人気を誇った実力派シナリオライター・田中ロミオ（山田一）の小説家デビュー作。人類文明が衰退し、地球の支配者が「彼ら」——見た目は可愛らしい妖精——になった未来。調査官となった「わたし」は妖精たちを探しに出向き、そのたび不思議な光景／事件と遭遇する。ポール・アンダーソンの「ホーカ」シリーズを思わせるユーモアあふれる文化人類学SFだ。

田中ロミオが二〇〇八年に刊行した『ＡＵＲＡ 魔竜院光牙最後の戦い』は中二病的な妄想を抱えた少女とそれを捨てた少年が、いわゆるスクールカースト（学校内での序列）の中でどう生きていくかを描いた作品で、こちらは無数のフォロワーを生んだ。中二病をネタ的に扱う点はほぼ同時期に刊行が始まった『俺妹』黒猫などと同じだが、こちらはより直接的に主題にし、苦味のある青春小説として昇華している。例えば京都アニメーションがアニメ化した虎虎『中二病でも恋がしたい！』（ＫＡエスマ文庫、一一年〜一七年刊）は『ＡＵＲＡ』と導入部分の設定がほぼ同じであるほか、同じガガガ文庫では渡航も『俺の青春ラブコメはやはりまちがっている。』（『俺ガイル』）執筆にあたり意識していたと語っている（渡のTwitterアカウント上での一三年四月一四日一時二七分のつぶやきなどを参照）し、『俺修羅』などもフォロワー認定して良いだろう。ところが『人類は衰退しました』は当時もその後もフォロワー作品が現れてジャンルを成すことはなく、孤高の存在である。率直に言って、筆者は本作が売れた背景をまともに説明付けることができない。

　作中での文明衰退の理由はいったい何なのかという不穏さは物語の陰に通底してはいるのだが、表向きは「わたし」や「おじいさん」と妖精たちのほんわかとした（ように見えてブラックな風刺も多い）ドタバタコメディであり、バトルもラブコメも青春もない。強いていえば〇六年放映のＴＶアニメ『けいおん！』以降の「日常系」的な作品のテイストが近いといえば近い。ただ日常系のラノベ的なアレンジは『生徒会の一存』や

『はがない』の方がよほど正統的だ（そしてこれらにあったシリアス展開を極力薄めた「4コマ小説」と称した新木伸『GJ部』で完成を見る）。「日常」と言っても本作では滅んだ世界での日常が描かれる。日常系を装ったポストアポカリプス／ゾンビものマンガ『がっこうぐらし！』（本作のアニメが放送された一二年に連載開始）は早々に日常系的展開から逸脱したことを思えば、『人退』はやはりほかの作品とは一線を画している。その上、最終九巻で明かされるオチは日常ものというより――本人が影響を受けた作家として大原まり子を挙げていることが如実にわかる――ＳＦである。

ライト文芸やウェブ小説にまで広げてなお、類似作品は見当たらない。アニメ『けものフレンズ』について「人類がいなくなった謎の世界に人間が迷い込む」（人間がいないのはなぜかという謎がある）という部分が「似ている」との声が挙がったが、それくらいだ。珍しいとされる将棋ラノベですら『りゅうおうのおしごと！』以外にもあることを思えば、この作品がアニメ化までされたことは、ラノベ史に残る例外的な事態だろう。

『Fate/Zero』の項でも書いたとおり、二〇〇〇年代にラノベ業界はエロゲーライターを次々作家として起用していったが、二〇〇〇年代後半になるとエロゲー市場は保守化が進み、一〇年代以降となると九〇年代末からの数年の盛り上がりが嘘のように市場は小さくなり、沈滞。代わって書き手が発掘される場所はウェブ小説中心になり、エロゲーライターたちは「なろう系」に押されて出版企画が通りにくくなった文庫ラノベ作家ともども、スマートフォン向けゲームのシナリオ等に流れることも少なくなくなった。スマホゲームへの進出が前向きか後ろ向きかは作家によるが、「エロゲーからスマホゲーへ」の最大の成功例が『ＦＧＯ』だということは言を俟たない。

ところが田中ロミオは一〇年代に入ってもKeyの『Rewrite』、みなみそふとの『少女たちは荒野を目指す』など、全年齢とはいえ美少女ゲームのシナリオを書き続け、二一年に発表が予定されている『project：PORTER』はKeyのキネティックノベル（美少女ゲームのようにグラフィック、音楽と連動させながらシナリオを読ませるフォーマットの作品。ただし基本的に選択肢はない）と、このジャンルで仕事し続けている。『人退』『ＡＵＲＡ』を皮切りにラノベ作家へ本格転身、あるいはスマホゲームに移る道、はたまたなろう作家に転じる道もあったかもしれないが、彼はそれらを選ばなかった。

そしてこれから語っていくように、一〇年代のラブコメラノベは、九〇〜二〇〇〇年代的な恋愛シミュレーションゲーム、ノベルゲーム系ギャルゲー／エロゲーの重力に囚われ続けたという点で田中ロミオ同様アナクロだったとも言える。しかし奇妙なことに、二〇〇〇年代エロゲーのトップランナーのひとりが手がけた『人退』は、その重力からもっとも遠いものだった。

ソードアート・オンライン

（電撃文庫）

川原礫

二〇〇二年一一月～〇八年七月連載（著者の個人サイト）
二〇〇九年～刊行中
TVアニメ第1期二〇一二年七月～一二月、第2期一四年七月～一二月、第3期一八年一〇月～一九年三月、第4期二〇年七月～九月

二〇一〇年代を代表するラノベになった、二〇〇二年連載開始のウェブ小説

著者がArcadiaで二〇〇七年一一月から一二月にかけて連載していた『超絶加速バースト・リンカー』を改題・改稿して投稿した『アクセル・ワールド』が第一五回電撃小説大賞・大賞受賞作となった。そのことを〇八年一〇月の受賞発表後に著者が九里史生名義で運営していたサイトWordGear上で報告したところ、担当編集者から『ＳＡＯ』を読ませて欲しいと頼まれ送ったことで本作も〇九年からの刊行が決まった。当初『ＡＷ』と『ＳＡＯ』は交互に隔月で刊行され、どちらも爆発的にヒットした。『ＡＷ』は

一六年時点でシリーズ累計五七〇万部、『ＳＡＯ』は二〇年四月時点で二六〇〇万部。〇二年連載開始の作品が一〇年代ラノベを代表する屈指のヒット作となったのは皮肉だが、こうした想像力は九〇年代ラノベにすでにあった。同じメディアワークスから一九九四年に刊行された高畑京一郎の第一回電撃ゲーム小説大賞（二〇〇三年から「電撃小説大賞」）金賞受賞作『クリス・クロス』は多人数が同時にＶＲ体験型ＲＰＧをしているさなかに、ゲーム内での死が現実での死になり、プレイヤーたちはゲームクリア以外には脱出不可能方法となり、黒幕は開発者だったという点で『ＳＡＯ』一巻と似ている。

また、主人公のキリトは黒衣の最強剣士だが、これは一九九九年頃から著者ウェブサイトで書かれた主人公最強ものの異世界ファンタジーである吉野匠の『レイン』（ウェブ掲載時は『雨の日に生まれたレイン』）と同様である——むろんその前から黒衣で最強と言えばラノベでは九四年スタートの秋田禎信『魔術師オーフェン』（ただし剣士ではない）、ファンタジー小説では六一年に始まるマイケル・ムアコック『エルリック・サーガ』がある。

つまり『ＳＡＯ』は「新しい」というよりも既知だが「ツボを押さえた」設定や物語展開が巧みだった——これはウェブ小説で人気のファンタジーに比較的共通する傾向だ。世界幻想文学大賞などで評価されるファンタジー小説では、ストレンジな世界を描くことでこの現実世界の不可思議さを逆接的にあぶり出す作品が少なくないが、そうした伝統的なファンタジーの評価軸では測れない魅力をウェブファンタジーは提供する。読者が慣れ親しんでいるマンガやゲーム、ラノベのお約束的ファンタジー観を踏襲することで描写を最低限にし、キャラとイベントの快楽にフォーカスする、といった具合に（もっとも、『ＳＡＯ』はウェブ発の中では今となっては例外的に映るほど、丁寧に描写をしている作品だが）。

とはいえ二〇〇〇年代初頭連載開始作品の書籍化が、タイムラグゆえ新鮮に映った部分もある。たとえばアスナの造形だ。二〇〇〇年代には『灼眼のシャナ』『ハルヒ』『ゼロ魔』の影響でツンデレが量産されたが、アスナは記号化された性格付けはされておらず、育ちの良さを感じさせる凛とした部分とキリトに対する一途さによって男女問わず支持され、主人公を気軽に罵倒し暴力を振るう量産型ツンデレを過去のものとした。

また、『ＳＡＯ』ではゲーム好きがほぼ差別されない（例外的な存在としてアスナの母親がいるが、彼女はゲームだから蔑んでいるというよりそもそも娘に無理解だ）。これは刊行開始当時存在していた「アニメやゲーム好きはスクールカースト下位」という時代遅れの認識に基づいた作品群と比べて、中高生には違和感なく読めるものだったろう。

本作が後続に与えた影響は、文庫ラノベでウェブ小説を書籍化しても売れるという先例を作ったこと、ゲームの世界に入る／転生・転移する作品を書こうと作家志望者に思わせたこと、ラノベ読者にウェブ小説の存在を知らしめたことなどいくつもある。

筆者は一〇年頃、ある作家から、書店で川原礫作品の話をしている高校生男子が「『SAO』の方がおもしろい」「『アクセルワールド』は主人公がデブだからイヤだ」と語っていたと聞いた。そのルッキズムを肯定はしないが、彼ら以外にも「太ったいじめられっ子よりイケメン最強が好き」な人が多いことは両作の部数を比べても事実だ。『SAO』『魔法科』の影響でイケメン最強主人公は増え、「どこにでもいる普通の高校生」はますます減った（もともと特別なスペックを持つ主人公に比べて需要はなかったが）。

なお、川原礫の好きな作家は堂場瞬一、大沢在昌、佐々木譲、誉田哲也らであり、それゆえ謎解きやサスペンス要素が出るし、いつか警察小説にチャレンジしたい、と語っていた（「ダ・ヴィンチ」一三年七月号、メディアファクトリー、一七二頁）。しかし本作が完結するまでその日は来ないだろうし、栗本薫『グイン・サーガ』や夢枕獏『餓狼伝』、ラノベなら『禁書』と同様、本作に完結を期待するのは望み薄だろう。

「読者とともに年を取る超長編」であると同時に、学校読書調査や朝読ランキングを見る限り、一〇年代に新規に一〇代読者を獲得し続けた稀有なラノベでもある。同様の作品は西尾維新〈物語〉シリーズしかない。読者年齢上昇が止まらないラノベが今一度中学生を獲得しようと考えるなら、真っ先に参照されるべき作品でもある。

無職転生

（MFブックス）

理不尽な孫の手

二〇一二年一一月～一五年四月連載（小説家になろう）
二〇一四年一月～刊行中
TVアニメ二〇二一年一月～三月、2クール目放送予定あり

五年以上にわたって累計ランキング一位を保持した「なろう」の代名詞的作品

二〇二一年二月現在は「小説家になろう」全投稿作品の累計ランキングで二位だが、一九年二月に『転生したらスライムだった件』に抜かれるまで一三年一〇月から五年以上にわたって一位を保持したのが本作だ。投稿されるやいなやランキングを駆け上がり、ウェブ小説書籍化の流れが本格化する前であった当時ですら書籍化のオファーが各社から殺到したが、最初に声をかけてくれたフロンティアワークスの編集者に許諾を出し、MFブックスから刊行されることになった（MFブックスはフロンティアワークスと

KADOKAWAの共同事業）。

　いじめや家族からの虐待から引きこもりのニートとなった三四歳男性がトラックに轢かれて死ぬと異世界に転生して「今度は本気で生きる」ことを決意。天才少年ルーデウス（ルディ）として魔法を師匠ロキシーに習い、それを七歳にして家庭教師を務めることになったエリスに教え、街の人たちからも信頼を得て楽しい生活を送っていた——ところに町上空の魔力暴走が起きて彼らの住む土地の住人たちはみな見知らぬ土地に飛ばされてしまう。ルディは師ロキシーから「絶対に近づいてはならない」と言われたスペルド族のルイジェルドに命を助けてもらい、いっしょに魔大陸まで飛ばされていたエリスとともに故郷への帰還を目指す。ところが旅の途中でやっとの思いで父パウロに再会できたのにルディは「今までお前は何をしていたんだ」と罵られてしまう。ルディたちだけでなく、家族みんなが散り散りになり、見つかっていなかったからだ——。

　物語は少年ルディが二四歳になり最後の戦いに勝ち、転生前の年齢三四歳になると子どももたくさん生まれ（複数ヒロインと子をなす）、七四歳に幸福な気持ちで息を引き取るところまでを描く。バトルものというより冒険ものと言ったほうがしっくりくる。「転生後は世界最強クラスの才能を持ち、前世の知識も活かして並の大人にもできない活躍をする」「複数の異性から言い寄られ、結ばれる」というところはなろう系の典型だが、なろう連載作品に対してしばしば言われる「ずっと気持ちよさを与え続けないと読者が離れていくので鬱展開は望まれない」といった特徴はない。序盤こそ気持ちのいい俺ＴＵＥＥＥ展開をするが、エリスと一緒に飛ばされて以降は主人公が落ち込む展開、悲惨だった前世の記憶がリフレインして傷つく描写もある。もちろん「本気で生きる」と決めたルディはそれでも負けずに立ち向かっていくが、ほとんどピンチらしいピンチを経験しないとか、読む前から「どう見ても勝つだろう」という戦いや試練ばかりが描かれるタイプの作品ではない。意外とハードなのだ。時折、ルディが前世の引きこもり状態時の姿をした自分に戻ってヒトガミと呼ばれる超越的な存在と対話をしたり、前世の記憶がリフレインすることもあり、読者もふと我に返って自分の人生について考えてしまう作品でもある。

　異世界転生・転移作品では、転生・転移・召喚させた存在が転生者にご都合主義的に強すぎる力を付与し、その後も何かと親切に振る舞ってくれるパターン、最初に転生させたあとはほとんど顔を出さないパターン、召喚された側が召喚者に疑いの目を向けるパターンなどがある。

『無職転生』でルディを転生させた直接の存在ではないものの、ルディは時折助言をしてくるヒトガミのことをうさんくさく思い、ヒトガミとも戦うことになる。「欺く神との戦い」というテーマは山田正紀『神狩り』など日本ＳＦでしばしば描かれてきたものだが、本作はそれを扱った作品でもある。「なろう」の著名作品では星月子猫『ＬＶ９９９の村人』なども同様だ。山田正紀の場合は、五〇年代のアーサー・Ｃ・クラーク的な高次元知性体への人類進化のビジョン、明るい未来への欲望を、六〇～七〇年代的なカウンターカルチャーと共振するかたちで反転させたものだった。『幼年期の終わり』に登場する人類を超越する存在オーバーロード、オーバーマインドのような存在は、人類を善導するような口ぶりをして欺いている「体制」的なものの象徴であり、彼らこそを打ち倒さねばならない、という思想である。一方『無職転生』の場合は、前世で悔いの残る生き方をしてきたことへの反省（反動）として「本気で生きる」と決めたために、ルディはあやしい存在にすがらない。何かに寄りかかりすぎては、本気で生きることにならない。ルディはヒトガミと対話するときは前世の姿になるが、ヒトガミへの疑いと、たびたびリフレインされる虐待してきた前世の家族への暗い気持ちは、同じフォルダに入っているものだろう。笑顔で助言してくる超越的な存在への反発は、何かと「生きづらさ」「生き方」にフォーカスされる時代性が反映されている。

本作はなろう系の代名詞的存在だが、ラクして快楽を得まくる作品ではない。「今度こそはきちんと生き抜く」というルディの切実さが際立つ。ある種自己啓発的な、それでいて世俗的な上昇志向や承認欲求とは無縁な作品である。

ウェブ小説書籍化の歴史――「異世界転生」前史②二〇〇〇年代後半

二〇〇〇年代後半にはウェブ小説の書籍化はどうなったか。〇五年には吉野匠の『レイン』がアルファポリスのドリームブッククラブを通じて書籍化され、最終的にはシリーズ累計一〇〇万部に達する。黒衣の剣士レインが無双するファンタジー小説である。吉野はラノベ新人賞に投稿していたがなかなか通らず、自分の楽しみのために書いた『レイン』がデビュー作にして最大のヒット作となる――が、四六判単行本で刊行された『レイン』を当時「ライトノベル」とみなしている業界関係者は少なかった（このころ刊行されたラノベ関連ムックでも取り上げられていない）。

　ウェブ小説がラノベの供給源のひとつとみなされるようになるには、さらに数年を要する。

　〇七年には川口雅幸が個人サイトで〇四年五月から〇五年九月まで連載した小説がドリームブッククラブを通じて〇六年一一月に出版化が決定したタイムスリップもののローファンタジー『虹色ほたる』が話題となり、同作がきっかけでアルファポリスの登録件数が倍増。同〇七年一一月には一二年九月にTVドラマ化される椙本孝思のデスゲーム・クイズ番組小説『THE QUIZ』も刊行されているが、椙本は〇二年一一月にアルファからデビューした作家である。

　アルファポリスは〇二年に市川拓司（市川たくじ）の恋愛小説、〇五年に異世界ファンタジーの『レイン』、〇七年は感動ものの『虹色ほたる』とホラーの『THE QUIZ』がヒットと、まったくジャンルの異なるヒットを創業から数年で生み出したことになる。

　これは売れ筋が集約されてきた昨今のアルファよりも振れ幅が広く映るのではないか。まだまだ刊行点数が少なく、とくにヒット作が少なかったがために書き手も編集者も「こういうものが当たる」という経験則（や思い込み）が希薄で、それゆえに質的に多様な作品が集まり、かつ、それぞれそれなりに目立ちやすかったことが背景だろう。どのサイトもそうだが、同じジャンルでヒット作が二、三続くと一気に似たような作品が増え、書き手も読み手も「こういうサイト」という印象が形成されていく。

　そしてここまで述べてきたヒット作によって資本が蓄積されたアルファは、〇八年一月に出版申請制度、一一月にアルファポリスWebコンテンツ大賞を開始する。

　ドリームブッククラブは購入型クラウドファンディング（本の予約販売）と融資型クラウドファンディング（本の制作資金の出資者が印税を受け取るしくみ）の組み合わせだった。一方、出版申請制度やWebコンテンツ大賞では、本を出したい人が申請または賞に応募し、その作品に対して「読者からの評価」は募るが、ウェブ上で人気が確認できた作品を出版するのに必要な資金は募らず、アルファが制作資金を負担する。

以降アルファはこちらに力を入れていくつもの新人賞を主宰するようになり（たとえば個人サイト発の鈴木麻純『蛟堂報復録』がアルファポリスミステリー小説大賞大賞を受賞して〇九年四月に刊行され、ヒット）、一〇年七月をもってドリームブッククラブは終了する。

二〇〇〇年代半ばからは第二次ケータイ小説ブームも起こっている。おそらく第二次ケータイ小説ブームがなければ、一〇年代のウェブ小説書籍化ブームはなかっただろうと思われるほど、このふたつのムーブメントはつながっている。

〇五年にChaco『天使がくれたもの』がスターツ出版から刊行されて『Deep Love』以来の大ヒット作となり（シリーズ累計一一五万部超）、美嘉『恋空』が「魔法のiらんど」にて連載開始され、〇六年一〇月にはやはりスターツから書籍化される。これにメイ『赤い花』（〇六年七月連載開始、〇七年一月ゴマブックスから書籍化）などのヒットが続く。第一次ブームのときはブームと言っても実質Yoshiひとり勝ちだったが、第二次ブームはオンライン小説がジャンルとしてブーム化し、メディアで注目された初の事例となった。

このケータイ小説ブームは「小説家になろう」にも影響を与える。雑誌のケータイ小説特集でなろうやなろう掲載作品が紹介され始め、恋愛小説が増えた。これが〇七年に携帯電話向け恋愛小説専門サイトの「ラブノベ」開設につながる。

なろうの書報－出版作品紹介ページでこの時期を見ると、ぬこ『あたしのカラダ』『うりの夏休み』が魔法のiらんど文庫から書籍化されている（〇八年二月、六月刊）。『あたしのカラダ』あとがきを読むと「初めて自分が書いたお話をＨＰに載せてから」との記述がある（二〇四頁）ため、なろう掲載作品ではなく同作は「なろう活動経験のある作家の書籍化作品」なのだろうと思われるが、いずれにしろなろうにはケータイ小説的な作品・作家もこの当時いたことの証左になる。

忘れてはいけないのは、なろうはPCだけでなくガラケーでも閲覧できたことだ（一九年一月まで）。のみならず、〇五年には十八禁のノクターンノベルズ、ムーンライトノベルズを始動、〇七年には「小説を読もう！」が始動してランキングシステムが整備され、時を同じくして異世界ファンタジーが増え始める。

そして〇八年には個人運営からグループ運営体制へ移行し、〇九年には活動報告機能、ブックマーク、お気に入りユーザー機能、アクセス解析システム導入。レイアウト変更などの大幅リニューアルに至る（ヒナプロジェクト梅崎祐輔インタビュー、『かつくら』二〇一五年春号、桜雲社、三〇頁）。一〇年八月に「にじファン」（ＰＣ向け）、「ＮＯＳ」（モバイル向け）に分離するまではなろう本体での二次創作もさかんだった。

なろう運営のインタビューでは必ず「異世界ファンタジーだけを推したいわけではない」と語られるが、それはなろうの最初の数年の動きを見れば当然だろう。

書籍化が当たり前になって以降のほうが、なろうのジャンルの偏りはおそらく激しくなっている。一〇年代以降の書籍化ラッシュが、なろうから人気作品の多様性を奪ったのだ（ちなみにアルファポリスからの最初のなろう書籍化は〇八年からで、一二月刊の高遠響『薔薇の紋章』だと思われるが、本格化するのは一〇年以降であり、『薔薇の紋章』は一九三〇年の東京を舞台に社交界・政界の人物が入り乱れるホテルの女主人を主人公にした「疾風浪漫小説」と銘打たれたロマンスである）。

　プラットフォーム側だけでなく、出版社側の動きにも目を向けてみよう。

　〇八年一一月からＧＡ文庫より林亮介『迷宮街クロニクル』が刊行されている。これはブログサービス「はてなダイアリー」上に連載されたＲＰＧ『Wizardry』を下敷きに、二〇〇三年の京都に迷宮が現れたら？　という視点から〇三年より書かれたウェブ小説『和風Wizardry純情派』を加筆修正の上、書籍化したものである。

　これがソフトバンククリエイティブ（現ＳＢクリエイティブ）から出た理由は、同社が『君のせい』などケータイ小説を手がけていたからだろう。「ケータイ小説書籍化がいけるなら、ほかのサイト発の人気作の本もいける」という感覚が、一部の編集者に芽生えていたと思われる。

　こののちＧＡの新人賞にはウェブ発の『ダンジョンに出会いを求めるのは間違っているだろうか』や『ゴブリンスレイヤー』が投稿されて人気を博すことになるが、これは応募側に『迷宮街』書籍化のイメージがあったからかもしれない。

　ほかにも〇七年八月創刊のイースト・プレスのレガロシリーズから、著者個人サイト発（〇四年連載開始）で〇九年一一月に映画化、一〇年七月に舞台化、一一年三月にゲーム化される梨紗『華鬼』（創刊ラインナップ。惹句は「アクセス数３６０万突破！　オリジナル恋愛ファンタジー小説サイト『小部屋の小窓』の人気ナンバー1小説」。一七年に講談社文庫に入る）や、異世界転移もののウェブ小説書籍化では初のものと思われる時生彩『つがいの歯車』（〇八年七月）などが刊行されている。レガロはケータイ小説を除けば明確に「ウェブ小説（ネット小説）を書籍化するレーベル」を謳った最初の例だろう（〇九年創刊のアルファ「エタニティブックス」より早い）。

　〇九年になると現在のウェブ小説書籍化につながる動きが次々に揃う。アルファポリスは〇九年三月の風『ＰＵＲＥ』、九月発売の広瀬もりの『片側の未来』と綾瀬麻結『Promise誘惑のゆくえ』より現代を舞台にした大人の女性向け恋愛小説レーベル・エタニティブックスを始め、同社がロマンスに強い版元というイメージがこの頃から強まっていく。

　そして一〇年一一月には如月ゆすら『リセット』を創刊ラインナップ

として女性向けのファンタジー恋愛小説のレーベル、レジーナブックスが始まる。『リセット』がおそらくなろう発で最初に書籍化された異世界転生作品である。

　また、〇九年には双葉社がモバゲータウンにて二月から連載開始されたぱっくんちょ『王様ゲーム』を一一月に、主人公と同名の金沢伸明名義——これはおそらく第二次ケータイ小説ブーム作品が著者・主人公同名だった流れを汲んでいる——で書籍化。

　双葉社は〇六年二月刊のYoshiの『翼の折れた天使たち海』『翼の折れた天使たち空』以降、ケータイ小説に参入、また〇七年六月刊の『恋空』コミカライズなどマンガ化も手がけており、その流れからネット発コンテンツの書籍化に力を入れ始める。

　同社は同年九月に、2ちゃんねるのニュー速VIP板発のマンガ・小説投稿サイト新都社（〇五年二月開設）に〇六年三月～九月に投稿されていた青春（？）学園もの『オナニーマスター黒沢』を伊瀬勝良『キャッチャー・イン・ザ・トイレット』と改題して単行本化してもいる。

　一〇年代のモンスター文庫創刊や住野よる『君の膵臓をたべたい』書籍化などへの布石はすでに二〇〇〇年代半ば頃の双葉社にはすでに存在していた。

　そして〇七年からArcadiaで発表された攻打引『超絶加速バースト・リンカー』が翌年改稿の上に電撃小説大賞に投稿されて大賞を受賞し、〇九年二月に同作は電撃文庫から書籍化。これが川原礫『アクセル・ワールド』であり、川原は同年四月から個人サイトに連載していた『WordGear』（〇二年一一月～〇八年七月連載）を『ソードアート・オンライン』と改題して刊行していく。

　二〇〇〇年代後半にはウェブ小説書籍化の動きが活発化し、実績が積み重ねられていったが、そこでは広義のライトノベルは主役ではなかったし、この時期のなろうは（萌芽はあったが）「異世界転生のサイト」ではなかった。そして第二次ケータイ小説ブームがなければ双葉社等がウェブコンテンツの書籍化に強い会社になることもなかっただろう。

　二〇一〇年代にウェブ小説書籍化を巡って起こる諸々の現象は、二〇〇〇年代後半までにかなりの程度準備されていたとはいえ、歴史の偶然が作用した面も大きい。

　なろうをいわゆる「なろう系」が席巻し、それがライトノベルとみなされるようになるのは、二〇〇〇年代後半から二〇一〇年代初頭までの数年間に、たまたまいくつかの出来事が重なったからにすぎない。

2013

この年放映された小説原作のTVアニメ

『アウトブレイク・カンパニー　萌える侵略者』『犬とハサミは使いよう』

『IS〈インフィニット・ストラトス〉2』『有頂天家族』『俺の妹がこんなに可愛いわけがない』

『俺の彼女と幼なじみが修羅場すぎる』『俺の脳内選択肢が、学園ラブコメを全力で邪魔している』

『神様のいない日曜日』『境界の彼方』『GJ部』『ゴールデンタイム』『ささみさん＠がんばらない』

『ストライク・ザ・ブラッド』『デート・ア・ライブ』『東京レイヴンズ』『猫物語（黒）』

『ハイスクールD×D　NEW』『這いよれ！　ニャル子さんW』『はたらく魔王さま！』『Free!』

『変態王子と笑わない猫。』『僕は友達が少ないNEXT』『まおゆう魔王勇者』『機巧少女は傷つかない』

『〈物語〉シリーズ セカンドシーズン』『問題児たちが異世界から来るそうですよ？』

『やはり俺の青春ラブコメはまちがっている。』『勇者になれなかった俺はしぶしぶ就職を決意しました。』

『RDG　レッドデータガール』『ロウきゅーぶ！SS』『ログ・ホライズン』

創刊したレーベル

○ライトノベル
オーバーラップ文庫、ポニーキャニオンぽにきゃんBOOKS
○ウェブ小説書籍化
林檎プロモーション・フリーダムノベル、アルファポリス・レジーナ文庫、
フロンティアワークス・レジーナブックス、KADOKAWA（メディアファクトリー）MFブックス、
三交社エブリスタWOMAN創刊、
レーベルではないが富士見書房、新紀元社、宝島社がウェブ小説の単行本を刊行開始
○ライト文芸
ティーオーエンターテインメントTO文庫

関連トピック

『ゼロの使い魔』著者ヤマグチノボルが逝去
角川グループが2013年6月に株式会社KADOKAWAに。10月にグループ会社であるアスキー・メディアワークス、角川学芸出版、角川書店、角川プロダクション、角川マガジンズ、中経出版、富士見書房、メディアファクトリーを吸収合併
講談社、LINE上で無料連載される小説アカウント「LINEノベル」に眞邊明人『陰陽探偵・中津川玲子の14日間』、白河三兎『君のために今は回る』、月島総記『クロストライブ～境界の魔女と眠り児たち～』を提供。第1回LINEノベル大賞を共同開催

ハイスクールD×D

（富士見ファンタジア文庫）

石踏一榮

二〇〇八年九月～刊行中
アニメ第1期二〇一二年一月～三月、第2期一三年七月～九月、第3期一五年四月～六月、第4期一八年四月～七月

おっぱい！おっぱい！が示すラノベ市場／KADOKAWA文化圏の特徴

すけべ少年の兵藤一誠（イッセー）は同級生の少女を装って接近してきた堕天使に殺されるも、サキュバスの美少女リアス・グレモリー（オカルト研究部・部長／兄は魔王）にその神器（セイクリッド・ギア）を見初められて契約、悪魔として蘇生する。一誠は部長の駒として堕天使や天使など悪魔と敵対する勢力の襲来を退けながら、天使のアーシアなどと親密さを深め、上級悪魔となってハーレム王になることを目指す。つまり彼はバカバカしくはあっても明確な目的を持つ主人公である。

好色であることを隠さない（が実際に性行為を手当たりしだいにするわけではない）主人公は、『生徒会の一存』の杉崎など二〇〇〇年代ラノベから少なくなかったが、本作はソフトエロとそれに絡んだバカバカしいノリと浪花節的なバトルによって圧倒的に支持されたシリーズのひとつである。良い意味で何も考えずに楽しめる。こういう作品は頭の悪さゆえにバカにもされやすいが、実際にこの種の作品を作ってヒットさせることは非常に困難だ。突き抜けたアホがウリの作品ではあるが、ここにあるのは、ただのエロでもただの笑いでもただのバトルでもない。それらを組み合わせた、エンタメとしてのバランス感覚に長けている。

人気のほどはTVアニメが4期も作られたことを見れば明らかだろう。アニメ第2期のタイトル『ハイスクールD×D NEW』のWの部分のロゴは乳房を模したものになっており、「乳《にゅう》」と引っ掛けてあるなど徹頭徹尾ふざけている。たとえばイッセーが神器を暴走させて我を失ったときには、自分がかつて歌った「おっぱいドラゴンの歌」の「おっぱい！　おっぱい！」というコールを聴き、そこに部長の乳の力が加わることで我に返る。「おっぱいは命より重い」「舐めるな、いや、むしろ舐めたい！」「部長の乳首のために戦う！」といった言葉が始終乱れ飛び、イッセーやアーシアが死んでは皆が泣き、蘇生しては敵を倒す。

一九五二年連載の福井英一による少年マンガ『イガグリくん』以来の「倒した敵が仲間になる」という連載少年マンガ的な型を踏襲にしつつ、本作は「倒した敵がハーレムの一員になる」を繰り返していく。

重要な点は、ラノベではたんに過激なエロに走れば売れるわけではない、という点だ。たしかに本作は無闇に裸のシーンが多いが、挿絵がもっときわどく、性描写がもっと激しい作品よりも『D×D』は売れている。ポルノとして消費したいだけならわざわざ全年齢向けのラノベを手に取る必要はない。重要なのは「合わせ技」だ。

本作の特徴は、エロだけでなく、そのエロネタで読書の敷居を極限まで下げ、笑いの需要に応えていることにある。赤城大空『下ネタという概念が存在しない退屈な世界』や有象利路『賢勇者シコルスキ・ジーライフの大いなる探求』など下ネタで笑いを取りに行く作品は、ラノベ読者のあいだでは定期的に話題になる。「性欲を刺激する」＋「笑いを取る」は文庫ラノベ市場で読者に訴求するためには重要な手段だ。たとえば鴨志田一による青春ラブコメ作品『さくら荘のペットな彼女』『青春ブタ野郎シリーズ』は、心理的にきわめてシリアスで重たい展開にまで踏み込んでいくが、それでもヒロインによる「（本人にその意図はないが）エロく聞こえるセリフ」といったものが差し挟まれ、緊張を緩和し、読者の性欲を触発する役割が受け持たされている。

本作では、よりあっけらかんと、肯定的に性的なネタと戯れてみせる。笑福亭鶴光の下ネタだらけの深夜ラジオが七〇年代に若年層男子に支持されたように、『D×D』も二〇〇〇年代後半から一〇年代にかけて多くの男子に笑いと疼きをもたらした。

さらには、バトルものとしての爽快さも本作は備えている。敵は基本的にチンピラや奇人・変人が多く、シリアスにしすぎず、設定をいたずらに複雑にしすぎることもなく、サクサクと進む。性欲にドライブされ、敵からハーレムを提示されると簡単に転びそうになるイッセーは、本質的には熱血キャラであり、仲間のために命を懸けることを厭わない――非常に少年マンガ的だ。

しかし、二〇〇〇年代以降の当の少年マンガでは、エロと熱血を組み合わせたラブコメとバトルの融合的なヒット作は、赤松健『UQ HOLDER』、きただりょうま『ド級編隊エグゼロス』、原作：サイトウケンジ、作画：奈央晃徳『トリニティセブン』などいくつかの作品は浮かぶが、おもな輩出源はラノベ原作を含むKADOKAWA系列の月刊少年誌だろう。つまり「少年マンガ」と言って真っ先に想起されるであろう「ジャンプ」をはじめとする週刊少年誌では「直球」にも思えるこの手の「エロ×熱血」作品は決して多くはなく、ラノベに親和的なKADOKAWA文化圏で比較的見られる。こうした傾向を踏まえると、本作は「売上」の圧倒さに比して『このラノ』などの「評価」に基づく投票では上位に入らず、ラノベ読みや文芸サークル、ＳＦ研・ミステリ研に所属する学生から「くだらない」とみなされがちだが、大衆文化史的に興味深い位置にある。

問題児たちが異世界から来るそうですよ？（角川スニーカー文庫）

竜ノ湖太郎

二〇一一年四月～二〇年七月（未完のまま作者の体調不良によりシリーズ休止）
TVアニメ二〇一三年一月～三月放送

文庫ラノベ発の異世界転移作品は、同時代のなろう系と何が同じで何が違っていたか？

〝人類最高のギフトの持ち主〟である三人――チンピラを周囲の地形ごと吹き飛ばす力を持つ少年・逆廻十六夜、財閥の娘・久遠飛鳥、人間以外の生物とも会話できる春日部耀――が、黒ウサギとジン・ラッセルによってコミュニティ「ノーネーム」再興のために異世界へと召喚される。そこでは、それぞれが天使や精霊などから与えられた恩恵（特異能力）を使って〝勝者総取り〟ルールの「ギフトゲーム」で戦うことで物事が決まる。十六夜たちは滅びの危機にあるノーネームが掲げる「打倒・魔王」に乗り、失われた仲間などを取り戻すべく、神話の存在や修羅神仏たちと戦い、勝ち進んでいく。ギリシャ神話由来のペルセウス、インド神話からカルナなどが大集合するのはTYPE-MOONの『Fate』シリーズと同様だ。キリスト教ネタも一部あるが、基本的には各国・地域の多神教を節操なく接続した世界観となっており、厨二心をくすぐる。注目すべきは、狭義の文庫ラノベ、それもなろう発の異世界転生・転移ものが文庫ラノベで刊行されるようになる以前に始まった作品ながら、異世界転移ものである、という点だ。「異なる時代から召喚された人間が集められる（集まる）」のはなろう発の『盾の勇者の成り上がり』『転生したらスライムだった件』などと同様である。

とはいえ本作はやはり文庫ラノベ発作品であって、なろう系とは異なる部分も多い。たとえば、そもそもタイトルからして十六夜たちが「異世界へ行く」のではなく黒ウサギ視点で「異世界――われわれが認識している現実世界――から『来る』」と黒ウサギ視点から語られている時点で異質である。ほかにも、転移先の異世界で行われる「ゲーム」はＲＰＧ的でも西欧中世風でもないし、『カイジ』や『ライアーゲーム』のようにギャンブルをアレンジした知的ゲームでもなく、恋愛ＳＬＧ《シミュレーションゲーム》的なものでもない。基本的には異能バトルだ。この点は従来の文庫ラノベの流れを汲んでいる。当時のなろう系では大人が転生・転移後に赤子や若者になるところからスタートすることが多かったが、本作は転移前から年齢的に高校生であり、一〇代読者が感情移入しやすい設定と言える（なろう発の『Re: ゼロ』が中高生からも支持された理由のひとつも本作同様に

「主人公が最初から高校生」という点にある)。

　また、なろう系の異世界転生・転移では、普通の人間が異世界に行ったあとで特別な力を得ることが多いが、本作の主人公たちは転移前から常人とは異なる力を持ち、内面的にも常人とは異なる。ところが彼らは何も持たない「ノーネーム」の一員となる。

　ラノベでは『禁書』の当麻は「レベル0」、『ゼロの使い魔』のサイトとルイズはタイトル通り無能で劣った存在として物語開始時点では描かれるが、この作品も子ども・若者は「何もない」ところから始まる。当麻やサイトたちは、実は無能に見えたものこそが、ほかの誰も持たない特別な力であったと意味づけが反転される。この「何者でもない」という感覚と、特別な何者かなのだという「全能感」の同居こそ、少なくない子ども・若者が抱いているものであり、ラノベが思春期男子の琴線に触れるポイントのひとつだ(「越境」作家である米澤穂信も『氷菓』に始まる古典部シリーズ執筆時に、思春期における「無能感」と「全能感」の同居をテーマにしていた)。『問題児』の「ノーネーム」、『ノゲノラ』の『』《空白》というネーミングと、主人公たちの突出した能力の両立は、そうした感覚に訴えるものだ。

　黒ウサギから異世界への誘いを受けた十六夜たちは、この世で今抱えている財産や人間関係のすべてを捨てることが条件だと言われても「このままこの世にいても退屈だから」「おもしろそうだから」と異世界への片道切符を積極的に選ぶ。こうした好奇心や最強へ挑むことが究極的な動機になっている点は、『ドラゴンボール』の孫悟空的な少年マンガ（のなかでも脳天気な部類）の主人公に近い。多くのなろう系のように、現世における主人公のブラックな労働やみじめな引きこもり生活を「転生トラック」――トラックに轢死させられ転生する作品が流行したために「殺して転生させるトラック」＝転生トラックと呼ばれるようになった――がリセットして異世界に行く、そしてそれゆえに現実世界に戻ってきたいとも思わない、というものではない。ただこの「異世界に行きっぱなしでいい」という感覚は、多くのなろう系同様だ。たとえば二〇〇〇年代の『ゼロの使い魔』では（シリーズ後半になってからだが）サイトは日本に帰ろうとしていたし、ルイズとサイトが日本に行って完結する。しかし本作や『ノゲノラ』は、もはや現実世界を帰るべきもの、帰りたい場所とは捉えていない。伝統的なファンタジーや昔話などが持っていた「ゆきて帰りし物語」という構造からは大きく逸脱している。

　このあたりのなろう系との差異と類似性、二〇〇〇年代ファンタジーとの差異と類似性が、一〇年代前半にヒットした本作を興味深いものにしている。ついでに言えば、本作ではラッキースケベはあっても恋愛要素がほぼ見られない。これは当時のラノベのヒット作では珍しかったが、なろう系や一〇年代後半の文庫ラノベのヒット作では珍しくなくなっていくものである。その意味でも先駆的／前駆的重要作だ。

デート・ア・ライブ

（富士見ファンタジア文庫）

橘公司

二〇一一年三月～刊行中
ＴＶアニメ第1期二〇一三年四月～六月、第2期一四年四月～六月、第3期一九年一月～三月、第4期放送予定あり

一〇年代ギャルゲーでは衰退した恋愛ＳＬＧ的構造を小説に取り込んだラブコメ

三〇年前に観測され始め、全世界に一億五千万の死傷者をもたらした「空間震」。それを引き起こす存在「精霊」は少女の姿をし、高度な戦闘能力を保有する。人類が精霊に対処する方法は「殲滅する」か「デートして、デレさせる」かしかない。一見、普通の少年・五河士道は、キスによって精霊の霊力を吸収・封印し、その霊力を行使できる特殊体質を持ち、血のつながらない妹・琴里が司令官を務める機関〈ラタトスク〉によって精霊との交渉役になる。士道は人間社会の常識を知らない複数の精霊たちに接触

し、好感度を上げてキスすることで災害を食い止めることになる。

　思わず笑ってしまうような設定だが（こんなふうに地震による大災害を扱っている作品が東日本大震災の起こった一一年三月に偶然とはいえ刊行開始されたという点では笑えない人もいただろうが）、「世界」の命運とラブコメ的な「学園」ものの日常のかけあいが重なる点で、非常にラノベらしい作品だ。

　選択肢を選びながら女性と関係を構築し、恋愛を成就させる「恋愛ＳＬＧ《シミュレーションゲーム》」タイプのギャルゲーは、一九九〇年代に『ときめきメモリアル』などのブームを巻き起こし、ノベルゲーム型のエロゲーは二〇〇〇年代半ば頃まで大きな隆盛を見せ、〇九年には『アマガミ』『ラブプラス』といったヒット作がリリースされた。

『俺妹』の項などで述べたように二〇〇〇年代発のラブコメラノベはこうした恋愛ＳＬＧ的な構造を取り込んだハーレムラノベを多数生み出し、「誰ルートで完結するのか」という議論がファンを賑わせ、作家を悩ませた。ゲームではプレイヤーが好きなキャラと親密な関係になればそれでいいが、リニアに物語を展開しなければならない小説ではそうはいかない（もっとも多くのエロゲーでも、複数存在する女性キャラを一通り攻略したあと「トゥルーエンド」に入って完結する――最終的にはリニアに展開するのが通例となっていたが）。

　一一年スタートの本作や、一二年スタートの春日部タケル『俺の脳内選択肢が、学園ラブコメを全力で邪魔している』では選択肢が作中に登場して主人公が選んでいくというかたちで、やはり恋愛ＳＬＧ的な感覚を相変わらずラノベに取り込んでいた。

　本作では、様々な時間操作／遡行能力を持つ時崎狂三の存在が、基本的にリニアに進む表現媒体である小説においてゲーム的な「選択肢のやり直し」「別ルートとの差異」などを描いていくことを可能にしている（狂三を主人公にしたスピンオフ『デート・ア・バレット』を、エロゲーブランドpropeller出身の東出祐一郎が手がけているのは象徴的だ。精霊・十香が士道に剣を向けている、どう見ても『Fate』オマージュなシーンを冒頭に配置した本作のスピンオフを、『Fate』のスピンオフを手がけた東出が書いた点も因果だが）。

　ところが一〇年代に「ギャルゲー」と言って多くの人間が思い浮かべるものは恋愛ＳＬＧではなくなった。もちろんCygamesの『プリンセスコネクト！Re:Dive』（一八年ローンチ）のように男性主人公が女性キャラと好感度を深めていくタイプのスマホゲームもあるが（ただ『プリコネ』も恋愛ＳＬＧではなくＲＰＧである）、一般的には『アイドルマスターシンデレラガールズ』（一一年ローンチ）や『ラブライブ！　スクールアイドルフェスティバル』（一三年ローンチ）をはじめとするアイドルゲームや『艦隊これくしょん』（一三年ローンチ）などになった。

『デレマス』には選択肢によって女性キャラのパラメータが変動する要素は残っているものの、基本的には、男性が女性と恋愛／性愛関係を築いていくタイプのギャルゲーは相対的に存在感を失った。

九〇年代、二〇〇〇年代までと比べれば、一〇年代のギャルゲーは圧倒的に男性キャラクター不在（または後退）であり、オフィシャルのビジュアルでは性的な要素をあまり打ち出さないことによって女性ファンをも多数獲得した作品が少なくない。
にもかかわらず一〇年代ラノベでは延々と恋愛ＳＬＧ的感覚に基づいた作品や「主人公はエロゲー好き」という設定の作品が作られ、ヒットしてしまった。

これはジャンルの、そして読者の新陳代謝という視点から見るとマイナスに働いたように思われる——とはいえ学校読書調査を見る限り『デアラ』は中高生からも支持されていたが、百合や男性不在の作品にもヒット作が出始めるのは一〇年代後半以降のことになる。

二〇〇〇年代後半スタートの『俺妹』『はがない』のラストには否定の声が多かったことに比べると、一〇年代前半スタートのラブコメの人気作品は、（『俺妹』『はがない』は選ばなかった）いわゆるハーレムエンド——全ヒロインと結ばれる——を選んだものにしても、本作や『俺ガイル』のようにメインヒロインとのグッドエンドを選んだものにしても、それぞれ読者からの反発が少ない、良い着地点を見つけているように思える。このあたりにも反響／反省を踏まえての変化、ジャンルの運動が見られると言っていいだろう。

はたらく魔王さま！（電撃文庫）

和ヶ原聡司

二〇一一年二月～二〇年八月刊行
TVアニメ二〇一三年四月～六月放送

一〇年代後半に一般化する要素を前駆的に備えていた逆・異世界転移もの

著者個人サイトに書いた小説が人気だったことから、改稿して電撃小説大賞に応募して銀賞を受賞した作品である。広い意味では本作もウェブ小説書籍化のひとつだ。

悪逆の限りを尽くした魔王サタンとその配下アルシエルが、勇者エミリアに追い詰められて異世界へのゲートをくぐるとそこは東京。魔力が存在せず、貨幣が存在する世界の六畳一間のアパートで、彼らは「真奥貞夫」と「芦屋四郎」として暮らし、魔王は世界征服につながると信じてマグロナルドのアルバイトから正社員登用されることをめざし、芦屋は生活費節約を心がけながら主夫業に勤しむ。彼らを追ってやってきたエミリアはその姿をいぶかしみながら自身も「遊佐恵美」としてテレアポの契約社員として働き、監視する。

一二年九月末に創刊された主婦の友社ヒーロー文庫はなろう作品を書籍化して重版率一〇〇%を達成していたとはいえ、既存の文庫ラノベレーベルになろう系的なフォーマットでの異世界転生・転移ものの影響が及ぶのは一三年一〇月に『この素晴らしい世界に祝福を!』が富士見ファンタジア文庫で刊行されてヒットして以降のことだろう。つまり本作のヒットは、文庫ラノベでも転生・転移が流行る前から「異世界の存在が現代日本にやってきたら?」というネタをコメディとして昇華した作品が支持されていたことを意味する。なろう系テンプレとは異なるものの『ゼロ魔』や『異世界から問題児たちが来るそうですよ?』『ノーゲーム・ノーライフ』で「こちらから向こうに行く」も、本作で「向こうからこちらに来る」もラノベ読者・作家はすでに馴染んでいた。だから文庫ラノベにはなろう系を受け入れる素地ができていたし、なろう系は単行本で刊行されてもラノベとして認められた。

本書はほかにも一〇年代ラノベ(の前駆)的な特徴を持つ。魔王のバイトは高校生でもできるような仕事だが(時には本格的な農作業もする)、「お仕事もの」には違いない。一般的には、文庫ラノベよりライト文芸のほうがお仕事もののイメージは強い。たとえばMW文庫には映画化された北川恵海『ちょっと今からちょっとやめてくる』

（一五年）などがある。しかし電撃文庫でも一〇年から夏海公司『なれる！ ＳＥ』、一一年から本作を刊行し、支持されていた。一〇年代後半には一般化する社会人主人公のお仕事もの×ラブコメが文庫ラノベでも受け入れられる素地も、一〇年代初頭に既に用意されていた。

　魔王やエミリアが赤子のアムス・ラムスに「ぱぱ」「まま」と呼ばれて育てることになる点も、のちになろう発のCHIROLU『うちの娘の為ならば、俺は魔王も倒せるかもしれない』などの子育てもの／（疑似）ホームファンタジーに先駆けていた。従来、文庫ラノベは性欲を刺激する要素に満ちてはいても、ほっこりさせる要素は手薄だったが、一〇年代を通じて後者の比重が増していく。年齢が上がるほど男性のテストステロンやドーパミン分泌（性欲）は減退する傾向にあるが、安らぎ（オキシトシン）を求める気持ちはむしろ一〇代より社会人の方が強い。バトルとラブコメが好まれる一〇代向けの文庫ラノベと、スローライフにも人気のある大人向けのなろう系が当初棲み分けていたのは提供価値が異なるからだった――が、『はたらく魔王さま！』はなろう系隆盛以前に後者寄りで支持された作品だった。なぜそれが可能だったのか。ラノベ特有の笑いに対する旺盛な需要に応えたからだろう。異世界の住人が「紫外線に気をつけろ」と言う、ネットにハマってニートと化したルシフェルが「ネットでなんでもわかると思うな」と魔王にドヤる、外食の費用をひとり三〇〇円までなら出すと叫ぶ芦屋に対して恵美の友人（普通の人間）鈴木がはなまるうどんに連れて行くと「一〇〇円で素うどんが食べられる！」と感動される、といった具合に、異世界人が言う／やるだけで妙におかしい庶民的な振る舞いで笑いを取る。日本のＲＰＧに登場する「魔王」のイメージ破壊をやり尽くし、ギャップで笑わせる。そのおもしろさが「魔王ものを書きたい」というフォロワーを生んだ。真奥が「ライバルのファストフード店に勝たないと時給を減らす」とバイト先の店長に脅され必死になったり、きつい農作業とイノシシ騒ぎの発生で技能実習生が全員逃げ出した長野の農家に手伝いに行くといった要素は日本の労働問題で笑いを取りにいっているが、シニカルな印象はまったくなく、ただただおもしろおかしく書いている。

「魔王が世界征服のためにバイトに勤しんでいる」という出オチめいたギャグを描いたのち、本作では、魔族は異世界においては人の不幸、負の感情を魔力として生きている存在だったがそのやり方はまずかったと魔王たちが反省し、資本主義経済を学んで貨幣を魔界に導入しようと思っている――というフリがされる。すわ『まおゆう』的な内政ものとして展開する方向になるのかと期待させたが、天使の複雑な勢力争いに巻き込まれていき、伏線を回収せぬまま完結に至った。本作の異世界ファンタジー／バトルもの要素の増大は、序盤の魅力だった異世界と現代日本の文化ギャップ、魔族たちの一〇代読者と変わらぬ金欠ぶりで笑わせる要素を減らす要因ともなったのは残念だったが、重要作であることは疑い得ない。

やはり俺の青春ラブコメはまちがっている。

（ガガガ文庫）

渡航

二〇一一年三月～一九年一一月刊行

TVアニメ第一期一三年四月～六月、第二期一五年四月～六月、第三期二〇年七月～九月

「変な部活」からひねくれた「青春ラブコメ」への転換

成績は悪くないがぼっちで卑屈な比企ヶ谷八幡が、眉目秀麗だがやはり孤独な毒舌の雪ノ下雪乃が在籍する「奉仕部」に入れられ、リア充のはずなのに居着くことになった由比ヶ浜結衣と三人で、学内の人間から持ちかけられた相談の解決を図る。活動を続けるうちに入部以前より徐々に集団生活になじむようになりながら、彼らは自意識と関係をよりこじらせていく。『このラノ』で一四年から三年連続第一位＝殿堂入りを果たし、『弱キャラ友崎くん』『千歳くんはラムネ瓶のなか』と続くガガガの青春ラブコメの

流れを生んだ。

序盤のフォーマットは『はがない』以降の変な部活もの、ヒロインは〈物語〉シリーズの戦場ヶ原ひたぎ系、八幡の級友として登場する材木座は『シュタインズ・ゲート』のダルのような体系で中身は岡部倫太郎のような中二病、『バカテス』秀吉の流れにある戸塚など、テンプレを踏襲。ただ本作は『はがない』フォロワーの大半がそうしたような、明るく楽しくバカをやるラブコメ路線を取らなかった。頭はいいがクラスに馴染めないタイプのぼっちが抱く「孤独なのは自分がほかの人間と違うからだ」という選民思想、馴染めない人間だからこその俯瞰した視点での状況把握と嫌われることを厭わない八幡の行動によって、持ち込まれた難題を解決し、周囲に認められていく姿を描く。リア充も体育会系も意識高い系も本作ではくさされ、皮肉屋で口の悪い主人公たちが道を切り開く。

『はがない』では「友達ができない」理由は「残念」という「キャラクターの属性」の話と理解されていたし、『AW』で主人公ハルが昼休みトイレに閉じこもっていたのは彼の身体的特徴に対するいじめが原因と解されていたものを、本作は「コミュニケーション能力」の問題としてシリアスに捉える。本作スタートと同年の八月から発表されはじめた谷川ニコのマンガ『私がモテないのはどう考えてもお前らが悪い!!』などと並んで「ぼっち」の存在をフォーカスし、追随者を無数に生んだ。二〇〇〇年代までの学園もの、ラブコメでは「恋人ができない」は問題になっても「友達ができない」はさほど焦点化されてこなかったように思われる。しかし、タイトルとは裏腹に楽しい学園生活を描いていた『はがない』を意趣返しした本作あたりから、この問題は市民権を得ることになる。

一〇年代初頭には新しさを感じたシリーズだが、終盤では『glee』（〇九年〜一五年放送）にハマった生徒会長・一色いろはの提案からプロムが行われる。これには周回遅れ感があった。『仮面ライダーフォーゼ』が『glee』を日本的に咀嚼した展開を見せたのは一一年、本作のプロムネタは一七年。多様性を重んじたオバマ政権下の空気に合致した物語『glee』をトランプ政権が始まった一七年に参照し始める意義を筆者は最後まで見いだせなかった——本作は「一一年で止まった世界」なのだと感じさせた。プロムネタの周回遅れ感、言いかえれば「オッサンの考えた高校生活」感は、当初より本作に登場するパロディやギャグのネタが一九八七年生まれの著者の世代に向けたものが多かったことを思えば、作家のさらなる加齢に伴う必然だと解せる。

『このラノ』殿堂入り、シリーズ累計発行部数が一〇〇〇万超にもかかわらず、本作は中高生を対象にした「学校読書調査」（全国学校図書館協議会）で毎年行われている「五月一か月間で読んだ本」や「『朝の読書』で読まれた本」（トーハン）のランキングには、ほとんど顔を出したことがない。一七年に行われた第六三回学校読書調査の高校二年生男子の六位（調査対象者五一九人中四人が読んだと回答）に入った一度きりである（朝読ランキングには一度も入っていない）。学校読書調査は毎年各三〇〇〇〜

四〇〇〇人の中学生、高校生の男女（各学年男女各五〇〇人前後）を対象に尋ねており、中学生ではそのうち五、六人、高校生では二、三人に読まれればトップ二〇に入る。中学生五〇〇人に一人、高校生一〇〇〇人に一人読んでいれば入るのだ。それでも『俺ガイル』は一度だけ、しかも一学年にしか入らず、しかし、累計一〇〇〇万部超のヒットなのだ。ということは、高校生より上の年齢を中心に読まれていたのだろうと考えざるをえない。もちろん、シリーズが長期化すれば読者の平均年齢は上がる。しかし『SAO』や〈物語〉シリーズが一〇年代にずっと中学生を新規読者として獲得してきたことと比べると、「青春ラブコメ」といういかにも中高生が好きそうなものに一見思えるジャンルにもかかわらず、本作の相対的な「下への広がらなさ」は際立っている。

たとえば一五年のデビュー以来、学校読書調査や朝読ランキングで複数年にわたって圧倒的に人気の住野よると比べれば、「中高生に支持されている」とはこれらの調査の結果からは言いがたい――住野も「ぼっち」の主人公を描いた恋愛ものを描いているにもかかわらず、だ。中高生、特に中学生から広範な支持を得られなかった理由は明白だ。『はがない』以降のアホで気軽なラブコメと比べると、比企ヶ谷が「本物」を求める本作は、内容的に難しい。シリアスすぎ、こじらせすぎている。本作の魅力はそこにあるのだが、しかし、読者の平均年齢上昇が止まらなかった一〇年代を象徴するラノベでもある。

ラノベの中学生離れ——中学生市場はなぜ重要なのか

二〇一〇年と二〇二〇年のライトノベル市場を比べると「ラノベの中学生離れ」が指摘できる。ウェブ小説書籍化にしろライト文芸にしろ、一〇年代の広義のラノベ市場は読者年齢を上の方に拡張していった。さらには一〇年代後半以降になると、〇〇年代までに創刊された文庫のラノベレーベル（「狭義のラノベ」を担ってきた刊行元）から、従来の文庫書き下ろしラノベでも、大学生や社会人の主人公やヒロインが登場する作品も少なくなくなった。これらの主たる読者は中高生ではなく、それ以上の年齢である。

一〇代向けの新しい動きは？　さらに下の方には？　と言うと、ボカロ小説は中高生女子を中心に、従来のラノベ読者とは別の層に支持された。しかし一〇年代半ばに失速、その後も売れ続けるシリーズは『カゲロウデイズ』と『告白予行練習』くらいになった。

〇九年に創刊された角川つばさ文庫は、当初こそ谷川流『涼宮ハルヒの憂鬱』などのラノベを小学校中高学年向けの児童文庫作品として出し直したが、この動きは続かなかった。

学校読書調査や朝読ランキングに見る中高生のラノベ受容

それではラノベはもう一〇代に読まれなくなったのか。これが微妙なところだ。ラノベのなかでも異世界ファンタジーなどは基本的に読者の年齢がかつてより上にスライドした一方、ラブコメは若い読者が付いていると言われている。もうひとつ、ＴＶアニメ化されて話題になると中高生にも〝下りてくる〟（広まる）ことが多い。アニメ化以前には二〇～四〇代が中核読者だった『転スラ』や『オバロ』も、アニメが爆発的な人気を呼ぶと「学校読書調査」の読んだ本ランキングや「『朝の読書』で読まれた本」に顔を出している。ほかにも『ＳＡＯ』や「物語」シリーズ、『デアラ』『このすば』『ノゲノラ』『Re:ゼロ』『よう実』、広義のラノベでは『ビブリア』『かくりよ』『御用人』、有川浩作品、『悪ノ娘』『カゲロウデイズ』『告白予行練習』、フリーゲーム『青鬼』のノベライズも入っている。

ただし筆者が知人のラノベ編集者に「青春ラブコメものは若い読者も入ってきていると言うが中学生もいるのか？」と尋ねたところ「中学生は少ないんじゃないかな。高校生、大学生以上のほうが多い」と返ってきた（ただし本稿執筆にあたりヒアリングした編集者は四人だけであり、その点は差し引いて聞いてほしい）。つまりアニメ化による流入を除けば数少ない一〇代を新規に獲得していると言われるラブコメジャンルでさえ下は高校生、実質それ以上になっていると思われる。ニワトリが先かタマゴが先かで言えば、ラノベのほうが中高生から離れていったのが先だろう。結果、中高生がラノベから離れた。

「子どもの本離れ」が原因ではない（そんなことは起こっていない）

「少子化だから」とか「スマホが普及して無料の娯楽が増えて本離れが進んだから」中高生がラノベから離れた、ないし相対的にそう見えるのでは、という意見に筆者は与しない。

文庫のライトノベル市場は、一二年が統計を取り始めて以来のピークで二八四億円、一九年には一四三億円と半減（出版科学研究所調べ）。

一方、一〇代の人口は一二年には一一九二万人、一九年は一一一七万人。減ったのは六％。可処分所得が減ったからでは？　と思うかもしれない。中高生の書籍代に関する統計はないので統計局家計調査の「二人以上勤労世帯」の書籍代を用いると一二年は三八〇〇円、一九年は三〇一六円と約二割減。人口減と書籍代減を掛け合わせても一二年からは二六％減だ。少子化のペースと文庫ラノベ市場の落ち込みのペースの不一致ぶりを鑑みると「少子化で中高生読者が減ったから、相対的に中高生がラノベを読まなくなったように見える」論には賛同しかねる。

なお、人口減と書籍代減というマクロトレンドがあるにもかかわらず、対照的に児童書市場は一二年は七八〇億円、一九年は八八〇億円と増加した。その要因は拙著『いま、子どもの本が売れる理由』（筑摩書教育における図書館活用の推進がある。その影響をもっとも大きく受けたのは小学生だが、次いで中学生も影響を受け、高校生に関しても二〇〇〇年代以降に「本離れ」したという統計的事実はない。学校読書調査で行われる小中高校生の平均読書冊数、不読率（一冊も本を読まない人の割合）は、九〇年代後半に史上最悪となるも、二〇〇〇年代にV字回復を遂げ、高校生はこの一〇年はほぼ横ばい、中学生の平均読書冊数に関しては微増している。つまり中高生は読書欲をなくしていない。中高生側にラノベ離れの主たる理由を見いだすことは難しいのだ。

ではなぜ「中高生読者は減った」「平均年齢が上がった」と現場で言われるのか。

学校読書調査や朝読ランキングから なくなったわけではないことの解釈

ここまでをまとめるとこうなる。

・かつては多くのライトノベルがおおむね「中高生がターゲット」という前提で刊行されていたため、新作・新シリーズの売上はまだバラけていた。しかし、一〇年代には購買層の年齢が大人であるウェブ小説の書籍化が一般化し、その流れが文庫ラノベレーベルにも波及した。以降、中高生向けではない作品が、単行本はもちろん文庫ラノベでも増えた（「ラノベの中高生離れ」）。そういう作品を中高生は積極的に買わな

・中高生が本離れしている事実はない。学校読書調査や朝読のランキングを見ると「映像化作品」かつ「中高生でも楽しめる内容」のラノベは変わらず一〇代に支持されている

・ラブコメ以外のジャンルは年齢が下の層が入ってこない。ラブコメも中学生は厳しい

・アニメ化された比較的新しいシリーズと並んで『ＳＡＯ』や「物語」シリーズのような（図書館にも入っている）一〇年選手が中高生には特に支持されている

――ここから推論してみよう。お小遣いが少なくハズレを引きたくない中高生は、すでに話題で、かつ、自分が興味を惹かれるものをまず買う。新作にはあまり手を出さない。特に社会人以上の登場人物が主役のものは買わない。新作が売れなくなると、新シリーズの初版部数が減る。ますます既存の人気作が目立つ。売れる作品と売れない作品の人気の二極化が加速し、中高生のメジャー作品志向はさらに強まり、需要がかつて以上に特定作品に集中する。一方、大人の読者（大量に購買するラノベ読み）は人気作もそれ以外も買うものの、大人向けと中高生向けなら大人向けのほうに食指は伸びやすい。すると、比較的売れる新シリーズの読者の平均読者年齢は高くなる。結果、版元も作家も中高生向けには新作を作らなくなる。こうして新規タイトルを中心に「中高生のラノベ離れ」がより進む。中高生のラノベ需要自体は大きく減ったわけではないのに、供給側が大人向けと比較して中学生でも楽しめる新作を以前ほど積極的に作らなくなった。またはローティーンやミドルティーンに対して積極的に売り出すしくみをつくらなかった／つくれなかった。それによって、一部の映像化作品を除く新作・中堅作品（特にラブコメ以外）を中高生がかつてより読まなくなった。

　つまり、一〇年代以降のラノベはもはや「ユースカルチャー」ではない。幅広い年齢に向けられた「サブカルチャー」の一種である。特定のタイプの映像化作品だけが中高生にも読まれ、特定ジャンルの作品だけが高校生、大学生にも読まれるものになった。それ以外は一〇代には遠いもの、関係ないものとして認識されている。「マンガ」や「映画」がそうであるように。児童書市場は、絵本でも子ども向け実用書でも学習マンガなどでも「大人も楽しめる」「親子で読める」作品を充実させることによって、かつてであれば親が自分のために使っていた書籍代を奪うようにして市場を拡大させた。

　一方、紙の文庫ラノベ市場もこの一〇年で「大人が楽しめる」方向に拡張したものの、結果、規模は半減した。従来の客層が離れたからだ。ラノベはコミックと違って電子書籍市場が紙と同規模かそれ以上とは言えず、合算してもピークより減ってしまった。

中学生市場はなぜ重要なのか――中学生は高校生の三倍本を読んでいる

　筆者は中学生読者を失ったことが文庫ラノベ市場半減の最大要因であり、Ｖ字回復させるには中学生をもう一度取りにいくしかないと考え

ている。理由は「中学生は高校生の三倍本を読む」――潜在的には三倍マーケットがあるからだ。一九年実施の第六五回学校読書調査によれば、中学生の平均読書冊数は四・七冊、高校生は一・四冊。なお九九年調査では中学生一・七冊、高校生一・三冊だったが、中学生と高校生の読書冊数の差は二〇〇〇年代以降、年々開いていっている。不読率（調査期間の一か月の間に一冊も本を読まなかった人の割合）は一九年調査では中学生一二・五％、高校生五五・三％。九九年調査では中学生四八・〇％、高校生六二・三％だった。なお、ほかの読書調査でも一般的に年齢が上がるほど読書冊数は減る（中高年が一番本を読まない）傾向にある。つまり高校生と大学生を合わせても中学生より本を読んでいないのである。こんな時代に中学生をメインターゲットに据えない文庫ラノベ業界が伸びないのは当然だ。だが逆に言えば真摯に中学生を第一にターゲットとした作品づくりをすれば、V字回復は十分ありうる。

高校生になるとなぜ読書冊数が三分の一になるのか。これは高校生になると興味関心が拡散し、行動範囲も広がって読書の時間が減るからだと一般的には説明されている。だがそれだけではない。文科省がバックについた読書推進政策は中学生までは半強制的なものが多い一方、高校ではそれが外れるのだ。学習指導要領や一八年に策定された第四次「子供の読書活動の推進に関する基本的な計画」を見ればわかるが、小中と比べると高校の読書推進政策は手薄である。なぜか。日本が国家レベルで取り組んでいる読書推進政策の目的は、中学卒業時点の一五歳が受けるPISA（OECD加盟国を対象とした学習到達度調査）の「読解力」のスコアと参加国内の順位を上げることにある。つまりPISAを受験済みの高校生以上の読書冊数は、国際比較されてマスコミや教育関係者、子どもの保護者から叩かれる心配がないので力を入れていないと推察される。小中学生の読書市場は、お上が号令をかけて読書推進政策がなされている「官製相場」であり、児童書市場の堅調さはこれに支えられている。ところが（ラノベに限らず）編集者たちはマクロトレンドと中学生のリアルなニーズに向き合わず、結果、巨大な機会損失を起こしているように見える。ラノベが中学生に届かなくなり、文庫ラノベ市場が半減した原因は出版業界側にある。大人向けに広げたことで得た市場より、失った市場の方が大きかったことは事実である。二〇年代に「ラノベの中学生離れ」が解消されるのか加速するのか――それは二〇三〇年頃に検証しよう。

2014

この年放映された小説原作のTVアニメ

『愛・天地無用！』『甘城ブリリアントパーク』『異能バトルは日常系のなかで』『俺、ツインテールになります。』

『彼女がフラグをおられたら』『GJ部@』『最近、妹のようすがちょっとおかしいんだが。』

『人生相談テレビアニメーション「人生」』『星刻の竜騎士』『精霊使いの剣舞』

『ソードアート・オンライン Extra Edition』『ソードアート・オンラインII』『中二病でも恋がしたい！戀』

『憑物語』『デート・ア・ライブII』『とある飛空士への恋歌』『のうりん』『ノーゲーム・ノーライフ』

『棺姫のチャイカ』『棺姫のチャイカ AVENGING BATTLE』『ブラック・ブレット』『魔弾の王と戦姫』

『魔法科高校の劣等生』『魔法戦争』『龍ヶ嬢七々々の埋蔵金』『RAIL WARS!』『六畳間の侵略者!?』

『ログ・ホライズン第2シリーズ』

創刊したレーベル

○ライトノベル
集英社ダッシュエックス文庫（スーパーダッシュ文庫のリニューアル）、一二三書房オトメイトノベル
○ウェブ小説書籍化
アルファポリス・ノーチェブックス、小学館エンジェル文庫、マイクロマガジンGCノベルズ、
アルファポリス・アルファライト文庫、双葉社モンスター文庫、アース・スターノベル、
ホビージャパンHJノベルス
○ライト文芸
新潮社・新潮文庫nex、富士見書房・富士見L文庫、朝日新聞出版・朝日エアロ文庫、白泉社招き猫文庫、
インターグローすこし不思議文庫
○ボカロ小説等
KADOKAWA（メディアファクトリー）MF文庫Jアペンドライン

関連トピック

KADOKAWAとドワンゴが経営統合
オーバーラップ、第1回オーバーラップ文庫WEB小説大賞開催
ブラウザゲーム『艦隊これくしょん』のノベライズがラノベレーベルから複数刊行される
桜川洋がスーパーダッシュ文庫から刊行した『All You Need Is Kill』がハリウッド映画化

薬屋のひとりごと

（主婦の友社 RayBooks→ヒーロー文庫）

日向夏

二〇一一年一〇月～連載中（小説家になろう）
二〇一二年九月（RayBooks）、一四年八月～刊行中（ヒーロー文庫）

ウェブ小説発ミステリー&ラノベミステリー史上最大のヒット作

ウェブ小説とミステリーの相性は、一般論では、単行本で一気に読ませる紙のミステリー小説ほどはよくない。細かく話を区切って連載するスタイルでは、読者は日をまたいで細切れで読んでいくことになり、複雑な伏線を覚えきれない。またジャンルの性質上、ファンタジーと違って次々に事件や戦闘を起こして連載で毎話盛り上げることも難しい。「幻想的な謎」（島田荘司）に始まり「中段のサスペンス」（都筑道夫）で読ませ、論理的な解明に至って驚きと感情に訴えるラストに持っていければベストだが、それを構成するには最初から最後まで考えた上で構成しなければならず、「実はこうだった」と情報を後出しするとミステリーでは読者が興ざめする。「連載しながら先の展開を考える」器用な作家も中にはいるが、一般的にはミステリーにはあまり向かない創作方法だ。

それでも小説投稿サイト「エブリスタ」発では『櫻子さんの下には屍体が埋まっている』『京都寺町三条のホームズ』といったヒット作があり、ほかにも『寺町』的なコージーミステリー、日常の謎ものを中心にライト文芸レーベルに作品供給がされている。謎解きの部分よりキャラや雰囲気で読ませていくならウェブ小説にも勝ち筋はある。

ではなろう発で、刊行レーベル的にライト文芸ではなく「ラノベ」だとみなされているミステリーでは、最大にしてほぼ唯一と言ってよいほど大ヒットした本作はどうか（二〇年一一月時点でマンガも入れて累計一一五〇万部。映像化なしで累計一〇〇〇万部を超えたなろう作品は本作のみだ）。

主人公は一七歳の後宮下女・猫猫《マオマオ》。もともと薬師として色街で働いていた彼女は、薬草採取に出掛けた森で人さらいに誘拐されて後宮へ。帝のお世継ぎの連続死事件の真相を密かに妃宛てに伝えたことで侍女に出世した彼女は、権力闘争・陰謀が渦巻き、影があり裏の読めない人物が跋扈する後宮での事件を、薬学の知識と持ち前の好奇心によって解決していく。

本作は男女ともに広範な読者を獲得しているが、特に女性からの支持が厚い。その理由のひとつは、少女小説や韓流・華流の歴史ドラマでは定番とも言える本格的な後宮もの（本作は中華風）としての女性同士の陰湿な争いや帝に愛されなくなった妃の悲哀、近隣国との緊張関係を宮中を舞台に丁寧に描いていく点にあるだろう。

ミステリーでは主役級のキャラ造形（の奇抜さ、インパクト）も重要だ。探偵役の猫猫は薬マニアで珍しい薬物やその素材に目がなく、物欲と知識欲に駆動されて行動する。そして調合した薬・毒を自分の身体で体験して楽しむ、変わった人物だ（シャーロック・ホームズも別の意味で薬物に目がなかったが）。「助手役」と形容すべきか微妙なところだが、猫猫の才能を買い、また男性としてアプローチしてくる絶世の美貌の持ち主の宦官長・任氏は、猫猫が下女にもかかわらず字が読めることを見抜き、彼女が欲しがる薬物・素材をぶらさげる。猫猫は恋愛に興味がなく、任氏につれない態度を取り続ける。このように、誰もが美貌と地位をうらやむ男から愛されているのに女性優位に展開していくロマンスとしての魅力が本作にはある。つまり後宮もの、ロマンスとしての、ミステリー部分以外も魅力的にすることで、謎解き中心の連載ウェブ小説を読ませる難しさをクリアする。

ではミステリー部分は？「夜な夜な城壁の上で踊る女の霊」のような奇怪な謎、後宮内でのコミカルなやりとりを挟みながらもどんな病状なのか、その原因なのかを推定する中段のサスペンス、そして意外な結末。そのいずれもがある（とはいえフェアプレイを重視したいわゆる「本格ミステリ」ではないが、大仕掛けな物理トリックもある）。

薬屋が主人公である点を活かし、事件の真相（原因）が判明したあとに「どうやって病を治す？」というもう一歩踏み込んだ展開をするのも特徴だ。そして日々宮中で起こる事件を解決するだけでなく、ただの宦官と考えるには謎めいた振る舞いの多い任氏が何者なのか、若いのに人並外れた医学知識に長けた猫猫とその家族の背景にも徐々に迫っていく。そして文庫で言えば一巻から四巻まで散りばめた謎・伏線を、四巻で一気に回収する。小さな謎の提示とその解決を積み重ねて読者にページを繰らせながら大きな謎の解決に迫る手法はたとえば東野圭吾が得意とするものだが、本作は複数巻使ってそれをやってのける。その手管は見事と言うほかなく、一度体験したあとは再びの驚きを期待して続きを読みたいと思わせる。

　なろう発ミステリーでは、プロファイリングが得意な元FBI捜査官が猟奇殺人を追う山路こいし『椅子を作る人』が第一回モーニングスター大賞を受賞して一七年書籍化したほか、なろうのミステリーランキングで『薬屋』に次ぐ人気の（と言っても大きな差はある）黒崎江治『滴水古書堂の名城しがたき事件簿』や片里鴎『異世界の名探偵』が講談社レジェンドノベルスから二〇一九年に刊行されたあたりがめぼしい成果だろう。しかしこれらにはミステリーとしての魅力はあっても残念ながらラノベとしての魅力は乏しい。これらと読み比べてみれば、本作がウェブ小説発ミステリーとしてだけでなく、ラノベミステリー史上最大のヒット作となった理由は推察されよう。

異世界居酒屋「のぶ」

（宝島社文庫）

蝉川夏哉

二〇一二年一〇月～連載中（小説家になろう）
二〇一四年九月～刊行中
配信アニメ二〇一八年四月～九月、実写TVドラマ二〇年五月～七月

「なろう系でライト文芸」の異世界「食」もの

なろう系やライト文芸ではメシ・グルメ・料理ものが少なくない。『のぶ』がなろうにおける嚆矢というわけではないが、一〇年代初頭にはすでに人気連載作が存在し、一〇年代半ばには書籍化されて売れていたことを示すためにここに入れた。

二〇〇〇年代までの狭義の文庫ラノベでは食ものはあまり見られず、その中でもヒットした作品といえば〇八年刊行開始のアサウラ『ベン・トー』くらいだろう。しかも『ベン・トー』は美食を楽しむものではなく、スーパーで値引きされた弁当の争奪戦を

描いたバトル／コメディ作品だった。

つまり十代は基本的に食事を書いた小説をそれほど求めていないが、大人の読者は文字でもうまいめしを読みたいという需要が強い、ということだろう。

もっとも、マンガに目を向ければ、少年マンガではグルメ対決ものは定番だし、少女マンガでもパティシエールものなどが小学生女子向けの「ちゃお」などから見られることを思えば、若年層は料理を目で楽しむことはあっても字で想像して楽しむ能力が発達していない、またはほかの興味関心のほうが優位なのかもしれない。

本作は「トリアエズナマ」が来店客の合い言葉のようになっていることからわかるように、酒をたしなめる年齢向けの作品である。

なろう系では異世界ファンタジー世界を舞台にした食ものが一大ジャンルを築いているが、大きく分けると二パターンある。

ひとつは、現実世界には存在しないドラゴンの肉などの食材を使った料理を食べるもので、江口連『とんでもスキルで異世界放浪メシ』などがこれにあたる。

もうひとつは現実世界にある料理を異世界の人間や亜人、その他生物が食べて楽しむもので、本作や犬塚惇平『異世界食堂』などがこちらのヒット作である。

本作はなろうで一二年から連載開始、一四年から宝島社の単行本で刊行、一五年からマンガ化され、一六年には宝島社文庫に文庫落ちして、一八年にアニメ化、二〇年にはＷＯＷＯＷプライムで品川ヒロシ監督によってドラマ化。

寂れた商店街にある居酒屋のぶは異世界と通じており、客として異世界人が訪れる。居酒屋だけあってこちらはおでんのような和食も頻繁に登場。生魚を食べると危険だと思われている異世界で、刺身を食べるか食べないかで呻吟したあげく一口食べたら箸も日本酒も止まらなくなる、といった日本食と異文化との出会いをおもしろおかしく描くエピソードや、客にふさわしい料理を提供すると本人が悩みや過去を回想し、食を味わうことによってその問題が解消または緩和されて満足して帰ってもらうという流れがパターンになっている短編集だ。

アニメ版では、アニメが終わったあとに作中に登場した料理を再現・アレンジしたり、フォークシンガー／タレントのなぎら健壱が実在の店を食べ歩いたりする実写バラエティ番組とセットになっていた。また、実写ドラマ化もされている。この点が目を引く。『はがない』の項で、二次元色の強いラノベ作品と実写との相性の悪さ、評判の悪さについて書いたが、本作のドラマ版の評判はそこまで悪くない。ＷＯＷＯＷでドラマ化されたなろう発のグルメものといえば、一般文芸として老若男女に支持された秋川滝美『居酒屋ぼったくり』がある。

本作の本質も、なろう系でありながらラノベというより一般文芸寄りの、まさに中間的な「ライト文芸」であり、ゆえに実写化が（いかにも吉本興行的な悪ノリを除けば）それなりに成功したのではないか。本作は宝島社からといっても、ラノベレーベルである「このライトノベルがすごい！　文庫」ではなく、一般文芸やライト文芸を刊行する

「宝島社文庫」（おそらくこのレーベルで一〇年代以降最大級のヒット作は本作と京都アニメーションの手によりアニメ化された竹田綾乃『響け！　ユーフォニアム』）から刊行された点もこの仮説を補強する。

なろう系でかつライト文芸という作品は、両者の客層の違いもあって決して多くないが、本作はそのひとつだろう。ラノベ（二次元）寄りにも一般文芸（三次元）寄りにも振れるこの世界観／作風の強みは、一方では実写のバラエティやドラマに転換できる点にあり、もう一方ではスピンオフマンガ『異世界居酒屋「のぶ」～エーファとまかないおやつ～』（漫画ノブヨシ侍、原作・蝉川夏哉）に現れている。『エーファ』は「のぶ」で働くしのぶと異世界人エーファが店主（大将）の目をかいくぐって――たいていバレているが――まかないのおやつづくりに血道をあげ、スイーツを堪能するというコメディ色の強い作品で、絵柄は原作イラストやアニメ版と比べてもデフォルメされている。狭義のラノベやなろう作品ではキャラの頭身を低くしてコメディ要素を強めたスピンオフが作られることはよくある。だが、当然ながら一般文芸ではマンガ化されること自体が少なく、必然的にスピンオフの短編ギャグマンガが生まれることはまれだ。そしてライト文芸でも、本作以外には同じような手法でのスピンオフはあまり見かけない。このあたりに『のぶ』の「なろう系でライト文芸」という立ち位置のおもしろさがある。

ストライク・ザ・ブラッド　（電撃文庫）

三雲岳斗

二〇一一年五月～二〇年八月刊行
TVアニメ二〇一三年一〇月～一四年三月、OVA第1期一五年一一～一二月、第2期一六年一一月～一七年五月、第3期一八年一二月一九年九月、第4期二〇年一一月～二一年六月予定

SF、ミステリーも手がける著者最大のヒット作が示す、ラノベとラノベ以外の差異

三雲岳斗は九八年に『コールド・ゲヘナ』で電撃ゲーム小説大賞銀賞受賞、九九年に『M．G．H』で日本SF新人賞、『アース・リバース』でスニーカー大賞特別賞受賞とラノベとSFの新人賞を複数受賞してデビュー。『M．G．H』の刊行元・徳間デュアル文庫は二〇〇〇年代にSF側からライトノベルへアプローチしていたレーベルであり、上遠野浩平の「虚空」シリーズなどを刊行してSFファンに支持されていた。三雲は二〇〇〇年代的なラノベから一般文芸への「越境」――執筆フィールドを移してラノ

べには帰ってこない――とは違うかたちで、デビュー以来ずっとＳＦやミステリー作品とラノベを並行して書き続けている。同様に並行して書き続けた作家には鷹見一幸がいるが、その鷹見も一〇年代後半以降はＳＦレーベルでしか書いていない（二〇二一年現在）。

二〇〇〇年代初頭にラノベからＳＦレーベルへと主たる執筆媒体を移した冲方丁や小川一水はラノベ作家としては決して主流の存在ではなかったが、ＳＦ作家として高く評価されると、ラノベには戻ってこなくなった。ラノベもＳＦも両方書く作家のほとんどは、ラノベ作品の映像化経験はない。つまりラノベ作家としてはそれほど売れない（商業的なジャンル適性がない）作家がＳＦを書くことは、少なくない。

逆もしかりで、日本ＳＦの評価軸からするとやや周縁に位置する作家が、風変わりな作品を求めるラノベ編集者に声をかけられて商業的には傍流なタイプのラノベを執筆することはあっても、ＳＦ出身作家がラノベでアニメ化するほどヒット作を書いた例は九〇年代後半以降、おそらくひとつもない。売れない作品が質的によくないと言っているのではなく、それくらい両ジャンルの中心的な客層には隔たりがある、と言いたいのである。

ところが一般文芸もラノベも手がける三雲は、電撃文庫やスニーカー文庫で執筆した『アスラクライン』『ダンタリアンの書架』『ストライク・ザ・ブラッド』がＴＶアニメ化されている。ラノベファンのツボを心得ており、売れる作品を書けるのに一般文芸も手掛けている。こういう書き手は非常に珍しい。

　そんな三雲の最大のヒット作となった『ストライク・ザ・ブラッド』は、三雲の職人的なサービス精神が発揮された作品である。三人しか存在しないはずの吸血鬼の真相の四人目（「世界最強の吸血鬼」）としてマークされている高校生の暁古城と、それを監視する役割を与えられた女子中学生・姫柊雪菜のバディもの——として始まるが、際限なくヒロインが増え、ラッキースケベイベントのたびに古城は姫柊に「いやらしい！」と言われながら、ハーレムものバトルラノベになっていく。

　一〇年代においても吸血鬼ものはエンタメでは世界的に定番の設定だった。女性向けなら『フィフティ・シェイズ・オブ・グレイ』をはじめヒット作があり、男性向けラノベでもたとえば本作、『ハイスクールD×D』、〈物語〉シリーズ、『終わりのセラフ』などが吸血鬼ものだ。吸血鬼が娯楽作品と相性がいいのは、言うまでもなく吸血衝動は性的衝動、吸血は性行為の比喩ないし代替物だからだ。本作や『D×D』では性衝動が主人公の特殊能力発動のトリガーになる（本作では、決戦の前に力を高める必要から性衝動＝吸血衝動を満たす、という言い訳がよく用いられる）。

　また、ハーレムエンドへ向かって複数ヒロイン同時攻略を進め、バトルでもヒロイン総活躍状態に向かっていく点が本作と『D×D』で共通している。本作は鈍感主人公で表向き性欲旺盛ではなく、対して『D×D』は主人公がハーレム王をめざす煩悩の塊と、性格づけは異なるが、着地点は意外と似ている。能力バトルとして巻を追うごとにインフレし、ヒロインの人数はどんどん増えていく。

三雲は一般文芸も書いているが、残念ながらＳＦやミステリー関係の賞の受賞経験はない。ラノベで派手なことが求められる（わかりやすいものを書いている）ことの反動なのか、三雲のＳＦやミステリー作品は地味なものが多く、一般文芸として売れたり評価されたりすることをそれほど目指していないように見える。ということもあるし、『ストブラ』を見てわかるのは、ラノベとＳＦ、ミステリーとの読者の価値観（好み）には、ラノベ読者の平均年齢が上がってなお違いがある、ということだ。たとえば、本作は本編最終巻で主人公が一二人の女性キャラクターと結婚する。これは本作のファンにはおおむね好意的に受け入れられたが、もしこういう展開をジャンルＳＦで書いていたら、読者や同業者からは許容されがたいジェンダー観として受け取られていただろう。

一〇年代では二〇〇〇年代とは異なり「越境」は騒がれなくなり、ライト文芸という中間形態がジャンルとして成立した。それでもなお、ラノベとラノベ以外の文芸ジャンルとの差はマーケット・読者の嗜好という視点から見れば歴然とあることを、双方執筆している三雲の作品は示している——むろんそれはどれが質や格として上という話ではない。

ノーゲーム・ノーライフ

（MF文庫J）

榎宮祐

二〇一二年四月～刊行中
TVアニメ二〇一四年四月～六月放送

天才ゲーマーはなぜ現実でプロゲーマーになるのでなく異世界に転移したのか？

ゲーマーたちのあいだで「『』《くうはく》」として知られる引きこもりの天才ゲーマー兄妹の空と白は「生まれてくる世界を間違えたと感じたことはないか」と書かれたメールに対して、この世界はクソゲーだと返したことから異世界の神テトに召喚される。すべてがゲームの勝敗で決まる異世界で、空と白は唯一神であるテトと戦う資格を得るため、その世界にいる十六種族を統一する同盟〝エルキア連邦〟の形成と拡張を目指す。

自ら選んで異世界に行き、帰りたいとも思っておらず、弱者集団をまとめて異種族とゲームで戦い勢力を拡大していくという点は『問題児』と同じだが、『問題児』はバトルもの要素が強く、『ノゲノラ』はトリッキーな知的バトル要素が強い。武力が禁じられた世界で武力以外の特定の手段で物事を解決していくという意味では『ヒプノシスマイク』とも通じている（『ヒプマイ』はMCバトル、本作は挑戦を受けた側がルールを決められるゲームによって勝敗を決める）。ノリとしては福本伸行作品に大量のマンガ、アニメ、ゲームネタを散りばめたものといったところだ。

　本作の刊行が始まった一二年は、主婦の友社ヒーロー文庫が創刊されて文庫ラノベ読者がなろう系の異世界転生・転移に触れる機会が増えた年であり、アニメが放映された一四年にはすでにスニーカーから『このすば』が刊行されたあと、つまりなろう系のパロディが文庫ラノベ読者にも十二分に通じるくらい認知が進んだ時期だった。おそらく榎宮は構想時点でなろうの動向は意識していなかっただろうし、読者も「異世界転移もの」ジャンルの作品としては受容していなかっただろうが、結果的には同時代的な現象となった。

　とはいえ舞台はなろう系的な中世風ファンタジー世界ではないし、「ゲーム世界に生きる」のではなく本作は「ゲームで勝敗が決まる世界で生きる」。したがって、なろう系と並べて語る向きも少なかった。

　人生や恋愛はクソゲーだから捨てる、という感覚はこの時代のラノベ読者には響いたものだったが、一六年代スタートの『弱キャラ友崎くん』ではクソゲーかどうかわからないからやってみる（現実をゲームのように生きる）、とスタンスが変わることになる。主人公がコミュ障の引きこもりという設定や、再三にわたる空に対しての童貞いじりは二〇〇〇年代から一〇年代初頭の空気をまとったものだ。

本作刊行時点ではｅスポーツは、まだ市民権を得ていなかった。「プロゲーマーとして現実で生きていく」ことを空と白は考えておらず（『友崎』では主人公の目標のひとつがそれになる）、「現実世界」か「ゲーム世界」かの二択で後者を選ぶ。日本でもっとも著名なプロゲーマーであるウメハラこと梅原大吾がアメリカのメーカーMadCatzと契約して「プロ格闘ゲーマー」となったことが話題になったのは一〇年、梅原の最初の著作『勝ち続ける意志力』（小学館新書）が刊行されたのは本作開始と同じ一二年である。また、中国のウェブ小説サイト「起点中文網」で胡蝶藍『全職高手』の連載が始まったのは本作と同じ一二年四月からだ。『全職高手』は天才オンラインゲーマー（プロのｅスポーツ選手）だった葉修が契約していたクラブから突如解雇されたのち、ネットカフェ店員となってゲーム『ＧＬＯＲＹ』の世界に舞い戻って無双する――ほぼネカフェでの会話とゲーム描写しかない（主人公はネカフェで接客している時間以外は勤務中にもすべてゲームに時間をつぎ込む）という、日本人の感覚からすると変わったタイプの作品である。ただこれが中国では絶大な人気を誇り、アニメ化、実写ドラマ化されている（ドラマ版は日本のNetflixでも視聴できる）。つまり海の向こうでは同タイミングで「ゲーマーが現実にいながら活躍する」ｅスポーツ小説が流行り、日本では「ゲーマーは現実を捨てて異世界でゲームバトルする」小説が流行ったことになる。

もっとも、中国ウェブ小説には『ノゲノラ』スタイルで様々なゲームにチャレンジするタイプの作品もあるが、日本ではプロゲーマー小説は一〇年代にヒットしなかった。現実世界に生きるゲーマーを描いた小説自体は桜坂洋『スラムオンライン』（〇五年）、川上稔『連射王』（〇七年）などが書かれ、一〇年代には師走トオル『僕と彼女のゲーム戦争』（一一年刊行開始）や葵せきな『ゲーマーズ！』（一四年刊行開始）などのゲーム部活ラブコメのヒット作もあったが、結局のところ最大のヒット作群は『ＳＡＯ』『ログホラ』のように「ゲーム世界に入る」「ゲーム世界らしき場所で生きる」作品から生まれ、次いで本作や『問題児』のような「ゲーム的な戦いを異世界でするファンタジー」から生まれている。ようするに「ゲームをしたい」「ゲームを媒介に恋愛したい」よりも「ゲーム世界で生きたい」需要のほうが強いのだろう。にもかかわらず、日本では海外ゲームでは主流のリアルな３ＤのＲＰＧやＦＰＳ・ＴＰＳよりも、２Ｄ風グラフィックやマンガ・アニメ的な造形のキャラクターの方がおそらくまだ人気が高く、ラノベのゲームものでは後者的なものが圧倒的に多い。つまり「リアルに造形されたゲーム世界」よりも、「虚構度が高くデフォルメされた二次元世界」に没入したいという気持ちが強いのだ。ゲームものの人気作からは、日本人的な（？）ニーズが垣間見える。

魔弾の王と戦姫

（MF文庫J）

川口士

二〇一一年四月～一七年一一月刊行
TVアニメ一四年一〇月～一二月放送

本格的な戦記パートとハーレムエンドへと突き進むラブコメパートの同居

二〇一〇年代初頭にガラケーからスマホに移行が進むと、ソーシャルゲームは運営のしやすさ（ゲームの進行に合わせた舞台の拡張のしやすさ）から『チェインクロニクル』『グランブルーファンタジー』をはじめ異世界ファンタジーものＲＰＧが目立つようになり、その影響が多方面に及んでマンガ、アニメなども含めて一〇年代にはファンタジー作品が大量に作られた。

ラノベではそれ以前から、『ゼロ魔』のヒット以降、ＭＦ文庫Ｊではラブコメ要素の強い異世界ファンタジーのヒット作が連綿と続いてきた。三浦勇雄『聖剣の刀鍛冶』、瑞智士記『聖刻の竜騎士』。志瑞祐『精霊使いの剣舞』などだ。ヒロイン像は一〇年スタートの『聖刻』『剣舞』までは『ゼロ魔』ルイズのようなツンデレだったが、本作の戦姫エレオノーラは凜としてはいるが記号的な強気キャラとしては造形されていない。また、一介の剣士や冒険者を主人公とするのではなく、王としての即位を目指し、英雄と称される将を主人公として、軍と軍との組織戦を描いた本格的な戦記ものになっている点も、本作は異なる。ファンタジーラノベでは剣や攻撃魔法の使い手が主人公の定番だった（なお、なろう系台頭以降はここが変わる）が、本作主人公である一六歳の伯爵ティグルが弓の使い手であることも、このころのヒット作の中では比較的異色だろう。これらの点で二〇〇〇年代とはやや異なる、一〇年代ラノベ的な特徴を備えた作品だと言える。

　二〇〇〇年代後半から一〇年代前半にかけてラノベ界では戦記もののブームが起き、その勢いは中頃まで続いた。これとArcadia、なろう発の異世界転生・転移ものの台頭が同時に起こったために、一〇年代前半から半ば頃までは、単行本も文庫もファンタジーラノベだらけになり、一〇年代初頭までは目立っていた現代ものの異能バトルやラブコメの存在感を霞ませるほどになった。戦記ラノベブームは、ラノベ読みからの「評価」では、『このライトノベルがすごい！』の一〇年代総合ランキング五位、一四年（一三年投票）に一位となった宇野朴人『ねじ巻き精霊戦記 天鏡のアルデラミン』がこのブームを代表し、「売上」部数的には本作が代表すると言っていいだろう。戦記ものは一九六〇年代に少年マンガ誌でブームになり、八〇年代には田中芳樹『銀河英雄伝説』『アルスラーン戦記』などが爆発的に支持され、九〇年代には架空戦記ブームがあるなど、一定のスパンで流行が起こってきたが、それがラノベでも起きた。

ラノベ戦記では、娯楽度を高く設定しているとはいえ、一騎で数千数万の兵を倒すといった無茶な展開は（『ゼロ魔』では見られたが）基本的には御法度であり、兵站の問題や各国の勢力争い、地形を利用した戦術などでおもしろさを表現した。『ゼロ魔』のころと比べると明らかに内容的に難しくなっており、読者に一定以上の理解力・読解力を要求するようになった。これもラノベ読者の平均年齢引き上げに貢献した一因だと思われる。

本作のあらすじはこうだ。ティグルは敵軍を率いるエレオノーラに弓の才能を買われて捕虜になり、「伯爵として遇する」と言われるが、故郷とそこに置いてきた侍女のティッタを想って断るも、行動を共にするようになる。ティグルは国王に次ぐ地位として国を治める竜具に選ばれた七人の女性「戦姫」のうち複数人を仲間に引き入れ関係を深め、残りのある戦姫とは国をめぐって争い、最後は祖国の王として即位し、計八人のヒロインと結婚する。

個人的な記憶に基づいて言えば、ハーレムエンドはエロゲーでまず広範に見られるようになり、全年齢向けの作品では「週刊少年ジャンプ」連載の矢吹健太朗『Ｔｏ ＬＯ

VEる－とらぶる－』（〇六年〜〜〇九年。続編『To LOVEる－とらぶる－ダークネス』は一〇年〜一七年）が強烈なインパクトを残し、それと前後してラブコメマンガやラノベでも普及していった印象がある。二〇〇〇年代後半スタートのラノベラブコメでは、『俺妹』が実妹エンドを迎えたことで賛否両論となり、『はがない』は実質的に誰も選ばないというひねった展開をしたために散々な反響となった一方で、『生徒会の一存』はハーレムエンドにしたことでおおむね好意的な反応を得られた。ごく単純化して言えば、こうした経緯から複数ヒロインで展開する（それも、いわゆる「本妻」的なヒロインが確定していない）ラブコメ要素のあるラノベでは、ハーレムエンドが無難な結末として選ばれるようになっていった。現実世界では不倫した著名人が炎上する一方で、ラノベでは炎上回避のためにハーレムが選ばれたのが一〇年代だ。本作は、戦記部分や政治体制の混乱や腐敗、各勢力の思惑や民衆感情を描くパートではリアリティを重視した骨太な展開を見せる。他方で、従来の文庫ラノベのラブコメの流れを汲むラッキースケベイベントは頻出、結婚制度や婚姻に関する価値観自体が現実とは異なる世界であることを活かして堂々たるハーレムエンドを描く。とはいえ大人の読者も満足させる頭脳戦と、性愛に対する（読者の）欲望の肯定の並立、上半身と下半身のリアリティレベルの乖離は、ラノベが元々有した「『世界』と『学園』の重ね合わせ」の変奏ではある。

西尾維新〈物語〉シリーズ——新規に中高生読者を獲得し続けたモンスター作品

二〇〇二年にメフィスト賞を受賞してデビューした西尾維新による〈物語〉シリーズは、二〇〇六年一一月から現在まで刊行中の作品であり、TVアニメの『化物語』は二〇〇九年七月～九月、『偽物語』は一二年一月～三月、『猫物語（黒）』は一二年一二月、『〈物語〉シリーズ セカンドシーズン』は一三年七月～一二月、『憑物語』は一四年一二月、『終物語』は一五年一〇～一二月、一七年八月に放送と一〇年代を通じて新作アニメが作られ続けたモンスターヒット作品である。

二〇〇〇年代後半以降、一貫して支持され続けたシリーズゆえに、どの年に入れても違和感があったため、便宜的に別枠のコラムで扱うことにした。

西尾維新は、八七年刊行の綾辻行人『十角館の殺人』の刊行以降、新本格ミステリの牙城となった講談社ノベルスからデビューしている。彼が最初に手がけた〈戯言〉シリーズはラノベ風の装丁やキャラクター造形が年配のミステリファンから叩かれ、若い読者からは圧倒的に支持された。

一五年に講談社ノベルスの兄弟レーベルとして創刊された講談社タイガは（編集部は「そうではない」と言うが外からの見え方は）「ライト文芸」レーベルであり、戯言シリーズのようにキャラクターをメインにしたイラストを表紙にした作品が少なくない。新本格ミステリの嚆矢『十角館の殺人』を書いた綾辻行人も一二年にTVアニメ化された『Another』シリーズは巻を追うごとにキャラクター推しの装丁になっている。したがって二〇年代現在では当時なぜ年長世代のミステリファンが「ラノベっぽい」ことで西尾を叩いたのか、その文脈や感覚が理解されがたくなっている。

だが、「越境」が騒がれた二〇〇〇年代前半は、その実まだまだラノベへの拒否感が強い小説関係者が少なくなかった。つまりこうした変化から、一〇年代は西尾維新がヒット作家として君臨し続けただけでなく、二〇〇〇年代には賛否が分かれた西尾的なものが、一転して一般文芸の世界でもほぼ好意的に受け入れられるようになっていった時代だったと総括できる。

とはいえ何度か書いてきたように、ラノベとライト文芸と一般文芸には客層の差、内容の違いがいまだ存在する。〈物語〉シリーズはどうか。構造的には二〇〇〇年代後半以降の狭義のラブコメラノベである。言葉遊びや性的な含意を連想させる言い回しを多用した饒舌な文体でキャラクター同士の掛け合いを展開し、女性キャラクターの過去やトラウマを各話・各巻ごとに掘り下げ、闘いを通じて解決することで複数の女性と関係を進展させていく。これは『生徒会の一存』などと構成としては大差ない。

ただ本作では、とくに家族との不和を主な原因とする心の問題が怪異として現象するパターンが多用されることと、怪異が存在する世界を描いている点が特徴的だ。

　また、怪異が引き起こした（または「引き起こしたかに見える」）現象を主人公が解決していくというスタイルは、九〇年代に絶大な人気を誇った京極夏彦の京極堂シリーズにおける「憑き物落とし」を思わせる。だが〈物語〉シリーズでは憑物・怪異の類いは『化物語』における戦場ヶ原ひたぎを除けば基本的に落ちないし、祓われない。主人公の暦も含め、ほぼ皆が怪異と同居する。これは西尾が叩かれまくった本格ミステリー（幻想的な謎が論理的に解決される。つまり日常に戻ってくる）と決別し、ラノベ（超常現象などが非日常ではなく日常として存在する世界）を選んだものとして刊行当時は思えた――が、一〇年代のミステリーではファンタジーものや超自然現象がある前提の「特殊設定」ものや「異世界本格」作品が増えたことで、これまた〈物語〉シリーズ刊行当時の衝撃／感覚は共有されづらくなっているだろう。

　本作の、内面をえぐるように掘り下げていく点は『Re:ゼロ』などにも見られるし、巻が進むと主人公が大学生になる点は一〇年代ラノベでも見られる。シリーズ内でも時代に合わせて加減を調整したり、描く内容や価値観をアップデートしていっているように見受けられるが、作家がどれほど意識的なのかは定かではない。

「変化」ではなく「普遍性」に目を向けるとどうか。十代離れの著しいラノベ界で、本作は例外的だ。何度か言及したとおり、学校読書調査などを見る限り、一〇年代に一貫して中高生に読まれ続けた（新規読者を開拓し続けた）二〇〇〇年代発の長期シリーズは本作と『ＳＡＯ』しかない。

　ただ気になることに、売上的には〈戯言〉のあとに始めた〈物語〉シリーズの方がはるかに上回るにもかかわらず、ライターズ・ライターとしての西尾の影響力は二〇〇〇年代の方が大きかった。日日日、入間人間、明月千里らはデビュー当時「西尾維新フォロワー」と呼ばれたが（かく言う西尾は「上遠野（浩平）チルドレン」のひとりとみなされ、森博嗣からの影響が指摘されていたが）、一〇年代には西尾風の文体やキャラクターの命名法を露骨に模倣する書き手は目立たなくなった。

　一八年に翻訳が刊行された『元年春之祭』などが日本でも高く評価されている北京生まれのミステリー作家・陸秋槎が〈戯言〉からの影響を公言しているくらいではないか（しかも陸も言及するのは〈物語〉ではなく〈戯言〉なのである）。

　一〇年代に西尾を読み始めた十代は作家に回るのか、回らないのか。回らないとするなら二〇〇〇年代の作家志望者をなぜ西尾は惹きつけ、その後は惹きつけなくなったのか。その点も大衆小説史的に気になるところだ。

2015

この年放映・配信された小説原作の TV アニメ、ウェブアニメ

『アブソリュート・デュオ』『アルスラーン戦記』『俺がお嬢様学校に「庶民リンプル」としてゲッツされた件』

『終物語』『オーバーロード』『学戦都市アスタリスク』『空戦魔導士候補生の教官』

『GATE（ゲート）自衛隊 彼の地にて、斯く戦えり』『冴えない彼女の育て方』

『櫻子さんの足下には死体が埋まっている』『下ネタという概念が存在しない退屈な世界』『新妹魔王の契約者』

『新妹魔王の契約者 BURST』『銃皇無尽のファフニール』『すべてが F になる』『聖剣使いの禁呪詠唱』

『対魔導学園 35 試験小隊』『探偵チーム KZ（カッズ）事件ノート』

『ダンジョンに出会いを求めるのは間違っているだろうか』『デュラララ!! × 2 承』『デュラララ!! × 2 転』

『ハイスクール D × D BorN』『緋弾のアリア AA』『響け！ユーフォニアム』『ヘヴィーオブジェクト』

『ミカグラ学園組曲』『やはり俺の青春ラブコメはまちがっている。続』『落第騎士の英雄譚』『六花の勇者』

『ニンジャスレイヤー フロムアニメイション』

創刊したレーベル

○ウェブ小説書籍化
一二三書房サーガフォレスト、KADOKAWA カドカワ BOOKS、双葉社 M ノベルス
ホビージャパン・アヴァロンノベルス、同シンデレラノベルス、主婦と生活社 PASH! ブックス、
オーバーラップノベルス、竹書房ヴァリアントノベルズ
○ライト文芸
集英社オレンジ文庫、講談社タイガ、KADOKAWA・MF 文庫ダ・ヴィンチ MEW、
辰巳出版 T-LINE ノベルス、毎日新聞出版 μ NOVEL
○ボカロ小説、フリーゲームノベライズ
PHP 書房 VG 文庫

関連トピック

一迅社アイリス NEO、小説家になろうと第１回「アイリス恋愛ファンタジー大賞」（アイリス恋愛 F 大賞）を実施
comico が comico ノベルをサービス開始
「小説家になろう」掲載の住野よる『君の膵臓をたべたい』双葉社から刊行
スマートフォン向けゲーム『Fate/Grand Order』ローンチ

デュラララ!!

（電撃文庫）

成田良悟

二〇〇四年四月～一四年一月刊行
TVアニメ第1期二〇一〇年一月～六月、第2期一五年一月～三月、七月～九月、一六年一月～三月

ライト文芸ジャンルの確立期にアニメを完結させたプレ・ライト文芸

この本で取り上げる作品としては（コラムで扱った『ハルヒ』を除けば）もっとも古い作品であり、本作は一般的な認識では「一〇年代ラノベ」ではないだろう。ただここで取り上げる理由はある。

視点人物を頻繁に変え、時系列を前後しながら群像劇を描いていく成田良悟の手法は、九八年に始まった上遠野浩平『ブギーポップは笑わない』シリーズの流れで当時ラノベ読者から受けとめられた（成田のデビューは〇三年）。ラノベにこうした作品がほ

かにないわけではない。だがそもそも本を読み慣れていない、または必ずしも本好きを対象にしていたわけではない九〇年代～二〇〇〇年代ラノベにおいて、「誰の視点から書いているのか？」「どの時間軸を描いているのか？」を読者に混乱させやすい群像劇は主流にはならなかった。

しかし本作は、ブギポ世代より一世代下った読者からも、一〇年と一五年に放映されたTVアニメの影響もあって熱烈に支持された。一〇年代前半に多視点で展開した人気作は、狭義のラノベではまれだが、広義のラノベまで広げれば、たとえばボカロ小説である『カゲロウデイズ』が代表的なヒット作だ。男女問わず支持され、特に女性読者を多数獲得した作品としてもカゲプロと本作は通じるものがある。ところがカゲプロはラノベ読みからはラノベとして認められず（四〇〇万部売れても「このラノ」のランキングでは無風だった）、成田作品は二〇〇〇年代には「このラノ」の作品ランキングやキャラクター人気ランキングに入っていた。この差はなにゆえか。

もうひとつ考えたい点は、成田作品はデビュー作『バッカーノ！』にしろ本作にしろ、一〇年代半ば以降であれば、電撃文庫ではなくメディアワークス文庫から刊行されていた可能性が高い、ということだ。群像劇スタイルや同じ世界観で違うシリーズを展開していく手法、ウィットに富んだ会話やスタイリッシュな作風によって伊坂幸太郎と並べて語られることの少なくなかった成田は「プレ・ライト文芸」作家だった。だが、本作刊行時点ではライト文芸ジャンルは狭義のラノベから独立しておらず、本作は狭義のラノベの中に含まれていた。そして本作のＴＶアニメ第2期が放送されていた一五、六年は、ライト文芸の主要レーベルが出そろい、ラノベと一般文芸の中間的な形態である小説群を「ライト文芸」と呼称するというコンセンサスが徐々に取れてきて、カテゴリーとしていよいよ独立していった時期である。

一〇年代前半から半ばにかけては、ライトノベルの横に「ライト文芸」「ボカロ小説」という別カテゴリーが登場、確立、独立していった。かように別ジャンルとして切り離す行為は、本丸に新奇な異物を取り込んで作家・読者を新陳代謝する作用を緩慢にする効果もある。つまり、結果として「ライトノベル」として認められるものの幅は狭くなった。一方ではこれと並行してArcadia、なろう作品を取り込み、そちらは単行本ラノベとして「ライトノベル」に取り込んだ——『このラノ』は一七年版から文庫と単行本部門を分けたが、単行本＝Arcadia、なろう系ウェブ小説もラノベとみなしたことに変わりない——ために、こちらの狭まりは意識されにくいものの。本作が完結し、アニメ第2期が放映された時期に、この変化は完了する。本作では、田舎から池袋に転居してきた竜ヶ峰帝人が匿名のチャットルーム内で遊び半分でネット上につくった架空のカラーギャング・ダラーズが、メールアドレスを登録しさえすれば誰でも加入可能だったがために池袋内で本人たちの意図を超えて実在するようになり、驚くような広がりを見せ——帝人の手に負えないトラブルや、ほかのカラーギャングとの抗争を引き起こす。帝人は創始者であるにもかかわらず、ダラーズに何かを投影し、騙り、利用し、敵視する人びとに振り回される——ダラーズの幻影に。「ダラーズ」をめぐる攻防は、ある意味「ラノベ」の似姿だった。「ライトノベル」という呼称はパソコン通信上で軽い気持ちで名付けられ、当初は実態はなかったのに、各々が想いを仮託し、メディアに注目され、利用され、抗争を生んだ。

なお、自分が作ったものを自分でコントロールできなくなること——意図せぬバズの不幸——を描いた同時代作品にチャック・パラニューク『ファイトクラブ2』（一六年）がある。青木耕平は主人公タイラーが『1』でのアナーキーなカリスマから『2』ではファミズムのミームになる、と形容している（青木耕平「タイラー・ダーデンふたたび、みたび『ファイト・クラブ2』そして『ファイト・クラブ3』」、『現代アメリカ文学ポップコーン大盛』書肆侃々房、二〇二〇年、三〇二〜三二〇頁）。ダラーズおよび創始者帝人もまた、物語開始時点と本作終了時点では大きく姿を変えており、そのことは時代状況の変化に引きつけて読み解かれるべきなのかもしれない。あるいは、英米ポップカルチャーの影響を強く受けた本作は、ラノベ内で比較するのみではなく、パラニュークなどとも比されたほうが見えるものがあるかもしれない。本作が『ファイトクラブ』のようにオルトライトや白人至上主義者、反フェミニズムの聖典にならなかったことは幸福だったが。

冴えない彼女の育て方

（富士見ファンタジア文庫）

丸戸史明

二〇一二年七月〜一九年一一月刊行
TVアニメ第1期二〇一五年一月〜三月、第2期一七年四月〜六月

八〇年代ラブコメと二〇〇〇年代前半の同人エロゲーブームの空気を一〇年代に

Leafの『White Album2』などのシナリオを務めた丸戸史明のラノベデビュー作。

八〇年代を代表するラブコメマンガのひとつ・まつもと泉『きまぐれオレンジロード』の冒頭さながらに、坂道の上で帽子を飛ばした同級生の少女・加藤恵に心惹かれた高校生男子・安芸倫也。倫也は恵をモデルとしたキャラクターをメインヒロインにした同人ギャルゲーを作るため、幼少期にともにオタク差別に遭うも、その対処のしかたの違いによって距離のできてしまった幼なじみで現在は人気の同人絵描きである澤村・ス

ペンサー・英梨々や、主人公が熱烈なファンサイトを運営している一学年上の売れっ子新人ラノベ作家・霞ヶ丘詩羽、そして存在感が薄くて感情表現がフラットなメインヒロインのモデル本人・加藤などを巻き込んでいく。物語序盤は強引な主人公の無茶ぶり、ひどいお願いにあっさり乗ってくるという、芯があるのかないのかわからないキャラクターだった加藤は、主人公の熱に当てられるうち、徐々にサークル皆で同人ゲームを傑作として完成させることに、主人公以上にこだわりを抱くようになる。実は加藤は人一倍諦めが悪く、想いが強く、アクティブで大胆だということが見えてくる。

　キャラの立っていない――「ツンデレ」のようにわかりやすい属性を付与されていない――はずの存在をいかにメインヒロインとして成立させるか、ということに作者である丸戸が取り組み、作中でも倫也が取り組むというメタ構造を持ったラブコメだ（メタ、パロディ、ボケとツッコミの応酬も本作の魅力だ）。

『冴えカノ』は、天才クリエイターたちに囲まれているが、自身は決して天才ではない（ただし才能がないわけでもない）主人公と、他の女性陣とは異なり主人公との昔からの特別な絆やトラウマ的事件を共有していないヒロインが、いわゆる「じゃない方」ゆえにもがき、「じゃない方」同士惹かれ合い、幸せをつかむ物語だ。もちろん、倫也はコミックマーケットで壁サークル――同人誌即売会で「大手」とみなされる人気の頒布者――になるほどだから、凡人からすれば十分すぎるくらい成功しているが、英梨々や詩羽などまわりが創作者としてモンスターすぎるため、相対的には「じゃない方」と言うしかない（そこそこの才能しかない人間が、身近すぎる天才たちの中で成長していくという点では『りゅうおうのおしごと！』の銀子をメインに据えた第二部と通じている）。

　現実の恋愛でも、友だち関係でも、ちょうどよさゆえに惹かれ合うことはある。それは別に悪いことではないが、意外とそこを掘ったラブコメは多くない。倫也と加藤はたんに「似ているから惹かれ合う」とも違う。『冴えカノ』はその関係を極力理屈が通るように描きつつ、時折、「理屈を超越して好きなんだよ悪いか」的なパッションを噴出させながら、少なくとも物語当初は際立ったところに欠け、何を考えているのか不明な起伏の少ないヒロインと、やたらと饒舌で暑苦しい少年という不思議な組み合わせで、過去の因縁抜きでの恋愛を成立させた。

　このようなラブコメとしての高い完成度の一方で、なかなかに考えさせられるところもある。この作品は『オレンジロード』オマージュで始まり、あだち充の『みゆき』のように主人公が浪人するところで終わる（『みゆき』はそれがエンディングではないが）。こうした、八〇年代ラブコメへの目配せ。そして同人ギャルゲー（ビジュアルノベル）をリリースしてコミケでのしあがることが「成功したオタク」のありかたのひとつとして信じられていた――TYPE-MOONの『月姫』や竜騎士07『ひぐらしのなく頃に』が同人発で商業ゲーム・出版界にも大きな衝撃を与えていた――二〇〇〇年代前半のような価値観。

『デアラ』の項で指摘したように、一〇年代ラノベは九〇〜二〇〇〇年代的な恋愛SLGフォーマットを使い続けたと指摘したが、本作も、本当に一〇年代にヒットしたのかと疑いたくなるほどアナクロな要素に満ちている。もちろん、丸戸自身はこの点にシリーズ開始当初から自覚的だっただろう。一巻の時点から、会話の文章はテンション高くはっちゃけているものの、地の文ではすでに過ぎ去ったものをあとから記述しているような、時にリリカルで、時にノスタルジックな、抑制された文章で綴られているからだ。会話文は現在進行形のラブコメだが、地の文は回顧的な青春もの――それが『冴えカノ』だった。

一七年から始まった木緒なち『僕たちのリメイク』は、一六年に働く二八歳社会人が一八歳だった〇六年に戻ってやり直す姿を描いてTVアニメ化が決まるほどの好評を得たが、『冴えカノ』ともどもラノベ作家／読者に強く働く二〇〇〇年代の重力を感じてしまう。文庫ラノベとエロゲー（ノベルゲーム）業界の蜜月の記憶、市場規模が一二年まで拡大し続けた時期ゆえの勢い、スマホ向けゲームやなろう系に取って替わられるまでメディア上でも注目された輝かしい記憶……文庫ラノベ読者が二〇〇〇年代を回顧するような作品を好意的に受け入れる背景には、少なからずそうしたものが反映されているように思えてならない。二〇〇〇年代には読者の新陳代謝を促し続けたラノベは、一〇年代以降はその時代を読者として経験した大人が読み続けるものになることを止めなかった。

ダンジョンに出会いを求めるのは間違っているだろうか（ＧＡ文庫）

大森藤ノ

二〇一一年四月～一二年四月連載（Arcadia→小説家になろう）
二〇一三年一月～刊行中
ＴＶアニメ第１期一五年四月～六月、第２期一九年七月～九月、第３期二〇年一〇月～一二月、第４期二二年放送予定

ウェブ小説らしさと少年マンガ要素を掛け合わせ、外伝と魅力を相互補完的に展開

大森藤ノが「Arcadia」投稿作を改稿して第４回ＧＡ文庫大賞に応募して大賞を受賞、ＧＡ文庫から書籍化されたのが本作だ。当時の狭義の文庫ラノベ発のファンタジーの流れからすると異質な、Arcadiaやなろうの文脈を背負った作品だった。ＴＶアニメ第１期第一話が放映されると女神ヘスティアの胸の下部に巻かれた青い紐が「例の紐」としてバズったことでも知られる。

本作では、冒険者の少年ベルがダンジョンの中でミノタウロスにやられかけていたと

ころロキ・ファミリア最強の〝剣姫〟アイズに助けられて一目惚れし、彼女のように強くなることをめざす。ギリシア神話に由来する神々が、契約した人間を「眷属《ファミリア》」として扱い、パーティを形成してダンジョン攻略に臨む。ベルは女神ヘスティアのファミリア唯一のメンバーだ。物語序盤では「女の子だから」と言って女性キャラを守ろうと、弱いのに危険に飛び込んでいく――『Fate』の士郎と似た「ヘタレマチズモ」だ――が、驚異的な速度で成長する。この才能のチート感はウェブ小説的だ。まっすぐでやさしいベルを溺愛するヘスティアは、「あの子の力になりたい」と「僕をひとりにしないで」が混在しながら、ベルを支援し続ける。ベルが憧れるアイズもまた「強くなりたい」と想い、自分や仲間たちが失ってしまった純真さを持ち続けるベルに興味を持つ。

『ダンまち』の魅力は主要キャラの一途さにある。

想いの力と修行で強くなり、窮地に追い込まれてもギリギリで撃破する、胸のすく展開がある（ベルが「想いの力で強くなる」のは川原礫作品に登場する「心意システム」と似ている）。

物語が進むと、ヤマト・命の幼なじみである狐人サンジョウノ・春姫が歓楽街の娼館に囚われていることを知ったベルたちが春姫を身請けして救出しようとする。それまで少年マンガ的な雰囲気で展開していた作品が娼婦の物語を描くとは意外にも思えるが、もとがウェブ小説と考えれば不思議はない（もっとも「ジャンプ」連載の『鬼滅の刃』でも遊郭は描かれたが。なお娼婦が出てきてもベルの女性に対する奥手ぶりは変わらない）。
ベルは、大好きだった祖父をモンスターに殺された過去から「英雄になりたい」と願う以外は無欲・無頓着、他人の悪意に対して鈍感なお人好しだ。それに惹かれた協力者がヘスティア・ファミリアに徐々に増えていく。見るからに怪しい冒険者のサポーターのリリルカ・アーデ、魔剣の依頼者が絶えない鍛冶士のヴェルフ、ベルたちに大量のモンスターを押しつけて逃げたタケミカヅチ・ファミリアから改宗（転籍）したヤマト・命らが加わり、パーティは賑やかになる。そのひとりひとりの心情の掘り下げと掛け合いも本作の魅力だ。

たとえば『禁書』では、主人公サイドと敵キャラサイドとで、互いの考えや想いを語り合うことが戦闘を盛り上げる。ところが本作では敵がしゃべらない。敵側に理屈がない。戦闘を盛り上げるためには、考えや想いを持ったキャラ同士のやりとりが鍵を握る。逆に言えば「しゃべる敵」との戦いでは敵を掘り下げて描く尺が必要になるが、「しゃべらない敵」と戦う作品では、しゃべるキャラの背景や関係を掘り下げるために尺が使える。『ダンまち』には非常に多くのキャラが登場するが、この特性を活かしていずれもよく描き込んでいる。

この傾向は、アイズを主人公にした外伝小説『ソード・オラトリア』シリーズでは、より顕著になる。『ソード・オラトリア』は本編のベルたちの冒険と時系列をほぼ同じくしてロキ・ファミリアの冒険を描く。必然的に時折ヘスティア・ファミリアとの交錯、アイズ側から見たベルとの関わりも描かれ、「あのときアイズたちはこう思っていたのか」「裏でこんな出来事があったのか」がわかる。外伝を読むと、寡黙なアイズが内にベルや仲間への強い想いを抱えて戦っている人物であることが本編以上に伝わり、また、本編では描かれない彼女の知られざる過去も少しずつ見えてくる。『ダンまち』ではベルがさまざまな女性キャラクターから好かれ、『ソード・オラトリア』ではアイズが女性キャラたち（とくに同じファミリア所属のレフィーヤ）に愛される。レフィーヤは、ベル同様にアイズのことが好きで、遠慮がちで、強さを求めている。

つまり本作は、モテまくるアイズと、モテまくるベルが、互いに「自分にはないものを持っている」と見込んで惹かれ合う物語なのだ。本編はダンジョンの一階から少しずつ進むが『ソード・オラトリア』でのロキ・ファミリアは前人未踏の五九階層攻略を目指して進むため、本編以上に強大なモンスターとのスケールの大きな戦いが描かれる。丁寧に進む本編と派手に進む外伝、異性愛を描く本編と百合（女性同士の関係）を描く外伝とが相補的に機能している。

この手のキャラの多い人気バトルものの（特にファンタジーものの）ラノベはスマホゲーム化に向いており、事実上ゲームの宣伝のためにたびたびＴＶアニメ化されている。そういう意味でも一〇年代以降の時流にマッチした作品だった。

終わりのセラフ

（講談社ラノベ文庫）

鏡貴也

二〇一三年一月～刊行中

TVアニメ第1クール二〇一五年四月～六月、第2クール同年一〇月～一二月

出版社横断で同一世界観のマンガとラノベの展開をリンクさせた意欲作

吸血鬼に仲間を殺された優一郎は復讐を誓って日本帝鬼軍に入隊するが、吸血鬼と化した親友ミカエラと再会し、行動をともにするうち、帝鬼軍が用いる武器に宿る鬼と吸血鬼、そして天使をめぐる古代からの因縁を知っていくことになる――これが「ジャンプSQ.」一二年一〇月号から原作鏡貴也、山本ヤマト（漫画）、降矢大輔（コンテ構成）で連載されたマンガ『終わりのセラフ』のあらすじだ。

マンガ版の八年前の世界を舞台に、優一郎の上官であり、かつて禁忌に触れて世界崩

壊を引き起こした一瀬グレンを主人公とした鏡の小説『終わりのセラフ 一瀬グレン、16歳の破滅』が一三年一月から、小説の続編『終わりのセラフ 一瀬グレン、19歳の世界再誕』が一七年一二月から刊行されている。

鏡は二〇〇〇年代に『伝説の勇者の伝説』や『いつか天魔の黒ウサギ』をヒットさせたベテランだが、本作がマンガ原作では最初の作品である。極力短いセリフと絵の強さで印象的に魅せていかなければならないマンガの原作と、長い会話や心理描写を得意とする小説では勝手が違うため、両方成功させた作家は決して多くないが、本作は鏡はもちろん山本や降矢、編集者の力もあってだろう、例外的な事例となった。

本作は、分断された閉鎖的な世界からの脱出をめざす点は白井カイウ・出水ぽすか『約束のネバーランド』を、敵だと思っていた存在がそうとは割り切れず、味方と思っていた存在が家族の死を引き起こしていたとわかる展開は諫山創『進撃の巨人』を、血縁と仲間との擬似家族的な紐帯を強調する点は吾峠呼世晴『鬼滅の刃』を思わせる。一〇年代少年マンガの潮流を汲んだ部分からも語るべきところは多い。『ハイスクールD×D』の項で書いたように、ラノベと少年マンガは好まれる表現に似て非なる部分があるがゆえに、本作の内容的な特徴には興味深いものがある。

だがここではマンガ版と小説版で世界観と一部キャラクターを同じくしながら、小説ではマンガの前日譚を小説で書いていくスタイルを採ったことに注目したい――アニメはマンガ版を元にしており、小説版もコミカライズされているのでややこしいが。

しかもマンガと吸血鬼サイドの小説版（JUMP jBOOKS『終わりのセラフ 吸血鬼ミカエラの物語』）は集英社、小説と小説のコミカライズは講談社と出版社をまたいで展開。GA文庫のコミカライズが基本的にスクウェア・エニックスから刊行されている（両社が提携している）ように、ラノベとマンガで版元が異なることは珍しくない。また、電撃文庫の『禁書』のスピンオフマンガがスクエニの「月刊ガンガン」に連載されるなど、本編と外伝で版元が違うこともある。しかし、マンガ版と小説版とが、時系列を異にしつつ、合わせて刊行順に読むと世界の謎やキャラクターの背景がよりわかるように展開しているのは本作くらいだろう（本作は小説とマンガどちらか片方が「外伝」ではなく両方「本編」なのである）。

ただマンガ版のほうが小説より売れている。ラノベ市場は文庫と単行本を足しても多くて三〇〇億円台と推察されるのに対し、マンガ市場は一九年時点で四九五〇億円（出版科学研究所調べ。うち電子書籍は二六〇〇億円）と一五倍以上あるから当然だと思われるかもしれない。

しかし、二〇〇〇年代まではラノベよりコミカライズの方が売れた作品はまれだった。むろん一〇年代以降と比べればクオリティもひどく、原作のイラストと絵柄があまりに違う、画力がない作品がゴロゴロしていたという事情もあろう。ところが一〇年代には本作やなろう系作品をはじめ、小説の書籍よりもマンガの方が売れる作品が増えた。これはコミカライズの質が全体に向上したこともあるが、流通が整備されたことが大きい。一〇年に「電子書籍元年」と言われて以降、タブレットやスマホで読める各種電子書籍サービスが充実し、追いかけるように一三年ローンチのＬＩＮＥマンガ、一六年ローンチのピッコマ、一七年ローンチのマンガＵＰ！などマンガアプリが台頭したことで、マンガはスマホ時代にもメジャーなコンテンツとしてあり続けることができた。紙のマンガ誌は次々休刊した一方でウェブやアプリ発の新規媒体は一挙に増え、そこで文庫ラノベやなろう系（とくに後者）は、手堅く売れる作品の原作供給源として重宝された。ラノベ自体の電子書籍化は進み、セールのおかげで再び売れる旧作も現れたが、しかし、マンガアプリでの「話売り」（単行本を巻ごとに売るのではなく一話ずつ販売またはレンタル）や「待てば無料」「チケット制」といった販売手法を採用したウェブ、アプリの登場は致命的に遅れを取り、マンガのように劇的にデジタルシフトが起きたとは言いがたい。広義のラノベ発ＩＰの存在感は、マンガアプリの成長と軌を一にするコミカライズの質的・量的充実によって相対的に増し、様々な作品が多様な読者に届くようになった。けれどもラノベ自体は従来型の文庫書き下ろしか「無料の小説投稿サイトに掲載した作品を書籍化した際に初めてお金が作家に入る」というビジネスモデルが一〇年代を通じて大勢は変わらず、コンテンツ産業の中では乗り遅れた組だった。本作はマンガと小説を連動させた作品だが、小説をウェブ小説で連載していれば、「巻」単位で小説とマンガを絡めるのではなく、「月」「日」単位で物語を有機的に展開させる作品になりえたかもしれない。

オーバーロード

（KADOKAWA・エンターブレイン）

丸山くがね

二〇一〇年五月〜一四年一二月連載（Arcadia→一二年四月に小説家になろうに移行）
二〇一二年七月〜刊行中
TVアニメ第1期二〇一五年七月〜九月、第2期一七年一二月〜一八年六月、第3期一八年七月〜九月

池波正太郎的「最強主人公」の一〇年代ウェブ小説的顕現

親もリアルの友人も恋人もいないサラリーマン鈴木悟が廃人のように時間と労力と金銭を投入してきたMMORPGのサービス終了時刻に立ち会うと、アバターである骸骨姿のマジックキャスター「モモンガ」ことアインズ・ウール・ゴウンのまま、ゲーム世界とも違う未知なるファンタジー世界へ——主人公が支えてきたギルドで配下として従えていた一癖も二癖もある異形のNPC《ノンプレイヤーキャラ》たちとともに。ただしNPCは意志を持って会話し、行動する。ゲームプレイ時にアインズが長をつとめていたギルドは最盛期には

四一人おり、それぞれがNPCを生み出していたが、NPCの創造主のひとりであるアインズに対してだけは、NPCたちは絶対の忠誠を誓う。

前世は営業あがりの会社員、一般人並みの判断能力しかない悟＝アインズは、NPCたちから全知全能の創造主にしてギルド長として崇め奉られても「ボロが出ないように」と内心焦りながら振る舞う。NPCたちを死なせてしまっては、かつての仲間に申し訳が立たないという想いを抱えたアインズは、彼らを守りながら繁栄を築くべく、異世界を探索していく。

アインズは異世界の人間に対して、基本的に執着しない。殺してもほとんど何も思わない。だがゲームにはなかった異世界独自の魔法も存在し、どんな脅威が待ち構えているのかもわからぬ状態で悪目立ちするのはリスクが大きい。そこでアインズは人間にも下手に出て情報収集につとめるのだが、配下たちは人間を毛虫程度の存在と思っており、二言目には「殺しましょう」と言い出すため、たびたび諌めなければならなくなる。

『オバロ』のおもしろさには、未知の異世界の秘密がすこしずつ判明しながらも脅威と不安が増していくサスペンス、主人公が暴走する部下を育成・マネジメントし、NPC同士の内紛をおさえながら無謬の絶対者として振る舞わなければならないリーダーの悲哀と喜びがある。すぐに調子に乗ってはこもった事態をもたらす配下たちの後処理に主人公が頭を悩ませるというコメディとしての魅力も本作にはある。そしてバトルだ。

「主人公最強もの」には「戦闘がつまらなくなる」という批判的なクリシェがあるが、

その反証が『オバロ』にはある。アインズたちの戦闘力は高いが、万能ではない。地図すら手に入れるのに一苦労する未知の世界で手探りな状態が続き、いついかなる敵に襲われるとも知れず、金銭をはじめとする資源が尽きる可能性も浮上するなかでは、強さだけで解決できない問題も起こる。また、ナザリック最強のアインズでさえ戦闘するには相性が悪い部下のシャルティアが何者かによって洗脳され、戦わなければならなくなったときにはアインズたちも驚異や不安を覚える。このあたりの心情的な駆け引きの描写は巧みだ。むろん最終的には主人公サイドが圧倒的な強さを見せつけて勝つ。

　丸山は「敵の強さを描写したうえで主人公が一瞬で倒す」池波正太郎の『剣客商売』をフェイバリットに挙げている（『このライトノベルがすごい！　２０１５』宝島社、二〇一四年、九一頁）。やや脱線になるが、池波正太郎作品は戦闘描写が『オバロ』などに影響を与え、美食描写は蝉川夏哉『異世界居酒屋「のぶ」』や秋川滝美『居酒屋ぼったくり』などに影響を与えている。池波作品は今日的な目で見ればアウトな女性蔑視・性差別的な描写などがまま見られるが、娯楽作品としての構成の妙や細部の描写には今読んでも目を見張るものがある。とはいえ一般文芸では、時代小説家をのぞけば一〇年代デビューの作家で池波ファンだと語る者はなかなか見当たらないが、ウェブ小説家には幾人も見つかる。池波的なものと今日の一般文芸との断絶、そして池波的なものとウェブ小説との接続／親和性は、大衆文学史的に興味深い。

　話を戻すが、主人公最強ものは、池波正太郎や戦前からの東映時代劇、あるいは池波作品である『剣客商売』『仕掛人・藤枝梅安』などマンガ化も多数手がけるさいとう・たかを作品など連綿と続き、外形を変えながらも今日まで根強い支持を受けている。これは「ラノベだから」「なろう系だから」特別その傾向があるとは言えない。大衆文学、エンタメではいつの時代も圧倒的に強い存在に対する需要がある。

ということはつまり、その俺ＴＵＥＥＥぶりにではなく、ＭＭＯＲＰＧの骸骨姿のマジックキャスターが戦闘能力は最強でありながらも内心ビビっていたり、かつてのギルドの仲間と会えないことをさみしく思っていたりといった「外形」にこそ、一〇年代のウェブ小説らしさがある。

最強ぶりとマッチョイズムや内面のなさ（「脳筋」）、はたまた正義感とを組み合わせるのではなく、スペック面での強さと小市民的な内心でのビビりや打算、身内以外に対する冷徹さとの同居は、二〇〇〇年代ラノベのヒット作では、あまり見られなかったように思われる。外見・能力といったスペックと、性格や内面とのギャップを利用した作劇はラノベではよく用いられてきたが、この「外弁慶型小心ハイスペ」は一〇年代的なものだ。

中国ウェブ小説の衝撃

二〇一五年一二月、リブレ出版から胡蝶藍『マスターオブスキル 全職高手』が刊行された。同作は現在まで日本で唯一、商業翻訳出版されている中国ウェブ小説作品だと思われる。

この作品を生み出したサイトの名前は「起点中文網」。起点を運営するのは総ユーザー数六億人、一〇年代後半の中国ウェブ小説市場でシェア五〇％以上を誇り、香港市場に上場している「閲文集団」（ChinaLiterature.旧名ChinaReading）である。

「閲文集団」傘下には複数のウェブ小説サービス群があり、代表的なサービスである「起点」の登録作家数は約五〇〇万人。二〇〇〇年代後半から一〇年代にかけてもっとも稼いだ作家のひとり、唐家三少（一九八一年）の著作権収入総額は一億二二〇〇万元（約二〇億円）にのぼる。

「閲文集団」は二一年現在テンセント傘下の企業だが、かつてはゲーム事業などを手がける「盛大《シェンダ》」の傘下だった。中国ゲーム市場で盛大からテンセントへ覇権が移ったことと歩みを合わせるように、閲文もテンセント傘下に移った。盛大出身者とテンセント派で派閥争いがあったが、一九年頃に前者は一掃され、大転換があった——が、本稿ではそれ以降の話はしない。

筆者は一七年に起点作品のエージェントからコンタクトを受け、日本展開の可能性があるかヒアリングされ、協力したことがあった（が、その話は立ち消えになった）。そのときに得た起点のビジネスモデルや読者、作品の特徴を以下、記す。基本的に一七年時点の情報であり（文中で「最近」といった場合、一七年時点での「最近」である）、かつ、あくまでそのエージェントの主観や持ち得た情報に基づくものである点に留意されたい。当時、大陸ではどうだったかの記録として書いておきたい。

中国のコンテンツビジネス産業
——二次元の消費の中心は「95后」世代

中国の二次元（マンガ、アニメ、ゲーム、ラノベ）の主な消費者は「95后」（九五年生まれ以降）だ。彼らは海賊版を無料で読むより正規配信をお金を出して見たいという感覚が強い。ウェブ小説のユーザーの四五％が九五年以降生まれ。ウェブ小説を読む習慣ができており、ウェブ小説を読むユーザーのうち、約半分が年間五〇タイトル以上読んでいる。

中国にはウェブ小説の掲示板サイトなどがあり、ウェブ小説分野でもSNS上にKOL（key opinion leader）、インフルエンサーが無数におり、ＫＯＬのキュレーターとしての役割は作品人気に火を付けるときに無視できないものになっている。

「起点」のビジネスモデルは長編連載小説の冒頭一〇％ほどを無料公開し、続きが読みたければ千文字で〇・〇五人民元（一人民元＝約一五円）で販売するのが基本である。これを作家は毎日四千から六千字程度更新する。つまりひとりに一話読まれると三円から四・五円の売上となる。これを「起点」と作家で半々または三対七で分ける（条件は契約次第）。また、各ウェブ小説サービスは有力作家を確保するために高額のＭＧ（ミニマムギャランティ。売れようが売れまいが前金として支払う最低保証金）を支払ってもいる。

　このしくみゆえに、中国ウェブ小説の人気作品は三〇〇万〜五〇〇万字の超長編が多い（日本語換算ではこれに一・五倍した分量となる）。人気作品を延々続けた方が新シリーズを立ち上げるより作家的にも掲載サイト的にも負担が少なく、儲かるためである。「起点」は小説投稿サイトだが、人気が出ると運営が作家と契約を結び、編集者が就く。年間専属作家になると十分に食っていけるという。

　中国ウェブ小説は人気が出るとドラマ、映画、ゲーム化、書籍化される。ドラマ化されると女性ファンが増える。女性向けで三〇〇万部売れたファンタジー小説もある。特に中国では一〇年代後半にネットドラマが流行し、ウェブ小説からネットドラマになるほうがＴＶドラマよりも製作スピードが速いことで選ばれるようになった。ＴＶでは企画の立ち上がりから編集まで早くて一八ヶ月かかるが、ネットドラマは企画成立後、最速三ヶ月〜半年で制作し、完成すればすぐに配信できる利点がある。ヒット作は作家から映画化権などの二次利用の権利を閲文側が買い上げ、閲文が外部の事業者にライセンスアウトするか、または自社でＩＰ開発に投資する。著名作品の脚本権は年々上昇傾向にあり、あるウェブ小説の脚本権は二〇〇万ドルまで上がった。なかには、作家が自分で出資して製作プロデューサーに自分でなるケースもある。一方で、中国は映画、ドラマと比べるとアニメはまだ弱い（当時）。実写は映像の制作期間が短く早く届けられることが時代と中国人の気質に合っていた。ドラマは半年で制作でき、映画は長くて一八ヶ月で制作できるが、アニメは二、三年かかるために、投資家にとっては回収までの時間がかかりすぎることがネックとなっている。出版社と映画会社とゲーム会社がすべて別資本で成立している日本のエンタメ業界と違って、中国ではひとつの会社（グループ）が小説、ゲーム、映像すべてを作る／配信していることが多いため、相互に送客して稼げるところで稼げればいいという考えが基本だ。海外展開はどうか？　一部は韓国でも翻訳出版され、主にロマンス小説だがヒットも出ており、『歩歩驚心』などは韓国ドラマでリメイク版が作られている。

「起点」のしくみ

読者（ユーザー）は事前に「点」を買い、それを消費して読んでいく。たくさん読んだユーザーは読者ランク（レベル）が上がる。ランクが上がり、一定の基準を満たすと「VIPユーザー」になる。レベルが上がるほど（少額だが）ディスカウントされる。また、一括で五〇話、一〇〇話と買うとディスカウントされる。このようにたくさん利用・課金するユーザーを優遇するしくみを導入している。

課金の他に自分が好きになった作家に直接お金を払うこともできる（投げ銭）。また、作品ごとに「ファンポイント」がある。それが上がると、「盟主」になれる。盟主になると特別なアカウントとみなされる。これも「より多く払った人間が優遇される」しくみだ。

閲覧数ランキング以外に、月ごとのユーザー投票による作品ランキングがある（ユーザーが「月間ベスト作品」を選ぶ）。この「月票」ランキングの種類は三つ。年間トータルの投票ランキング、今月の月票ランキング、各ジャンルの投票ランキングだ。ひとつの作品は、ひとつのランキングにしか入らない（たとえば年間トータル一〇位で、今月の月票ランキング一位の場合、今月のランキングからは除外される）。これはなるべく多くの作品に光を当て、引き上げるためだ。

ユーザーは一定金額を課金すると、一票もらえる。一アカウントで持てるのは原則最大五票。ランキングトップ一〇作品にはボーナスが払われ、年間トータルで月票の実績がいい作家はさらに報酬が得られる。このランキングシステムによって、読者と作家が同じ目標に向けて協力し合う関係になる。作家は作品を更新する際「月票ください」とコメントを入れる。もう少しでランキングに入れそうなときには「トップ一〇に入れたら来月はもっと更新します」などと呼びかける。これが作家と読者の重要なコミュニケーションの接点となっている。また、月票とは別に、投げ銭で作家に一回一〇〇元（約一六〇〇円）分を作家にあげると一票相当になる。作家を本気で応援したければ手持ちの五票を払ったあとでさらに一〇〇元で追加投票できる。前述の通り、作品ごとに支援者のランクもあるので、本当に応援したい作品・作家に対しては相当な金額を張るユーザーもいる。

はじめは、作家志望者はみな自由に書いて投稿する。閲文との未契約作家の作品は、ある程度のボリュームになり、人気を獲得しないと課金対象作品にならない（無料で読ませるしかない）。だから書き手はまず、課金ポイント到達を目指して書く。このような非課金の新作を対象としたランキングもあり、新規作品が埋もれないようアルゴリズムやUI／UXを工夫している。閲文のエンジニアはランキング分析に基づき、ピックアップ作品を決める。閲覧数・離脱率などを鑑み、濃いファンが付いた作品を重点的に取り上げる。

起点にはなろうで言う「スコッパー」、新作からいいものを見付けるのが楽しみな一部ユーザーがおり、おもしろければ必ず発見される。編集者が目を付けた作品は、その作品が属するジャンルのファンに推薦される（ランキング以外に人力の推薦ページがある）。編集者推薦を経て、該当ジャンルが好きな読者からの支持が得られると、専属作家契約のオファーがなされる（この段階でもまだ課金はできない。ただ、客からの直接の投げ銭は可能になる）。こうした作品を対象とした新作ランキングに入って一定の成果を出すと「強力ランキング」に移行するが、ここに入って一ヶ月後には課金連載ができるようになる。

専属作家には最低生活保障として毎月二〇〇〇元（当時）を支払い、毎日更新者にはさらに少額のボーナスが支払われる。ただし作家にとっては課金、投げ銭がメイン収入であり、ここまで来た作家は毎日一定量を書けば毎月一万元は稼げる。なお、結果を出すほど契約条件は良くなっていく。特に「平均購読者」「ブックマーク数と課金者比率」「追更率（過去の話と最新話の読者の比率）」の三つの数字が評価対象となり、編集者はこれらを指標に契約作家を探し、すでに契約した作家に対してデータに基づきアドバイスする。

起点のジャンル別作品数は多い順に「女性」（女性向けロマンス）六〇万、「玄幻」（东方ファンタジー。东方＝東方＝アジア、中国。道教をベースにして仙人を目指す一大ジャンル「仙境」もこれに含まれる）五八万、「都市」三一万、「奇幻」（西洋風ファンタジー）一二万、「ＳＦ」一二万、「ＧＡＭＥ」九万、「二次元」（日本のラノベ、アニメに特に影響を受けたもの、および日本作品の二次創作）八万、「历史」（歴史）六万、「灵异」（ホラー）四万、「武侠」三万。

日本では時折「中国ウェブ小説では武侠が流行っている」といった記事が出回るが、まったくの誤りである（なお、起点のジャンル分けに関しての日本語文献に朱沁雪「中国のネット小説事情「起点中文網」のファンタジーカテゴリー「玄幻」を中心に」、大橋崇行・山中智省編著『小説の生存戦略』青弓社、二〇二〇年がある）。

一〇年代後半にマグネット マクロリンク、ノベリズムなど日本で中国系企業の小説投稿サービスが立ち上がったのは、起点などのモデルを日本に持ち込もうという動きからだったが、今のところユーザー獲得に苦戦しており、成功していない。

2016

この年放送された小説原作の TV アニメ

『アルスラーン戦記　風塵乱舞』『Occultic;Nine オカルティック・ナイン』

『学戦都市アスタリスク 2nd SEASON』『機動戦士ガンダムユニコーン RE:0096』

『GATE（ゲート）自衛隊 彼の地にて、斯く戦えり（第 2 クール）』『この素晴らしい世界に祝福を！』

『最弱無敗の神装機竜』『シュヴァルツェスマーケン』『ジョーカー・ゲーム』『チア男子‼』『デュラララ‼×2 結』

『ねじ巻き精霊戦記 天鏡のアルデラミン』『ネトゲの嫁は女の子じゃないと思った？』105
『灰と幻想のグリムガル』『響け！　ユーフォニアム 2』『舟を編む』『魔装学園 H × H』『魔法少女育成計画』

『無彩限のファントム・ワールド』『Re: ゼロから始める異世界生活』『霊剣山 星屑たちの宴』『暦物語』

創刊したレーベル

○ウェブ小説書籍化
スターツ出版文庫、ハーパーコリンズ・ジャパン アンジェリカ、フロンティアワークス・ノクスノベルズ、
ジュリアン・パブリッシング フェアリーキス、新紀元社モーニングスターブックス、
SB クリエイティブ GA ノベル、マッグガーデン・ノベルズ
○ライト文芸
KADOKAWA ノベルゼロ、三公社 SKYHIGH 文庫、マイナビ出版ファン文庫

関連トピック

KADOKAWA のウェブ小説投稿・閲覧サイト「カクヨム」正式ローンチ
ツギクル、ウェブ小説投稿・登録サイト「ツギクル」ローンチ
早川書房主宰の第 4 回ハヤカワ SF コンテストにて「小説家になろう」投稿作品だった黒石迩守『ヒュレーの海』、吉田エン『世界の終わりの壁際で』が優秀賞を受賞
マンガアプリ「LINE マンガ」上で岡田伸一『サタン・コントローラー・ゲーム』などプロ作家によるオリジナル小説作品が提供開始
新海誠監督の劇場用アニメ『君の名は。』、庵野秀明監督の特撮映画『シン・ゴジラ』記録的なヒットに

学戦都市アスタリスク

（MF文庫J）

三屋咲ゆう

二〇一二年九月～刊行中
TVアニメ第1期一五年一〇月～一二月、第2期一六年四月～六月放送

資本主義が生み出す格差社会に対する反抗の物語を商品としてのラノベで展開する困難

襲来した隕石が世界に大災害被害をもたらし、機能しなくなった各国政府に代わって六つに集約された企業群・統合企業財体が支配する体制へと変化。そして隕石がもたらした万能素と特別な身体能力を持った新人類・星脈世代が誕生する。水上学園都市アスタリスクに存在する六つの学園のひとつ星導館学園に特待生として転校してきた主人公・天霧綾斗は失踪した姉を探すために、優勝者の望みは統合企業財体がなんでも叶えてくれるという星武祭へ挑む。

ある街を舞台に、望みが叶えられる権利を目指して勝者を決める争いをするという枠組みは『Fate』シリーズの聖杯戦争と同じものだ。これは各キャラに「○○が欲しいから戦う」という強い動機がセットできる上、物語の展開場所が限定されるため、話が散らからず、各キャラの掘り下げと関係性の変化、戦闘描写に集中できる利点がある。

本作の戦闘時のスタイルは○九年開始の弓弦イズル『ＩＳ〈インフィニット・ストラトス〉』同様の、パワードスーツ的なものをまとっての肉弾戦だ（イラストレーターが『ＩＳ』のＭＦ文庫Ｊ版と同じokiuraということもあって印象は近い）。バトルロイヤルである聖杯戦争や外敵が襲来する『ＩＳ』とは異なりトーナメント戦で、よりわかりやすくなってもいる。

大災害後に新しい世界秩序ができ、新しい世代が現れるが、しかしその支配体制は旧世界よりひどいものだったという話を、東日本大震災から一年半後に始めている点は注目に値する。もっとも、直接的に震災を連想させる描写はほとんどないし、大半が戦闘とラブコメパートで構成されている作品ではある（アニメ版は原作よりその傾向が強まっている）。ただ、統合企業財体が格差を広げ、経済的な弱者を拡大再生産し続けている存在であり、主人公と同じ学園でパートナー的存在となるユリスはそれによって貧困に陥った祖国の人びとを救おうと考え、星導館学園生徒会長のクローディアはその支配体制自体を変革し、新しい星脈世代が中心となる時代の到来を早めんとする志がある――ということから、後述する『最弱無敗の神装機竜』同様に社会派的な視座がある作品なのは間違いない。

星武祭への参加資格を持つような学園トップ層には報酬が与えられ、さまざまな優遇措置があるという点は、能力主義と自己責任を一体化したネオリベそのものと言っていいしくみだ。だが主人公たちは、そうした恩恵を自分たちにもたらしてもいる統合企業財体中心の社会システムを良いものとは思っていない。とはいえ星武祭での優勝によって望みを叶える権利を得ようとすることは、統合企業財体に世話してもらうこととイコールである。つまり願いを叶えてくれるのはクソ社会を作っている当の存在であり、彼らが敷いたルールに則って勝ち抜かない限り変革のきっかけは得られない。その矛盾を自覚しながら、物語は展開していく（この感覚は一五年スタートの衣笠彰梧『ようこそ実力主義の教室へ』に継承され、一歩進めた展開がされているように思われる）。

それでやるのが少年マンガ的なバトルとラノベ然としたラブコメなのかというツッコミに対しても、この作家はおそらく自覚的だ。八巻では「《星武祭》っていうのは馬鹿馬鹿しい見世物だし、それを許容してるシステムもくだらないって思うけど……じゃあ、だからってそこでのことが全部同じように愚かなのかって言ったら違うと思う。ううん、愚かなのかもしれないけど、少なくとも絶対に無価値じゃない。意味がある」「どんな場所であれ、強い意志を持って、全力でなにかを目指すことは立派だし、私は尊敬に値すると思うんだ」というくだりがある。この理屈に納得するかどうかはともかく、資本主義が生み出す格差社会に対する反抗の物語を、商品としてのラノベの「正解」（売れ筋のキャラ、設定、ストーリー）を押さえながら展開する困難を引き受けながら描き切ろうとしているのが本作だ。どちらかに振り切ればまだラクに書けたものを、そうしなかった。

本作で描かれる「星脈世代」は、旧人類からは化け物扱いされており、統合企業財体では「精神調整」をされた人間しか出世できない。この設定は『機動戦士ガンダム』シリーズにおけるニュータイプ／オールドタイプ／強化人間を思わせる。ただ、この種の「オーガニックな新人類が一番優れており、それ以外は悪または劣等である」という思想は、若い世代が権威に反抗する物語として解釈する分にはさほど害はないが、本質的には選民思想であり、レイシズムとも親和性が高い。また、世代間分断を煽る考えでもある。最終的に世代間対立を若い世代が勝利して終わる着地点を目指しているのか、勝敗を付けるのではなく宥和に至るのかは、未完結である現時点では不明だ。『まおゆう』や『はたらく魔王さま！』のように社会変革の夢を語りながらも投げっぱなしで終わってしまう可能性もある。刊行ペースは徐々に落ち、巻を追うごとに話はなかなか進まなくなっている。ただ描ききれなかったとしても、震災とオキュパイ・ウォールストリートの二〇一一年以後への応答を織り込みつつ読者の欲望に応えて商業的な成功をさせたバランス感覚と、それゆえに抱え込んだ困難を作中の展開とオーバーラップさせて描いた点は、特筆に値する。

とんでもスキルで異世界放浪メシ

（オーバーラップノベルス）

江口連

二〇一六年一月～連載中（小説家になろう）
二〇一六年一一月～刊行中

娯楽小説に関する固定観念を挑発する「なろう」累計ランキング三位作品

二一年二月現在、なろうの累計ランキングで『転スラ』『無職転生』に次いで三位の超人気作。『転スラ』は導入こそ変わっているが、仲間を集めて集団を拡大し、戦いをしながら世界の謎に迫っていくオーソドックスなものであるのに対し、本作は不思議な味わいの作品だ。

元サラリーマンで異世界に召喚されたが、いっしょに転移した高校生の勇者とは異なり役に立たないだろうということで自由の身となり料理人になった主人公ムコーダ。彼が旅の途中で出会った最強のフェンリルやスライムと行動をともにし、料理の腕と現実世界から食材や調味料を取り寄せることができるスキル「ネットスーパー」を駆使して仲間やドラゴン、駄女神などを虜にし、食材やアイテム求めて冒険する。

とんでもなく人気なのだが、書籍版のAmazonレビューを覗くと荒れている（ただそもそも、なろう系のレビューはいわゆるワナビー、作家志望者が書籍化作品への妬みから荒らしがちではある）。このように人気があるのに批判もある作品では、ある人が魅力と感じている部分と、また別の人がうけ入れにくいと感じた部分は表裏一体であることが多い。

本作は、たとえば擬音を多用して描写を簡略化し、サクサクイベントを進める点で賛否が分かれている。この作品では主人公の仲間のスライムが攻撃するとき「ビュッビュッビュッ」と表現するのがお決まりだが、これを批判者はやり玉に挙げる。しかし、ネタにされるくらい特徴的な表現は、明らかに作家の個性、魅力である。九〇年代に隆盛を極めたあかほりさとるの小説でも擬音は多用され、作家本人が「文庫の下半分はメモ帳」と言うくらいに描写を排して物語を進めていたが、爆発的に売れた。その歴史の繰り返しだ。遡れば『源氏物語』も平安時代の教養人からすれば漢詩こそが文学の最高峰であり、平仮名で書いた物語は女子供の戯れと思われていたことを想起すべきだろう。本作は「描写はしっかり」「多様な表現を使う」といった小説の教則本によく書いてあることを、ほかのなろう作品と比べてもぶっちぎっているだけではない。

『ハリウッド脚本術』などに代表されるエンタメ系のプロットのセオリーでは、肝心なところでは主人公が自力で戦って解決すべしとある。ところが本作では、バトルはフェンリルやスライムなど主人公以外が担当し、戦闘能力に長けていない主人公は逃げたり隠れたりしていることが大半だ（もちろん、女性向け作品では、女性主人公がピンチになると男性が助けてくれることはままあるが）。この作品は「主人公の強さに酔う」「白熱のバトル展開」「モテまくって嬉しい」といったことは提供しない。異世界の生物たちとの、食事を通じた気のおけない関係やコミカルなやりとり、すっとぼけたノリに、本作の魅力はある。

　そもそもエンタメ作品にセオリー、テンプレがなぜ成立するか。それが作品の受け手を気持ちよくさせ、満足させるテクニックの塊だからだ。普通はそれを破ると、気持ちいい作品にはならない。本作は従来型のお決まりのやり方とは異なる方法論で読者を気持ちよくさせ、名だたる作品を押しのけるようにして「なろう」上で人気になった。にもかかわらず、肩の力の抜けた文体やキャラクター造形であるがゆえに、なかなかそのすごさが理解されない。アルファポリス発のあずみ圭『月が導く異世界道中』も似たような説明しづらい魅力に満ち、叩かれる部分と好まれる部分が表裏一体のひょうひょうとした作品だが、本作は主人公最強もハーレムもなく、描写も主人公の主体性もなければ、主人公に明確な目的もなく、しかし快楽はあるという点で、よりハードコアだ。従来の教則本的価値観では捉えきれない作劇法がここにある。

また「非実在メシ」ものとしての興味深さもある。本作では「レッドボアの生姜焼き」など現実世界に存在しないファンタジー生物を調理したものが登場する。作者も読者もドラゴンの肉などを食べたことはない。つまり味も食感もわからない。にもかかわらず、文章や絵から「うまそう／まずそう」と感じる。これはどういうことなのか。われわれはフィクションの食事描写に何を求めているのか。その食べものが実在しているかどうかなど関係なく、現実世界の料理に似せた雰囲気が描写され、キャラがうまそうな顔をしていればうまそうに思ってしまう。食べる幸せが分かち合えたような気がする。さらに疑問が浮かぶ。グルメマンガに出てくる高級食材を使った料理や変わり種のラーメンも、読者が食べたことがないものはざらにある。出てくる食べものが実在か非実在かは、メシものの魅力の本質とは関係ないのではないか。ではその区別が意味をなさないのだとすると、逆に、リアル寄りのグルメものが受け手に提供しているものとはなんなのか。かように、実在の食材を用いた料理をフィクションで楽しんでいるときには意識していなかった疑問が、「非実在メシ」を横に置くことで浮上する。気負わず読める異世界メシ作品は、「なぜこれを楽しいと思うのか？」「フィクションの食事描写を快く思うとはどういうことなのか？」「何のために人間にそんな機能が備わっているのか？」という哲学的、進化心理学的な疑問を誘発するものでもある。

最弱無敗の神装機竜《バハムート》　（GA文庫）

明月千里

二〇一三年八月～二〇年八月刊行
TVアニメ一六年一月～三月

同時代の多様な現象／流行を積極的に取り込みまとめたがゆえに浮かび上がるもの

クーデターで滅ぼされた旧皇族の生き残りの咎人ルクスは、借金返済のためにこき使われる「雑用王子」。彼が移動中に落下した先は、働きに行くはずだった士官学校の女子寮の大浴場。新しい国の姫リーズシャルテの裸を見たことで、彼女と機械装甲を用いた戦闘を申し込まれる。ルクスは旧帝国史上最年少で機竜使いとなった存在であり、模擬戦では無敗だが勝利経験がないという奇妙な〝無敗の最弱〟。リーシャに腕を認められたルクスは雑用ではなく女学園に士官候補生として入学を命じられ、旧帝国再興を目論む勢力やルクスを学園から追い出そうとする上級生などと戦っていくことになる。

本作はまず、『ＩＳ〈インフィニット・ストラトス〉』のフォロワー的作品としての特徴が指摘できる。①女性しかいない学校に主人公の男性ひとりが放り込まれて女性陣に言い寄られてハーレム展開をしていくこと、②主人公たちがパワードスーツ的な装備を身にまとって戦う点だ。

①の利点は男を極力排除した空間にすることが、異性愛者の男性読者的に嬉しい展開をつくりやすいこと（とはいえ『ＩＳ』と比べると本作は男性キャラクターの登場は多く、『ＩＳ』では基本的に兵器であるインフィニット・ストラトスは女性しか装備できないが、本作では「男性より女性のほうが適性がある」程度という違いはある）。

②の利点は、巨大ロボットものを小説でおもしろく読みやすく書くのは技術的に難しいし、見映え的にもヒロインたちを映しづらいという問題に対して、パワードスーツなら顔も身体も見え、バトルの描写もロボットものに比べて書くのが容易であり、肉弾戦以上に派手で自由度の高い戦闘が描けることにある。

本作は、女の園に放り込まれた主人公が「拒否されるのでは」と緊張していると、「雑用王子」であるがゆえに皆が仕事を頼みたがってちやほやされ、建国記念祭をルクスと過ごす権利をめぐって女性陣がルクス争奪戦を繰り広げる、といったラブコメ的な展開を見せる。

一方で、同時代の戦記ラノベからの影響／への目配せも感じられる。ルクスは旧帝国を滅ぼすクーデターに裏で加担していたが、兄フギルの裏切りによって、当初の計画では死ぬはずではなかった皇帝が死に、革命は成功したが多数の死者を出すことになったことを悔やむ。フギルはルクスに「お前は王の器ではなかった」と告げて去る。また、リーシャも本当は父に捨てられた存在であったが、革命成功後に姫として祭り上げられたために、自らに為政者たる資格があるかどうか悩んでいる。つまり本作は、高貴な生まれの人間が追放されたのちに戴冠する貴種流離譚であり、「私は治世者たりえるか」と問う。その視座は戦記ラノベに通じる（戦闘シーンが戦記ものかといえば、必ずしもそうではないが）。

もう一点、時代性への意識として指摘できるのは機竜に対して用いられる「限界突破」という用語である。限界突破とはソーシャルゲームでカードやキャラクターのレベル上限を引き上げる行為として一〇年代前半に広く流通するようになったが、本作など一〇年代以降のバトルもの作品ではこの概念を、用語そのままにラノベに導入している。ラノベ作家がソシャゲのシナリオライターとして起用されたり、ソシャゲ業界のお仕事ものラノベは書かれたりしたものの、ラノベ自体にソシャゲ的な感覚を取り込むことは原理的になかなか難しかった（ソシャゲの本質が「物語」や「キャラ」になく、ゲーム性にあることが理由だ）が、小説への応用例として「限界突破」の流用は捉えられる。

また、ルクスがかつてクーデターを画策した理由は、国王に「男尊女卑の法を廃止しろ」と願い出たが却下されたこと、国内で汚職、格差、圧政、弾圧、重税が加速していることにあった。つまり、社会派的な背景の上で物語が展開されている。むろんこれを「社会派」と捉えるべきか、〇九年に始まった諫山創『進撃の巨人』の影響で「ガワ」だけ借りてきたと見るべきか（あるいは「社会」にフォーカスしたものと捉えるか、「若者の生きづらさ」にフォーカスしたものと捉えるか）は議論の余地がある。

ただ、ラノベでは基本的に社会問題やその寓意を扱うことは支持されづらい。恋愛や自意識のような個人の問題と、娯楽としてのおもしろさが何より重視される。それでもこれらの問題をエンタメ要素と並行して扱っていた点は指摘しておきたい。本作は、男尊女卑を廃止したはずの新しい国で、最終的にハーレムエンドを迎える。「『世界』と『学園』の重ね合わせ」、シリアス展開と学園ラブコメ的ドタバタの同居はラノベの特徴でありおもしろい部分のひとつだが、時代性や社会派的な要素を積極的に採り入れた上で両方を追求した結果、ちぐはぐな印象をより強めてしまった。読者ニーズに応える部分と、同時代の社会問題に対する寓話としての部分の齟齬、「学園」のご都合ゆえの快楽と「世界」のシリアスさ・リアリティ重視ゆえに読者に訴えるものとの落としどころについて、本作もまた考えさせられるものになっている。なおこうした生きづらい社会の酷薄さをより推し進めて前面化させたバトルもの作品として安里アサト『86―エイティシックス―』（一七年スタート）などがある。

この素晴らしい世界に祝福を！

（角川スニーカー文庫）

暁なつめ

二〇一二年一二月～一三年一〇月連載（小説家になろう）
二〇一三年一〇月～刊行中
TVアニメ第1期一六年一月～三月、第2期一七年一月～三月

「なろう系と文庫ラノベは別物」という認識を決定的に破壊した最後の一手

なろう発（Arcadiaからの移籍組も含めて）としては『ログホラ』（二〇一三年一〇月放送開始）、『魔法科』（一四年四月～）、『ダンまち』（一五年四月～）、『オバロ』（一五年七月～）に次いで本作はTVアニメ化されている。

ここまで一度もいわゆる「転生トラック」作品はなろう発アニメでは存在しなかった。だが本作はそれをパロディにした「トラクター」に曳かれたと思ってショック死した佐藤和馬（カズマ）が異世界に転移」し、やはりなろうでお約束の「ギルドに行って水

晶に手をかざすと『なんてすごい魔力なの！』と驚かれる」展開をひねってギャグにしたイベントが発生する。つまりアニメファンは「典型的ななろう系」を知る前に、テンプレいじりに先に触れることになった。

小説の流行とアニメでネタにされる順番のズレは、ウェブ小説台頭以前から存在した。ただ、なろう系は「ウェブ発で、紙の本が出て、そのあとアニメになる」と手順がひとつ増えたことによって、よりズレが大きくなった。結果、小説からアニメ化された順番を見て「なろう系はこういう順番で流行が変遷している」と誤解する人も現れるほどだった。

一〇年代半ばになると、なろうの有名作品はあらかた書籍化され、新作の青田買いに移行したからこの「アニメ化順の混乱」は解消されていくかと思いきや、一〇年選手の『Unnamed Memory』が一九年にようやく書籍化されて本でも人気を博し、二一年にはやはり一〇年選手の『月が導く異世界道中』『無職転生』がアニメ化されるなど、ウェブの動きと本や映像の動きのズレはまだしばらく解消されそうにない。

『このすば』は書籍化に伴い、狭義の文庫ラノベ読者を獲得したいというレーベルの思惑もあったのか、主要キャラクターの年齢を一〇代に下げたことでなろう版のファンから叩かれたが、しかし一〇代を含む新規読者獲得に成功した。

本作以外の作品でも、文庫ラノベとしてなろう作品を書籍化するにあたりキャラの年齢や性別、物語の展開を改変する——作家の自主的な判断もあれば編集者の要望が強かった例もあろうが――ことは一〇年代前半にはいくつか見られ、なかには『このすば』どころではない拒絶反応を引き起こし、しかも売れなかった作品もある。文庫ラノベでは、もともと新人賞受賞作に対して編集者が大幅に書き直しを命じる（女性キャラを増やすなど）ことは少なくない。新人賞作品に対するのと同じノリでなろう作品にも接した編集者主導による改稿が、大反発を招いたケースもあったのではないかと思われる。ただしこの種の炎上事例は、読者の許容度の幅がどれほどのものかが作家・編集者に蓄積されていくと、徐々に減っていった。炎上しない改編には、書籍化されてもなろう版が削除されないこと＝初出のウェブ版を好きな人を排除しないこと、作家自ら主導して加筆修正していることが明言され、変えたほうのバージョンもおもしろいことが基本的には必要になっている（本作はなろう版の削除が、火に油を注いだ）。

　本作は改編によってなろうの異世界ものの読者（大人）と、従来の文庫ラノベ読者（一〇代）両方にリーチした成功例だ。西森博之のマンガ『今日から俺は！』の主人公・三橋ばりに卑怯で利己的なカズマ、偉そうにしているがポンコツな駄女神アクア、変な名前を付けるのが得意な爆裂魔法の使い手めぐみん、被虐嗜好のある変態ダクネスを中心に繰り広げられる喜劇が本作最大の魅力だ。つまり、バトル、ラブ、コメディのうちコメディの担い手として優れていた。なろうのお約束いじりに留まらず、デュラハンからダクネスが死の呪いをかけられ「仲間を助けたくば俺の城に来い」と呼びかけられたのにアクアが解呪の魔法を使って瞬時に治してしまう、といった「バトルものあるある」のハシゴ外しなどもあり、ゲームやマンガ、アニメにある程度親しんでいれば笑いが止まらなくなる間口の広さがあった。かつ、恋愛ものとしての要素もシリーズが進むと増え、泣かせる展開も用意。「楽しい」「ネタになる」「刺さる」が揃った本作は、なろう発ではない文庫ラノベとして始まっていてもヒットしただろう。本作とカゲプロを読み比べれば自明だが、なろう系はボカロ小説とは違って文庫ラノベに「寄せた」。だからラノベとして読者から受容された。本作は、なろう書籍化専門の新レーベルだったヒーロー文庫やモンスター文庫からではなく、狭義の文庫ラノベを刊行してきたスニーカー文庫から刊行されたことも重要だ。本作や一四年一月から刊行の『Re:ゼロ』などのヒットによって「なろう系は従来の文庫ラノベとは別物」という業界関係者の認識は決定的に改められた。各文庫ラノベレーベルがなろう書籍化に大挙し、文庫オリジナルでも異世界転生・転移ものが増殖、従来の文庫ラノベ編集部を母体として四六判単行本を刊行する新レーベル設立への引き金を引いた。これも文庫ラノベへの大人の流入＝読者の平均年齢上昇と、若者のラノベ離れをもたらし、一〇年代初頭に存在していた四六判と文庫での読者の棲み分けを無効化した（くりかえすが本作自体は若い読者も獲得したのだが）。再び少し分離の傾向を強めるのは、文庫でのラブコメブームを待たねばならなかった。

Re:ゼロから始める異世界生活（MF文庫J）

長月達平

二〇一二年四月～連載中（小説家になろう）
二〇一四年一月～刊行中
TVアニメ第1期二〇一六年四月～九月、第2期二〇二〇年七月～九月、二一年一月～三月

事件の謎、世界の謎、そして内面の謎に迫るループミステリー

長月達平はラノベ新人賞に応募していたが結果は芳しくなかった。どうしようかと思っていたときに『魔法科』が電撃文庫から刊行されて話題になっていたことで「小説家になろう」を知り、『魔法科』以外のランキング上位作が軒並み異世界転生・転移だったことから、自分も書いてみようと考えた。そこで長月が採り入れたのはアドベンチャーゲーム的なしくみを応用したループものだった（「異世界ものは何がそんなに面白いのか？『リゼロ』長月達平×『オバロ』丸山くがね対談」https://ddnavi.com/

interview/647325/a/)。

　本作もまた二〇〇〇年代までに隆盛した恋愛SLG／ノベルゲーム的フォーマットを小説に落とし込んだウェブ小説／ラノベである。『俺妹』同様、シリーズ本編とは違う選択肢を選んだらどうなっていたかという「別ルート」も執筆・刊行している点も特徴的だ。とはいえ「選択肢を誤るとすぐバッドエンド（誰かが死ぬ）」というハードな展開は、エロゲー的というより一九八〇年代〜九〇年代のアドベンチャーゲーム的である。そのシリアスさ、心理描写の深掘りがキャラへの愛を深めさせ、熱狂的なレムファンを男女も国籍も問わず生み出した（一六年に中国でもっともコスプレされたキャラがレム）。ループものは二〇〇〇年代からラノベでも無数にあったため、なろう系云々は関係なく書籍版が受容された印象がある。

　現代日本から異世界に転移した少年ナツキ・スバルは、唯一手に入れた「死に戻り」の力を使って何度も選択をやり直し、複雑に絡む謎を解き明かしながら、ヒロインたちを救うために奮闘する。

　第一章では「死に戻り」の基本設定の説明とメインヒロイン・エミリアとの出会いが描かれる。第二章では、スバルがエミリアとともに滞在することになったロズワール邸で起きる惨劇を避けるために何度も死に戻りして行動するなかで、ラム、レム、ベアトリス、エミリアといった主要キャラクターたちの片鱗が垣間見えていく。第三章では、王を選出する「王選」に出馬したエミリアを襲う魔女教大罪司教ベデルギウスと、人々から記憶を奪う怪物・白鯨との戦いを描く。第四章では、レムが魔女教から襲撃を受けて存在を忘れられた眠り人となってしまったことに始まり、レムを取り戻すべく魔女教の「暴食」を倒すことをスバルが決意し、エミリアが向かった「聖域」へと足を運び、そこで行われる「試練」に挑む。『Re:ゼロ』は第三章までは死に戻りをしながら「事件の謎」を解き、「世界の謎」に迫っていく物語だったが、第四章から始まる「試練」ではスバルやエミリアたちが自らの過去に向き合うことが課され、彼らの「内面の謎」に迫っていく。

ミステリー用語で言い換えれば、第三章まではスバルがフーダニット（誰がやったのか？）、ハウダニット（いかにやったのか？）にチャレンジしていく物語だったが、第四章以降はそれに加えてある意味でホワイダニット（なぜやったのか？）の物語になっていく。スバルも含めて「このキャラクターはなぜこんなことをする（人間になった）のか」「過去にどんな人間だったのか」を掘り下げ、それぞれのキャラクターの心理の謎を解いていく、内面のミステリーになる。「事件」「世界」「内面」の謎が絡み合い、真実が明かされていく。

結局「死に戻り」とは何なのか。主人公スバルたちの敵役としてキリスト教の「七つの大罪」に由来する「傲慢」「嫉妬」「憤怒」「怠惰」「強欲」「暴食」「色欲」の魔女やそれを崇拝する大罪司教などが登場する——本作でも「信仰」は悪役の狂人のものである——ことから推察するに、人間を罪に導く欲望（＝七つの大罪）と戦うために自らの行動の誤りを反省し、やり直す（＝告解・懺悔する）、ということなのだろう。カトリックでは（歴史的に実際どうだったかはともかく）告解を聞いた司祭はどんな理由があってもその内容を他言してはならないとされている。『Re: ゼロ』ではスバルが死に戻りしていることを他言しようとすると黒い影がスバルを襲い心臓を握りつぶそうとし、それでも口にすると惨劇が起こる。これは、告解は密室で閉じられ、罪を再び侵さないという誓いはそのひと個人において解決されるべきだという原則を示したものと解釈しうる（四章ではスバルが死に戻りしていることを知る人物も登場してくるものの、スバルを救済するわけではなく、彼が自ら戦わなければならないことに変わりはない）。

　来たるべき赦しと救いの日に向けて、罪に向き合い、人間に破滅をもたらす悪しき欲望や恐怖と戦う――『Re: ゼロ』はそういう物語だ。『無職転生』の項で「なろう系」と言ったときに想起されやすい心地よさやチョロさだけでなく、心を抉る悲痛な展開も用意されていると書いたが、本作は『無職転生』以上にハードに内面に迫る。もちろん、あらゆる誘惑に勝ち、驕ることなく、腐ることなく、恐れることなく生きられる人間などいない。だからスバルは何度でも反省し、罪に、それをもたらす欲望に向き合い、死に戻ってやり直す。四章序盤では、スバルが不登校だった過去と向き合い、異世界転移以前には両親に伝えられなかった言葉を伝える姿が感動的に描かれる。『Re: ゼロ』はその姿を通じて、死に戻ることはできない読者にも、自らを省みる機会を与える。

韓国ウェブ小説の衝撃

韓国コンテンツ振興院によると韓国ウェブ小説市場は、二〇一九年には五〇〇〇億ウォン（約五〇〇億円）を突破（韓国コンテンツ振興院「二〇一九年下半期及び年間コンテンツ産業動向分析報告書」）。日本のウェブ小説市場の統計はないが、たとえば文庫本のライトノベルの推定販売金額は一九年で一四三億円（『出版指標年報２０２０年版』出版科学研究所）。ウェブ小説書籍化の主戦場は単行本だが、文庫のラノベと足しても五〇〇億円には到底届かないだろう。

韓国のウェブ小説はカカオジャパンが運営するマンガアプリ「ピッコマ」上で『俺だけレベルアップな件』『捨てられた皇妃』などが翻訳配信されているが、韓国ウェブ小説の歴史と動向について、韓国トップクラスのウェブ小説&ウェブトゥーンプラットフォームであるカカオページのオ・ジョンウォン氏と、韓国オタク文化の歴史に詳しいコミックポップエンターテインメント社の宣政佑《ソン・ジョンウ》氏に訊いた（カカオページへの取材およびオ・ジョンウォン氏の回答の翻訳は同社勤務のキム・スジョン氏に協力いただいた）。

韓国で「異世界転生・転移」は「次元移動」と呼ばれている

オ・ジョンウォン　日本で「異世界転生・転移」と呼ばれるジャンルは、韓国では「次元移動」ものと言われて二〇年近く定着しています。韓国では一九九〇年代のパソコン通信時代からトールキンや『D&D』の世界観に基づいた〝正統ファンタジー〟が人気を集め、同様に〝退魔もの〟〝新武侠〟などもパソコン通信で連載してから出版するかたちが成立しています。九〇年代後半からは正統ファンタジーにない素材がミックスされて〝フュージョンファンタジー〟というジャンルが生まれ、そこから次元移動ものが派生しました。一九九八年から九九年のパソコン通信チャンネル〝チョルリアン（千里眼、Chollian）〟〝ハイテル（Hitel）〟で連載してから二〇〇〇年一月に出版された、イ・サンギュ著『サイキデリア』が話題作になり、そこからこのジャンルが韓国で大ブームになりました。男性向けほどの作品数ではありませんが、二〇〇〇年代からは女性向けにおいてもこうした流れに乗ったものが生まれています。女性向けの主要なジャンルである〝現代ロマンス〟ではない、時代を超えたり、本の中に入ったりする物語が多数出版されました。男性向けではパワーインフレに基づくいわゆるマンチキン（日本で言うチート）、主人公が圧倒的に強いキャラクターを好み、女性向けでは〝本憑依もの〟のように主人公が既に先に起きる出来事を知っていて簡単に問題を解決するかたちでストーリー展開が進むというものがたくさん創作されています。次元移動ものでは主人公が強い立場になるか、ストーリーを主導的に引っぱる作品が人気です。平穏な生き方や静的なストーリーよりも激しい競争、復讐、劇的な演出と成功物語、多くの人に愛される主人公が登場する物語が読まれています。

「異世界転生・転移」ではなく「次元移動」と呼称されたこともあってか、韓国で派生していったサブジャンルは、日本のウェブ小説ではあまり見られないものも少なくない。

オ・ジョンウォン　その後も次元移動ものは多様なサブジャンルに派生し、ステディセラー（爆発的な売り上げではないが、長い期間、安定的に売れるもの）として今も読まれています。派生ジャンルには、タイムスリップ（過去か未来に移動）作品や、「憑依」ものなどがあります。憑依ものには、主人公本人が読んだか書いた作品に憑依する（入り込む）作品、自分が楽しんだゲームや武侠誌（武侠小説）に憑依するといったものを基本とし、多様な変奏が今も続いています。韓国では次元移動ものは「ひとつのジャンル」とは言えないほど細分化しています。これは読者がクールな展開や新しい素材をつねに求めるためです。たとえば次元移動ものに武侠やSFを組み合わせて話をつくったり、地球上にできた異世界のダンジョンでハンター、プレイヤーが能力を発揮して進むもの（レイドものとも呼ばれる）、VRゲームを通じて稼いだり自分の夢を叶えるゲームファンタジー、ある存在によって塔に囲い込まれた人たちが脱出をめざす〝塔もの〟、異世界から脱出した主人公が現実世界に戻ってきて活躍する〝帰還もの〟、地球と異界がひとつになり英雄が目を覚まして地球を救うものなどのジャンルが生まれました。つまりもはや「次元移動もの=異世界もの」とは言えず、それぞれ別の人気ジャンルだと言えます。

ほかに「回帰もの」と呼ばれるものも人気だという。日本で言う「ループもの」に近いが、ループもののように何度もやり直すのではなく、一度だけ時間を遡るものだ。

宣政佑《ソン・ジョンウ》　「回帰もの」は「人生やり直しもの」ですね。過去には「逆行もの」「リセットもの」「リターンもの」などとも呼ばれましたが、現在韓国のウェブ小説業界では「回帰もの」と呼びます。時間を遡るのですが、はるか過去に行く訳ではなく（そういう作品は別途あります）、主人公、もしくは遡る人物が子どものころなど「現在より前の時間帯」に行く。つまり「前もって未来がわかっていた場合、そのとき自分はどう行動し、それから起こる事件をどう変えるか」という、人生に対して誰もが抱く後悔や「あのときああしていれば」という願望を作品にしたものと言えます。日本だとたとえば『Re:ゼロ』が思い浮かぶかも知れませんが、『Re:ゼロ』の場合は「何回も回帰するパターン」とでも言いましょうか。回帰ものは二〇〇〇年代に多少ヒット作が出ましたが、次元移動ものやゲーム小説、転生もの、そしていわゆる「ファン侠誌」（ファンタジー＋武侠誌）よりはマイナーなジャンルで、もともとは一次創作より二次創作で多く使われるような設定でした。回帰ものが流行りだしたのは一〇年代になってからだと言われます。男性向けでは一二～一七年に発表された『MEMORIZE』、女性向けでは一一、二年頃始まったとされる『捨てられた皇妃』が一番有名でしょう。

韓国ウェブ小説の主要ジャンルはファンタジー、武侠、ロマンス

もう少し俯瞰すると、韓国ウェブ小説において次元移動ものはどのくらいのシェアを占め、ほかにはどんなジャンルが人気なのか。主なものはファンタジー、武侠、ロマンスだ。

オ・ジョンウォン　女性向けでは現実世界を舞台にした現代ロマンスと、異世界や朝鮮時代などを舞台にしたり現代から移動したりしたロマンスファンタジーが両頭状態です。男性向けではファンタジー武侠小説がもっとも大きなシェアを占めますが、ほかに正統ファンタジー、フュージョンファンタジー、過去に移動したり特別な出来事によって能力を獲得した現代人による現代ファンタジー、武侠が一定以上のシェアを占めています。異世界を舞台にした作品は二五～四〇％程度。ただしひとつのジャンルが主導しているというより、一定の期間を置いて人気ジャンルが移り変わっていきます。以前はウェブ小説ではマイナーだと認識されていたSFやメカとファンタジーを融合した作品や、ウェブ小説の特徴に合わせて新しく作られた正統ファンタジーなども最近浮上しています。カカオページでは近年ハンターもの、ゲームファンタジー、現代ファンタジーのジャンルのなかでのアイドル、食堂、「回帰」もの、異世界からの「帰還」ものが人気です。男性向けではゲーム関連の派生作品（たとえば現実においてもお金や幸せを手に入れる『Overgeared.テンパる』『食べるだけでレベルアップ』［飯田注：日本の同名作品とは別のもの］など）、女性向けでは育児、回帰、転生がステディセラーとなっています。ほかにもクトゥルフ神話に基づいた物語、怪談、死後の世界と現実を結ぶ食堂を運営する主人公の話、悪役に憑依、前世の記憶をもって赤ん坊に転生・憑依して育てられるものなど、細分化しています。

宣政佑《ソン・ジョンウ》　ただし、韓国のウェブ小説の市場はカカオページや競合サービスのNAVER SERIESなどのような、「大手サイトが運営する」、「連載中心」のプラットフォームだけではないのです。老舗のJoaraやMunpia、ロマンス市場で強いBookcube、そしてウェブ小説の連載プラットフォームではなく「電子書籍」の大手であるRidibooks、オンライン書

店の大手で電子書籍でも大きいYES24、Aladinなど、多様なプラットフォームが存在し、それぞれ異なる傾向を持ちます。また時期によってもプラットフォームごとに事情が異なり、状況が激変することも珍しくありません。現在はカカオページが「勢いに乗っている」プラットフォームであることは間違いありませんが、一方でカカオのような大手プラットフォームはAmazonやApple同様成人向けに厳しい制限があり、ＢＬやＴＬなどでは難しい側面があるなど、色々な事情があるのです。韓国のそういう状況が分からず、ひとつの側面を切り取って「韓国全般の事情」を語り、説明が偏ってしまうことを日本でよく見てきました。ウェブ小説に限らず韓国のマンガ、ゲーム、音楽、どんな分野に関しても、です。ですからこの記事も、あくまで「大手サイトが運営するウェブ小説プラットフォーム」で「二〇二〇年現在」こうなっているのだという前提で理解してほしいです。韓国のウェブ小説や、紙の出版市場も含めたジャンル小説全体の状況ではありませんし（たとえば韓国では長くＳＦは流行らないと言われていましたが、一〇年代後半以降、紙の出版市場を中心に注目作や才能ある作家が登場し、韓国文学を語る際に重要なジャンルのひとつになっています）、今後大きく変わることもあります。

デジタルでの購読者数一五〇万人以上の作品も——韓国ウェブ小説のビジネスモデル

オ・ジョンウォン　韓国のウェブ発小説は九〇年代にはパソコン通信、二〇〇〇年代以降はインターネット上に連載された作品を、読者の反応をベースに出版へとつなげるプロセスが長く続きました。投稿や公募コンテストを活用したり、編集者が企画をしたりして紙の本を出す日本の出版社のシステムとは異なり、オンライン上の連載一回一回の読者の反応を確認しながら作家は執筆し、その成果物を編集者と契約して紙の本の出版プロセスに合わせて毎月一冊出す、という方法を取っていました。その後、一〇年代に入ってジャンル小説の出版は急激に減り、ウェブ上での有料連載へシフトします。もっとも人気のある作品にはたとえば購読者数一五六万の『転生したら王女様になりました』や一一七万の『外科医エリーゼ』、五一万の『異世界剣王生存記』などがあり、いずれもウェブトゥーン化されそちらも大人気になっています。ほかにも主人公が異界で最強の存在となって帰還し、地球を占領したモンスターと戦う『万年ぶりに帰還したフレイヤ』もミリオンページ（日本円換算で約一億以上の売上を誇る作品）となっています。

ＮＡＶＥＲはカナダ発で全世界九〇〇〇万人に利用されるウェブ小説プラットフォーム「Wattpad」を二一年に買収。カカオも「Radish」や「Tapas」に投資と北米展開を進めている。無料・国内に閉じた日本のウェブ小説と、有料・国際展開と広がる韓国や中国ウェブ小説。その傾向の違いは決定的である。

2017

この年放映された小説原作の TV アニメ

『異世界食堂』『異世界はスマートフォンとともに。』『妹さえいればいい。』『有頂天家族 2』『エロマンガ先生』

『王様ゲーム The Animation』『終物語』『キノの旅 -the Beautiful World- Animated Series』

『クロックワーク・プラネット』『ゲーマーズ!』『この素晴らしい世界に祝福を!2』『冴えない彼女の育て方♭』

『サクラダリセット』『終末なにしてますか?忙しいですか?救ってもらっていいですか?』『十二大戦』

『ゼロから始める魔法の書』

『ソード・オラトリア ダンジョンに出会いを求めるのは間違っているだろうか外伝』『天使の 3P!』

『ナイツ & マジック』『バチカン奇跡調査官』『Fate/Apocrypha』『ようこそ実力至上主義の教室へ』『幼女戦記』

『霊剣山 叡知への資格』『ロクでなし魔術講師と禁忌教典』

創刊したレーベル

○ウェブ小説書籍化
三文社 UGnovels、文芸社文庫 NEO、ツギクルブックス、小学館ガガガブックス
スターツ出版・野いちご文庫、一迅社ノベルス、講談社 K ラノベブックス

関連トピック

ホビージャパン、小説家になろうとコラボした第1回 HJ ネット小説大賞実施
VTuber ブーム始まる

幼女戦記

（KADOKAWA・エンターブレイン）

カルロ・ゼン

二〇一一年三月～二〇一四年三月連載（Arcadia）
二〇一三年一〇月～刊行中
TVアニメ二〇一七年一月～四月

「近代的合理精神の忠実な信徒」が招く野蛮――『啓蒙の弁証法』的架空《ファンタジー》戦記

リストラを宣告した人間から逆恨みされて線路に突き落とされたエリートサラリーマンは、その不信心ぶりと他者に対する慈悲心のなさが神（彼は神とみとめず「存在X」「悪魔」と呼ぶ）の怒りを買い、魔力を持った幼女ターニャとして第一次大戦時のドイツを思わせる異世界の「帝国」に転生させられ、フランスを思わせる「共和国」やイギリスを思わせる「連合王国」などと戦うはめになる。架空戦記である。

軍事技術の水準は二〇世紀初頭の欧州レベルだが、ターニャは類い稀なる魔導力によって九歳で戦場へ向かう（帝国では男女や年齢差別がない）。彼女の希望は軍で出世し、後方でエリートコースを歩むことだが、すべての発言や行動、策略が裏目に出て常に危険な最前線に送り込まれる。

異世界転生・転移ものには植民地主義的態度が拭いがたく存在する。前世（＝現代）の知識や技術を使って無双あるいは内政チートする行為は「文明が野蛮を支配・啓蒙する」枠組みにほかならない。レヴィ＝ストロース以降の「未開と呼ばれてきた社会にも高度な象徴体系、交換体系、智慧が存在する」という態度で、むしろ野蛮と思われた社会によって先進国から来た人間が目を開かされる――といった異世界を描く作品はまれである。

本作はその点に自覚的だ。第一次大戦を経験していないために「都市空襲」という概念すらない異世界の敵国に対して、ターニャ率いる第二〇三航空魔導大隊は圧倒的な勝利を収める。そのとき彼女は前世（私たちが住む世界）で二〇世紀前半まで白人たちがアジアやアフリカを侵略していった際の姿を浮かべながら「文化・文明の差異を人種的優越と誤解する連中が出てくるわけだ」と思い、全能感を甘受しないよう自戒する。

本作では、近代合理主義の権化のような主人公が、前世の戦史の知識を用いて冷徹に出世と自身の生き残りのために行動する。しかしそれが行き着く先は彼女が望む安穏とした生活や早期の戦争終結と資本主義に基づく市場社会・消費社会ではない。戦いの拡大であり、泥沼化であり、大量死である。ターニャは攻め込んだ敵国の都市において戦時国際法を遵守して現地の民衆に降伏勧告を通達する。当然、反発が起こり、民兵は暴徒化して戦意を示してくる。それによって二〇三大隊は、職業軍人ではない都市民衆を敵とみなして排除することが法に照らし合わせて可能になる。つまりターニャはロジカルに、形式的に戦時法を守ることで、都市を焼き尽くし、虐殺することを正当化する論拠を作り出す。これが「近代的合理精神の忠実な信徒」を自称する彼女の行いだ。

　理性的に振る舞うことがむごたらしい野蛮を招く――これはフランクフルト学派第一世代を代表する哲学者・社会学者アドルノとホルクハイマーによる『啓蒙の弁証法』（一九四七年）が描いた二〇世紀前半の西欧社会の姿そのものだ。同書では、感情ではなく理性を、無知ではなく啓蒙を追い求めてきたはずの近代合理主義がなぜ全体主義の台頭をまねき、人間がモノのように扱われて無数の屍体を積み上がらせることになった第一次大戦以降の大量死をもたらし、ナチによるユダヤ人迫害を生んだのかと問う。そして、理性を道具のように使うことの徹底こそが、人間らしい感情を抜きに、冷徹に人をモノや数として扱い、殺すことを可能にした、と結論づける。

　ターニャも著者もしきりにシカゴ学派のことを持ち出すが、本作は明確にフランクフルト学派的な逆説の物語である。ターニャは異世界では一般的ではない「人的資源」という言葉を用いたことで軍部の同僚に「人間を物として認識している」とその非人間性を驚愕されるが（作中では量産された戦車が存在することから推察するにフォーディズムの誕生は通過しているはずだが、一九一〇年代には成立していた科学的管理法的な人間観あるいはマルクス主義的な物象化理論は一般的ではないようだ)、ターニャが信奉する市場原理主義は理性の道具的使用そのものであり、それに最適化した人間が二度の世界大戦の悪夢を異世界において再現するのは必然だ。ターニャは前世の知識を応用して「理詰め」で考えるほどに追い詰められる。彼女が志向する自らと帝国の理路の最適化は部分最適にすぎず、異世界の社会秩序の全体最適をもたらさない。「神を信じない」と思っている主人公は帝国軍では「神の使い」と崇められ、しかし、神の奇跡が多重にかけられたメアリーと対決するはめになる。神々は文明が発達してなお、神の存在を信じさせるために時折人間世界に介入する、または信心深い者に力を貸す——つまりターニャが強固に無神論を貫こうとするほどに、神側の反発もまた強くなる。

ターニャは度々「パラダイム」という言葉を口にし、異世界人の古いものの見方と自分を対比する。しかし、彼女自体が工業化社会的なパラダイムに属する。二一世紀の社会では、人をモノのようにではなく「人」として扱う方がハイパフォーマンスに貢献するとされる（フレデリック・ラルー『ティール型組織』等を参照）。無駄を徹底的に排除する振る舞いが社会の紐帯を壊すことは新自由主義の失敗を見れば明らかだ。これも凡百の異世界転生・転移に内在する「主人公が現代文明の〝先進性〟を体現する」なる展開への皮肉である。

ナイツ＆マジック

（ヒーロー文庫）

天酒之瓢

二〇一〇年一〇月～連載中（小説家になろう）
二〇一三年二月～刊行中
TVアニメ二〇一七年七月～九月

ラノベの鬼門と呼ばれ続けた巨大ロボットものでの『フルメタ』以来のアニメ化作品

　ロボットのプラモデル作りが好きなプログラマが転生トラックによって少年エルとして異世界転生。その世界の魔法術式はプログラム言語で記述され、彼が好きな巨大ロボット〝幻晶騎士《シルエットナイト》〟が存在していたことで、エルは騎士になってシルエットナイトに乗ること、そして自ら開発することを目指す。
　一九九八年に刊行が開始された賀東招二『フルメタル・パニック！』というモンスターヒット作品があるにもかかわらず「巨大ロボットものはラノベでは鬼門である」と

言われ続け、事実、いくつか注目作はあったものの、ストレートな巨大ロボットものでTVアニメ化に至るようなヒット作は『フルメタ』以降、長く存在してこなかった。そういう意味で『ナイツマ』のアニメ化はこのジャンルにおいて快挙だった。

ファンタジーロボットものは八三年から放映された富野由悠季監督のTVアニメ『聖戦士ダンバイン』（このアニメのあとに富野は異世界バイストン・ウェルを舞台にした物語を小説で展開させ続けた）や、八六年に始まる永野護のマンガ『ファイブスター物語』など八〇年代にはいくつも見られ、その後もアニメでは散発的に作られ続けていた。小説でも潜在的に需要はあっただろうが、ガンダムやマクロスなどTVアニメのノベライズを除けば商業的には厳しい状態が続いていた。たんにロボットラノベとして稀有というだけでなく、ファンタジーロボット小説という意味では八八年に始まる千葉暁『聖刻１０９２』以来のヒット作だろう。

ロボットものがラノベで難しい理由はいくつもある。まず、キャラもメカも両方描けるイラストレータは限られている（巨大ロボットのメカデザインは難易度が高く、アニメ業界などを含めても手がけている人間はおそらく数えられるほどしか日本には存在しないだろう）。ラノベとして見た場合、読者はキャラが読みたいわけで、必ずしもロボが読みたいわけではない。ロボットは、絵やホビーでは映えるし、その重量感や巨大さが視覚的・体感的に伝えやすい。だが、文字で迫力を伝えるのは技術的に高度にならざるをえない。そこで『フルメタ』は、長編はシリアスだが、小説誌「ドラゴンマガジン」で書かれた短編では巨大ロボットであるアーム・スレイヴでの戦闘はそっちのけで「特殊訓練を積んだ傭兵が軍人としての常識を日本の学校に持ち込んだら？」というネタでの学園コメディに徹して笑いを取ることでキャラ人気を爆発させていた。

本作では、何よりエルのほとんど狂気にも近い「とにかくシルエットナイトを探究し、開発し、乗りこなす」ことへの好奇心と知識欲と情熱、その無邪気さが読ませる原動力になる。もとは大人のはずだが、エルの中身はまったくおっさんらしくない。エルはカネや名誉や性欲のような世俗的な欲望にはまったく興味がなく、いかにシルエットナイトを改造・改良し、敵国の機体の情報を得るかに心血を注ぐすがすがしさがある。敵から「寝返らないか」と甘言されたときに「領地経営はめんどうだからやらない。シルエットナイトの開発だけやりたいがその地位は用意できるのか？」と問うシーンなどには「言うことを聞いてもらえない人間相手の、ストレスの溜まる管理職仕事はイヤだ。俺はやりたい仕事だけしたい」というサラリーマンの欲望が爆発しているとも言えるものの。ただしそんなエルも、知略の立て方はむろん大人であり、国王と話すさいには前世での「営業マンの営業トーク」を思い出して交渉に臨むこともある。なろう系らしい「子ども時代からその世界のどの大人よりも大活躍して驚愕される」という爽快感もある。

エルの性や恋愛への基本的な無関心ぶりもあいまって——一応、求婚・婚約・結婚イベントは描かれるが淡泊である——思春期的な性愛への衝動が剥落した、大人と子どもの感覚の一体化がある。

本作はキャラのインパクトでつかみ、序盤はヒト型の機体が肉弾戦するのみだったが人馬一体型や飛翔するシルエットナイトなど多様なタイプのロボを開発。必然的に国と国との闘いを描いた戦記ファンタジー化し、徐々に複雑になっていく。この広げ方が巧みだ。

また、本作が広範な読者を獲得しえたのは、時勢が味方した部分もあるだろう。二〇一〇年代なかば以降、日本では急速にマンガアプリと電子書籍が普及し、なろう系のコミックが爆発的に読まれるようになったが、本作のマンガも「ヤングガンガン」で一六年四月から連載が始まり、作画を担当した加藤拓弐のマンガ家としての力量が存分に発揮されたクオリティの高さから、スクウェア・エニックスのマンガアプリ「マンガＵＰ！」上などで相当に読まれた。ロボットものは小説よりもマンガやアニメなど絵で映えることはすでに述べた通りだ。なろうで人気になると書籍化されるだけでなくマンガ化され、それもウェブやアプリ、電子書籍上で手軽に読める時代が到来したことも、本作には幸いした。

ファンタジーロボ小説という一見売るのが難しそうな題材ながら、なろう発コミックが売れる時代と合致して「絵にして特に映える」、非常に一〇年代らしいものだった。

ようこそ実力主義の教室へ （MF文庫J）

衣笠彰梧

二〇一五年五月～刊行中
TVアニメ二〇一七年七月～九月放送

ハイパー・メリトクラシー化した学校空間のサバイバルとルール・ブレイキングを描く

『このラノ』の読者投票「数」では一九年から三年連続一位、それも一〇代～二〇代から圧倒的な支持を集めているのが本作だ。

『このラノ』はブロガーや書店員を中心とした「協力者票」と一般読者からの投票を合わせてランキングを決めているが、協力者は数十人、読者投票は数千ながら「尖った作品」「新作・準新作」をトップにしたい編集部の思惑から、協力者票の一位作品が全体で一位になるよう傾斜配分されている。だが一般的なラノベ読者の感覚に近い後者で

『よう実』は三年連続一位。学校読書調査でも一八年、一九年調査の高二男子の「読んだ本」ランキング上位に食い込んでいる。

舞台は全寮制の国立・高度育成高等学校。広大な学校の敷地内に街がまるごと用意され、生徒たちは卒業まで学校行事以外での敷地外への外出や、外部との連絡が許されない。最上位の成績を納めたＡクラスの生徒には希望する就職、進学先にほぼ一〇〇％応える一方、Ｂ以下の生徒にはその特約はない。生徒たちは学校が課す「無人島でのサバイバル」などのゲーム的なルールに基づく特別試験を、ＡからＤまでの四クラス対抗で争ってポイントを獲得、ポイント数の多寡によってクラスが変動する（ＤのポイントがＣより多くなればＤがＣに、ＣがＤになる）。ポイントは生徒が毎月使える金銭代わりに支給され、０になれば最低限の生活しかままならず、成績上位クラスとは激しい格差が生じる。その上、結果が残せない最底辺の生徒は退学させられる。

主人公・綾小路清隆が配属されたのは性格や態度、成績に問題児揃いのＤクラス。幼少期より父に強いられていた苛烈な環境から逃れるために入学した綾小路は、平穏な三年間を望んでいたが、彼の実力を見抜いた担任が望む自らの出世のために「卒業までにＤクラスをＡクラスにしろ。さもなくば退学だ」と脅され、また、父から学校に放たれた刺客たちが綾小路退学を狙って仕掛ける罠を回避するため、その非凡な実力を行使せざるをえなくなっていく。

『賭博黙示録カイジ』をはじめとする福本伸行作品のような頭脳戦（集団戦）を描い

た作品であり、中高生に一〇年以上人気の山田悠介や金沢伸明『王様ゲーム』、『SAO』の一巻のようなデスゲーム、サバイバルものの流れをラノベのフォーマットにうまく組み込んだ作品だ。デスゲームものは小学生向けの児童文庫でも針とら『絶望鬼ごっこ』、大久保開『生き残りゲームラストサバイバル』、藤ダリオ『絶体絶命ゲーム』などの人気作があり、日本の小中高生の大好物だが、対象年齢ごとに切り口や肉体的・心理的な残酷さは異なる。

『よう実』はタイトルどおり「実力主義」、成果を挙げるものだけが生き残れるという競争社会――それも勉強ができればいいわけではなく、学力や運動能力に加えて発想の独創性、コミュニケーション能力、リーダーシップ、協調性、交渉力など多岐にわたる能力が求められるという、教育社会学者・本田由起が言うところの「ハイパー・メリトクラシー化」した学校空間を描く。成績上位クラスは良い思いができ、成績下位クラスは貧乏ライフを強いられるものの逆転をかけて戦うという設定は、〇七年スタートの井上堅二『バカとテストと召喚獣』では笑いと熱い展開を生み出す装置として用いられていた。だが一五年スタートの『よう実』では「これが今の世の中だ」と言わんばかりに過酷で、高校生たちのメンタルをえぐるものとしてシリアスに描かれていく。ただ『よう実』が興味深いのは、個人が利己主義的に振る舞いすぎるとクラスの敗北につながり、連帯責任で自分もポイントを失い、Aに上がれない（Aの人間なら立場が維持できない）という仕組みを用意していることだ。綾小路同様Dクラスになった実力派の堀北鈴音は、入学当初はきわめて利己的に振る舞っていたが、試験を経るうちに「ほかのクラスに勝つためにはクラス全員が一丸にならねばならない」と気づき、利他的な態度に変化していく。ただしきれいごとだけで勝てるようにも、試験は設計されていない。Cクラスを統率する龍円が繰り出す卑怯な手段や、本心では冷徹ながら表向きは他人思いに振る舞い、相手の過去や内面に踏み込んで信頼を獲得していく主人公・綾小路のサイコパスぶりは読者に強烈な印象を残す。とはいえ、最終的にどう振る舞うことを是としている作品なのかは、未完結時点の今はまだ定かではない（そこが面白くもある）。

また、舞台となる学校は、大多数の生徒にとっては人生の一発逆転、あるいは安泰を懸けて戦うアリーナだが、綾小路にとってはかつての地獄のような環境に強制送還されないためのシェルターであるという二重性が用意されている。運営側が試験に介入してくる際には、主人公の方がルールを守らせるために立ち回る。本作は盲目的に「ルールの決まったゲームの中で勝てばいい」という考えに基づいてはいない。受験エリート礼賛作品ではないのだ。ネオリベ的な競争社会の是非を両面描き、協力して勝つことの美しさも、倫理を無視してゲームのルールの穴を突くことも描けば、みなが必死に取り組んでいるゲーム自体の恣意性を強調しもする。その多面性が、様々な読者層を取り込み、また、多感な読者に複合的な視点で物事を捉えるきっかけを与えている。

キノの旅 -the Beautiful World-

（電撃文庫）

時雨沢恵一

二〇〇〇年三月～刊行中
TVアニメ『キノの旅』二〇〇三年四月～七月、『キノの旅 -the Beautiful World- the Animated Series』二〇一七年一〇月～一二月

二〇年間、中高生に読まれ続けた唯一のラノベ

ラノベには正典《キャノン》や古典《クラシック》と呼べるものがない。歴史的に重要な作品として『スレイヤーズ！』や『魔術師オーフェン』『ブギーポップは笑わない』『涼宮ハルヒの憂鬱』などは定番的に挙げられるが、では、ラノベが好きになった人が遡ってそうした著名作品を読むことがジャンル読者として認められる要素になっているか？　なっていない。

たとえばＳＦなら早川書房から出ている『ＳＦハンドブック』掲載作品なり、歴代の「ＳＦが読みたい！」上位作品を読んでそのジャンルの歴史を知ることが「ＳＦファ

ン」としてみなされる／自認できるためには必須になる。ミステリーも本格なら本格、ハードボイルドや警察小説ならそういったサブジャンルの古典、名作を一通り読むことが、ジャンル読者の条件ないし作法になっている。マンガや映画でも同様だ。クリエイターやその業界の関係者になりたいなら（あるいはなったなら）押さえておくべき作品がある。

　ところがラノベはその時々に流行っているものはあっても、ジャンル読者が遡って参照すべき（というより実際に参照して読み継がれている）作品がない。編集者も作家も「過去の名作を読まないと話にならない」などということはない。ラノベには「現在」しかない。「このラノ」の投票傾向などを見るかぎり、市場原理とは別のジャンル固有の評価軸をもった読者群がいないわけではないにもかかわらず、その言語化作業や歴史化する意志は希薄で、blogやTwitterレベルを超えた議論はなかなか蓄積されない。されたところで、ジャンル読者に対してほとんど影響を持たない。だからこそ本書はその特性に半面は倣い、半面は逆らうように時事風俗、消費物の運動体としてのラノベの記録と記憶を書きとどめるスタイルを採っている（なお筆者はこうしたジャンルないし読者コミュニティのあり方について良いとも悪いとも思っていない）。

　比較的初期の電撃文庫を代表し、今なお刊行継続中の人気シリーズである本作が一七年に、『ブギーポップ』（九八年刊行開始）が一九年に、富士見ファンタジア文庫で九四年から刊行された秋田禎信『魔術師オーフェン』が二〇年に、二度目のTVアニメ化がなされた。ではこれらの作品は正典・古典だからアニメ化されたのか、あるいはアニメ化によって「必ず読むべき作品」になったか？　否。基本的には刊行から数年のあいだに読者になった世代に向けた映像作品として受けとめられ、新規に若い視聴者／読者を広範に獲得することはなかった。そもそも本作や『ブギーポップ』は九〇年代半ばまでのキャラクター小説然とした無数のラノベからはみ出る青春小説、思春期文学的な側面をたたえており、それは文字で味わうことはできても、映像として魅力的に成立させるには難しい側面がある（そういうタイプのラノベも熱心に、多数の読者に支持された時代が、九〇年代後半からの数年間だけ存在した）。ゆえに二度のアニメはいずれも商業的に成功したとは言いがたいものとなった。いずれにしろやはり、ジャンルとしてのラノベには現在しかない。

　ジャンル固有の評価軸を定め、キャノンを作り出すには、ランキングと映像化だけでは不可能なのだ。①定期的な回顧・特集（たとえば「ＳＦマガジン」「ミステリマガジン」の特集の多くは評価の定まった作家の特集や作品ガイドだ。これはジャンルの外側からはいつまでも中身が変わらない古色蒼然としたものに映るが、ジャンル内の評価軸をコミュニティ内で継続的に共有するには不可欠な作業だ）、②業界関係者の作家協会《ギルド》、③それなりの数のレビューが掲載される媒体とジャンルに精通したライター・批評家群、④定期開催の業界関係者やファンダムの集まり、⑤新人賞以外の文学賞を設立し、賞をもらう側と与える側を権威化する——といった、ラノベがほぼ持ち合わせないものを用意しなければ「古典」は生まれない。そしてそれらが整備される可能性は、今後も低い。

『キノ』は古典ではないが「定番」ではある。学校読書調査や朝読ランキングで『キノ』は刊行以来ずっと、最上位ではないが消えるわけでもない位置に顔を出し続けている。

『キノ』の第一巻を手に取ってみてほしい。黒星紅白のイラスト、鎌部善彦による装丁、そして時雨沢恵一による文章。すべてが古びていない。性的な意匠に乏しいために学校や地域の図書館にも入れやすいことも、即座に理解しうる。本作はタイトルどおり若きキノがさまざまな風習をもった国を旅して体験することが、叙情的ながらアイロニーに満ちた展開と文体で綴られていく。児童文学や星新一作品にも似た、しかし思春期の入り口にいる人間の心を狙い撃ちするブラックユーモアに富んだひねった物語が、一〇分程度しかない朝読にも向いた短編集のかたちで、シリーズ化されていた。

中高生に一〇年以上読まれたシリーズは『ＳＡＯ』と〈物語〉シリーズだけだが、二〇年読まれているのは『キノ』だけだ。そしてこれは映像化やブックガイドなどの影響ではなく、その時々の読者が図書館や書店で勝手に発見し、読み継いでいくことで「定番」化した。ラノベには現在しかなく、本作は古典ではない。『キノ』はその時代時代の一〇代にとってずっと「現在」の作品なのだ。

告白予行練習

（角川ビーンズ文庫）

原案 HoneyWorks、著・藤谷燈子、香坂茉里

楽曲投稿二〇一一年一一月開始～継続中
二〇一四年二月～刊行中
ＴＶアニメ二〇一七年一一月～一二月放送

ボカロ小説の多メディア展開モデルの完成形

本書では基本的に女性向けラノベ、ライト文芸、少女小説を扱っていない。ではなぜ例外的に本作を扱うか。広義のラノベの一翼を担うボカロ小説の多メディア展開モデルが本作をもって完成し、ボカロ小説ブーム終焉後もほぼ唯一続く人気作として二〇年代以降もなお支持されていることが、出版産業史・大衆文化史的視点から外せないと考えるからだ。

クリエイターユニットHoneyWorks（通称「ハニワ」）の楽曲を原作とし、角川ビー

ンズ文庫から刊行されている小説シリーズ『告白予行練習』は、学校読書調査の一九年の中一〜高一までの各学年の女子部門、また朝読ランキングの中学生文庫部門（一九年五月発表）に入っている。

このシリーズは、HoneyWorksの「ヤキモチの答え」「金曜日のおはよう」「初恋の絵本」などの楽曲のMVで描かれている中高生男女を主人公に、毎巻一組の男女の関係性にフォーカスをし、ふたりが勘違いやすれちがい、逡巡や葛藤を経ながら恋愛を成就させていくまでを描く学園青春小説である。「ずっと前から好きでした」と告白するが、うまくいかなったときのことを恐れて「練習」だということにする、という導入部が咲坂伊緒『アオハライド』と似ていることからわかるように、ティーン向けの少女マンガ的な恋愛が描かれていく。男女の恋愛以外にも、映画研究会や美術部など部活にも打ち込んでいる彼／彼女たちが進路に悩み、同調圧力から女友だちを仲間外れにすることに加担してしまったと後悔したりと、学校内のさまざまな人間関係の悲喜こもごも重要な要素だ。

なぜHoneyWorks作品はボカロ小説ブームが落ち着いたあとも読まれ続けているのか？　本作はなぜ例外的な成功を今も続けられているのか？

ひとつめの理由は、ハニワが最初から分業を前提としたチームだったからだ。このグループはGomとShitoという楽曲制作を手がける男性二人がMV制作のためにイラスト、ムービー担当としてヤマコに声をかけたことに始まり、曲・プロジェクトごとに参加してもらう複数のサポートメンバーがいる。小説執筆は角川ビーンズ文庫が起用した藤谷燈子や香坂茉里といったプロの作家が行い、ハニワは直接筆を執っていない。ボカロ小説は、Ｐが自ら小説執筆すると時間が取られて楽曲制作が滞る。逆もしかりだ。しかしＰ以外の小説家に自由に書かせると楽曲の世界観から離れやすい。ハニワは、ヤマコとＭＶを制作を始めた時点からGomとShitoが「プロデューサー」として統括するスタイルで活動していたため、小説もコントロールが利いた形での分業が成功し、小説・楽曲ともにコンスタントなリリースを実現した。アニメに関しても同様だ。カゲプロはじんが音楽、小説、漫画原作、アニメ脚本すべてを手がけたことによって作業量的にパンク、いずれも遅延し、アニメのクオリティを下げる要因になったと言われている。対するハニワは全体のプロデュース、コンセプトワークは仕切るが小説もアニメも「餅は餅屋」としてその道のプロに委ねることで効果的な連動をむしろ成功させた。

『告白予行練習』成功のふたつめの理由は、中高生向け少女マンガ風の世界観のＭＶと小説の連動だ。世に「少女マンガから出てきたような」と形容される存在は多いが、ハニワのようなスタイルで活動する存在は他には目立って見当たらない。女子が好きな振る舞いの演出に長けた男性アイドル、あるいは十代女子の心情に寄り添う女性アイドルやシンガーはいても、ハニワのように男女両方が登場人物になって（＝歌い手になって）学園恋愛ものの世界観を表現する楽曲＆ＭＶを展開するグループは、少なくともメジャーシーンでは皆無である（男女混成というだけならＡＡＡなどがいたが、ＡＡＡにしても学園ものコンセプトではない）。これは複数のＶＯＣＡＬＯＩＤを用いてシリーズで物語的な楽曲を展開していくのが当然──歌に使うボカロをキャラごとに変えるため、男女両方が登場することが多い──のボカロシーンからでなければ生まれてこなかった発想だろう。また、元がボカロ曲でも人間の歌い手によるカバーが行われるのが当然の文化圏出身だったからこそ、男女両方の（人間の）歌手や声優が歌っても違和感がないという流れを形成できたのだと思われる。

音楽番組『COUNTDOWNTV』や『ミュージックステーション』の出演者たちとハニワを比較してもらえば、あるいは少女マンガ原作のアニメや実写映画の主題歌を担当するアーティストに他にハニワのようなスタイルの存在がいるか？　を考えてもらえれば、ハニワの「少女マンガ的な学園恋愛ものの世界観のＭＶをウリにする男女混声のプロジェクト」がいかに稀有で、しかし女子中高生のニーズを的確に突いていたかがわかるはずだ。ボーカロイドの二次創作だった『悪ノ娘』、ボカロＰオリジナルキャラに移行したカゲプロと試行錯誤を続けてきたボカロ小説の多メディア展開のビジネスモデルは、ハニワをもって完成を見せる──ただし一〇年代半ばのボカロ小説ブームの終焉と、プロデューサータイプのボカロＰの稀有さによって、追随者が登場することはなかった。

有料課金モデルを試みたLINEノベルはなぜ終わったか

二〇一九年八月四日に鳴り物入りで始まった小説投稿・閲覧サービス「LINEノベル」は二〇年八月三一日をもってクローズした。LINEノベル参入以前から日本の小説投稿サイトは「小説家になろう」「エブリスタ」「アルファポリス」「カクヨム」が大手として存在し、ほかにも無数のサイト・アプリが生まれては消えていっている。だが成功するのは難しい。ここではLINEノベル固有の問題も含め、そのポイントを整理してみよう。

マッチングサービスは「皆が使ってるから使う」ネットワーク効果が強固に働く

既存の投稿サイト、なかでも最大手である「なろう」に対するユーザーの不満は山積している。

典型的なものは「いくら人気になってもサイト自体では稼げない（書籍化されないと作家にお金が入らない）」「人気ジャンルが偏りすぎている」などだ。それゆえ、なろうの欠点を補うような「機能」を考案して参入する者が後を絶たない。

だが「機能」だけでは書き手も読み手も移っては来ない。小説投稿サイトの本質は、出会い系や婚活と同じ「マッチング」サービスである。小説を提供する側（書く側）と、される側（読む側）が幸福な出会いを果たしてお互い満足が得られればよい。ここで問題になるのは「マッチングサービスを使ってみたが、送り手または受け手が閑散としている」というケースだ。読者がろくにいないのに力を入れて書きたいと思う作家はいないし、おもしろそうな作品・作家がいないのに読もうという読者もいない。有力作品と読者の関係はニワトリとタマゴの関係にある。

逆に言えば、すでに作品も読者も無数にいるサービスは、いくらそこに機能的な欠陥があっても「使う人がいるから使う」「人気があるから人気」という状態になり、ユーザーは離脱しづらくなる。これが「ネットワーク効果」である。いちど人々にとってデフォルトとしての地位を確立してしまうと、いくら他社がより利便性が高いサービスを考案してもなかなかその牙城が崩せない。使う人が少ないサービスを使いたいと思わせるには、相当なメリット、報酬《リワード》をユーザーに示さなければ難しい。つまりニワトリタマゴ問題を解消し、正のネットワーク効果を生じさせ、ユーザーを増やしていけるかが、サービスの成長には最重要なのだ。「機能」だけでは、なろうには勝てない。

LINEノベルが用意したのはネット向きのコンテンツだったか

重要なのは「どうやって読者と書き手を集めるのか？」に尽きる。LINEノベルは

①KADOKAWA・講談社・新潮社・集英社・実業之日本社・スターツ出版・宝島社・東京創元社・文藝春秋・河出書房新社・双葉社・ポプラ社からライトノベルや一般文芸、ライト文芸作品を調達して配信する

②編集部をつくり、版元から編集者を引き抜いてプロの作家を連れてきてもらい、新作をLINEノベルで書いてもらう

③映像化確約の新人賞を創設して作家志望を集める

を行った。一〇年代に成功したマンガアプリでは①か②、またはその両方を必ずやっている。ところが「紙の小説とウェブ小説の違い」、それからそもそもの「マンガと小説の違い」によって、この戦略はあまり芳しい成果をあげなかった。LINEノベルは、①は紙で出た本を分割していわゆる話売り形式にして配信していた。②は、書き下ろしてもらった作品はLINE文庫、LINE文庫エッジというレーベルから紙の本としても刊行し、かつ、話売りで分割販売していた。ようするにどちらも「紙の本の小説」を完成形《ベース》とし、アプリ上での分割配信はオマケみたいなものだった。だからスマホでの消費になじまなかった。ほとんどのマンガは単行本で刊行され、単行本で読まれるものの、基本的には一話ごと雑誌やウェブ、アプリ上で「連載」したものをまとめている。作家は一話ずつ書き、普通は毎話「引き」で終わらせ、読者が次を読みたくなるようにしている。これがマンガアプリで一話ずつ読ませ「続きが読みたければ一定時間待つか課金するか動画広告を観てね」というビジネスモデルを作ったときにうまく馴染んだ理由だ。一方、紙の本を完成形とするタイプの小説はどうか。今でも小説雑誌はあるが、書き手は一話ごとの「引き」をマンガと比べればそこまで意識していないし、書き下ろし作品ならなおさらだ。つまりただ単に小説を分割配信しても、読者は「続きが読みたいから課金」という気持ちにはなりにくい。だがウェブ小説は違う。なろう出身作家の津田彷徨がいくつかの記事や小説『ネット小説家になろうクロニクル』で書いているように、なろうでランカー（ランキング上位者）になるためには、文字数、投稿時間、投稿回数、一話あたりの内容、トレンドの採り入れ方などで、きめこまやかなテクニックを駆使したほうが望ましい。「一話ごと」に「いかに読んでもらうか」を考え抜いた作品か、天然か偶然それに適応した作家か、そんなもの一切関係なしに図抜けてキャッチーでおもしろい奇跡の作品のいずれかだけが勝つ世界になっている。スマホで読むのに最適化されたウェブ小説の世界が「なろう」などにすでにあるのに、LINEノベルは紙ベースの体質のままウェブ小説界に参戦した。これが「小説を読

んでもらうサービス」として伸び悩んだ理由の本質だろう。

紙の小説の新レーベルとして「文庫」を選んだのは適切だったか

では紙の本としてのLINE文庫、LINE文庫エッジはどうだったか。創刊早々ヒット作が出るという奇跡は起こらず、徐々に刊行点数を減らしていった。日本の文庫市場は一二年には一三二六億円だったが一三年以降、毎年減少を続けて一九年には九〇一億円。なかでもラノベ文庫は落ち込みが激しく、一二年の二八四億円をピークに一三年以降下落の一途を辿り、一九年には一四三億円と半減。一〇年代以降、ウェブ小説書籍化の主戦場は文庫よりも単価の高い単行本だった。女性読者の多いライト文芸は文庫が中心だから、ライト文芸レーベルLINE文庫は、文庫でもよかったかもしれない。ともあれ「売上＝客数×客単価」であり、小説の客数はマンガと比べて少ないのだから、最初から単価が低いほうを選ぶのはあまり良い打ち手ではない。出版社としてのLINEにとってだけでなく、本を売ってくれる書店にとっても、だ。書店は単価の安いもの、利益率の悪いもの、回転率の低いものを求めなくなっている。マンガは単価は安いが、一般的に書籍より利益率はよく、回転率は高い。一方、今や文庫はすべてにバツが付く。スマホ普及以降「手軽な娯楽」ポジションから急速に転落し、残念ながら歴史的役割を終えつつあると言わざるを得ないのが文庫というメディアだ。このダウントレンド自体が厳しい。それに抗って書店で存在感を出してもらうには、LINE側が書店に対して報奨金（特定のタイトルを売った書店に対して、特別にプラスしてお金を払う制度）を大盤振る舞いする、そもそも全点をLINE側の取り分を減らして書店の粗利を大きくする、などといった施策を相当積極的にやらなければ「この本／このレーベルを売りたい理由」が書店側にない。筆者は出版業界紙を購読し、また時々寄稿もしているが、LINE文庫、エッジがこの手の施策を打ったとか、特別な営業戦略をもって臨んでいるという話を聞いたことがない。LINEの出版物は対取次、対書店の力に乏しかった。

日本の小説市場では映像化、マンガ化作品が複数出るまで数年耐えないと成功は無理

ただ、LINEノベル的な「紙の本ベースのウェブ小説」でも、文庫であっても、粘り強く続ければ、風向きが変わる可能性はあった。結局、新レーベルの成功を決めるのは映像化作品が生まれ、本として数十万部単位のヒット作が出るかどうかが大きい。日本の小説市場ではほとんどが映像化された作品と、映像化作品で認知度を得た作家の新作が売上上位を占める。テレビや映画の力を借りて客を呼び込むサイクルが回り始めると、なかなかそのサイトやレーベルは潰れなくなる。ウェブに連載された小説が本になり、それが人気になってアニメやドラマ、映画になるまでには五、六年かかる。どれだけ早く仕掛けても三年はか

かる。しかも一発で大ヒットが出るとは限らないから、映像化作品がいくつか続かなければならない。それまでキャッシュアウトがかさむのを耐えることが、このビジネスでは「大前提」だ。あるいは、映像化でなくマンガ化でもいい。たとえばアルファポリスは、映像化作品は極めて少ないが、自社の小説投稿プラットフォーム発のマンガ化作品を多数抱え、近年ではマンガ事業のほうが小説事業より売上が大きい。つまり一作につき数億円かかる映像化ではなく、ケタが少なく作れるマンガ化をたくさん仕込むというやり方もある。幸いＬＩＮＥにはＬＩＮＥマンガが先行して存在しており、ＬＩＮＥノベルの人気作をＬＩＮＥマンガでコミカライズすることも視野に入れていたはずだ。本書でたびたび触れてきたように、ウェブ小説発では書籍化された小説よりマンガのほうが売れることが少なくない。日本のマンガ市場は四〇〇〇億円台、小説市場全体の統計は存在しないが、年間の刊行点数などから逆算すると多く見積もって一〇〇〇億円台しかない。小説市場だけ見るならば、大手ＩＴ企業が投資するにはマーケットのサイズが小さすぎる（ウェブ小説市場の新規参入者はほぼ中小事業者に限定される）。しかし「小説ビジネス」ではなく「ＩＰビジネス」として捉えれば、やや事情は変わってくる。アルファポリスやカクヨム、ＬＩＮＥノベルのような、ウェブから書籍化、マンガ化までを一気通貫で自社で行うタイプのウェブ小説事業は「ウェブ小説サービスそれ自体で儲ける」ものではない。ウェブ小説サイトは、一作あたりの制作資金がそれほどかからず作品数がたくさん集められ、その中からマンガや映像にしてもリクープできそうな人気の企画がどれかを判断するためのテストマーケティングツールだ（「数字だけ見れば」という話であって、ここでは小説自体の作品的な価値の話は一切していない。念のため）。いずれにしても、ＬＩＮＥノベルが客を呼び込みニワトリタマゴを脱するためには、いかに早く映像化、マンガ化作品を連発する体制が築けるかにかかっており、映像化確約の新人賞はそのカギとなるものだった。ところがたった一年でジャッジが下された。ネットビジネスでは一年は短くないが、小説ビジネス／ＩＰビジネスの時間軸としては短すぎる。この早期の判断には、一九年に発表された、Yahoo!JapanとＬＩＮＥの経営統合によって、各種事業の見直しが行われたからだろう、と囁かれているが、詳細な背景は明かされていない。いずれにしてもＬＩＮＥノベルの失敗によって、日本のウェブ小説ビジネスが中国や韓国のように課金して閲覧することを前提としたモデルに移行する日は、良くも悪くも遠のいた。

2018

この年に放映・配信された小説原作の TV アニメ、ウェブアニメ

『異世界魔王と召喚少女の奴隷魔術』『俺が好きなのは妹だけど妹じゃない』『オーバーロード II』

『オーバーロード III』『かくりよの宿飯』『京都寺町三条のホームズ』『銀河英雄伝説 Die Neue These 邂逅』

『グランクレスト戦記』『剣王朝』『ゴブリンスレイヤー』『されど罪人は竜と踊る』『七星のスバル』

『青春ブタ野郎はバニーガールの夢を見ない』『ソードアート・オンライン アリシゼーション』

『ソードアート・オンライン オルナタティブ ガンゲイル・オンライン』『転生したらスライムだった件』

『デスマーチからはじまる異世界狂想曲』『とある魔術の禁書目録 III』『奴隷区 The Animation』

『ハイスクール D × D HERO』『博多豚骨ラーメンズ』『百錬の覇王と聖約の戦乙女』『BEATLESS』

『BEATLESS Final Stage』『フルメタル・パニック！ Invisible Victory』『りゅうおうのおしごと！』

『若おかみは小学生！』『ヴァイオレット・エヴァーガーデン』『あるゾンビ少女の災難』

創刊したレーベル

○ライトノベル
実業之日本社 J ノベルライト
○ウェブ小説書籍化
一二三書房ブレイブ文庫、光文社ライトブックス、講談社レジェンドノベルス
ぶんか社 BK ブックス、KADOKAWA L- エンタメ小説
○ライト文芸
光文社キャラ文庫、二見書房・二見サラ文庫、一迅社メゾン文庫

関連トピック

ファンタジア文庫と角川スニーカー文庫が創刊 30 周年を迎える
海賊版マンガサイト「漫画村」が 4 月に閉鎖される
電子書籍において「異世界転生」がテーマのライトノベルの伸長が目立ったと『出版指標年報 2019 年版』（出版科学研究所）に記述される（29p）
双葉社とエブリスタが協同出資会社「DEF STUDIO」を設立
講談社、自社運営の小説投稿サイト「NOVEL DAYS」で第１回「講談社 NOVEL DAYS 理デビュー小説賞」開始。プロデビュー経験ありの作家限定の小説賞

デスマーチからはじまる異世界狂想曲

（カドカワBOOKS）

愛七ひろ

二〇一三年三月～二〇年三月連載（小説家になろう）
二〇一四年～刊行中
TVアニメ二〇一八年一月～三月

ハーレムは築くが、ラブコメではなく疑似家族

アラサーのゲームプログラマーが、会社で仮眠を取ると一五歳の少年の姿になり、自分がつくっていたゲーム世界にやや似たファンタジー世界に転移する。主人公サトゥーはちょっとした行動をするだけでさまざまなスキルを即座に身につけ、膨大な魔力を有するため、モンスターとの戦闘で苦戦することはほとんどない。また、その世界の住人に対してこれみよがしに力を誇示したり、暴力によって欲望を満たすことはない。復活した魔王のひとりを倒し「勇者」等々の称号を得ても、あくまで異世界を物見遊山する

「商人」として振る舞う。

この種の「面倒な役割は引き受けず、世界を気ままに楽しむ」ポジションを好む傾向は、なろう系ではしばしば見られる。旅の中で、現代世界では手を出したら犯罪になるような年齢の少女の奴隷を救うために買ったり、なりゆきでいっしょにパーティを組むことになり、みなに慕われてハーレムを形成していく。

とはいえ主人公は幼女／少女には手を出さず、ポチ、タマなど名前からして家畜的／白痴的な幼女奴隷たちとは疑似家族関係を築く一方で、ときおり娼館や連れ込み宿に入って性欲を処理する。ハーレムは築くが、ラブコメではない。この点が興味深い。サトゥーは「元の世界に帰りたい」とは思わず、せっかくだからこの世界のあちこちを観光したい、と思って行動をし、その旅路のなかで困っている人がいれば助けたり、お使いめいたことをする。主人公には「復讐する」「愛する人を命をかけて守る」「世界を救う」といった強烈な目的意識、動機は希薄だ。

ただ物語が進むにつれ、主人公はこの世界を救うために召喚されたらしきこと、今昔を問わず日本人が多数この世界に召喚され、しかし、主人公の能力はそのなかでも突出していることが判明していく。ほかならぬこの人物（主人公）が召喚された理由には、どうも血筋が関係していることも見えてくる。つまり本作は「この世界とは何か？」と「自分とは何か？」を同時に探求する、ファンタジーの伝統的テーマを扱ってもいる。

とはいえ、その部分がこの作品の主たる魅力かというと、違う。性的な関係を排した、幼女／少女たちとの疑似家族的なパーティ（主人公は保護者的な立ち位置である）がゆるやかなかけあいをし、寝具をみんなでつくって寝たり、いっしょにカレーをつくって食べたりするところが最大の読みどころだ。筋《プロット》とは関係のない、のんびりとした部分に楽しみが詰まっている。主人公の圧倒的な強さや目的意識の希薄さは、その安心感を脅かさず、旅すること自体を自己目的化するためにある。もちろん、感情の起伏をつくり、多少の緊張感を読者に与えるスパイス程度のピンチはあるし、主人公の周囲にいる女の子が危機的な状況に陥ることはある。ただ、深刻すぎるイベントは起こらない。『指輪物語』をはじめ、長大なファンタジー小説が好まれるのは、超長編でなければ描けないような骨太なストーリー性が魅力だからというだけではない。異世界にずっと浸っていたい読者がいるからだと古くから言われてきた。荒俣宏『別世界通信』は、一九六〇年代に『指輪物語』などのファンタジーがカウンターカルチャーと結びついて「ターンオン、チューンイン、ドロップアウト」した先として重宝された、つまりファンタジーは危険で反対制・反社会的だったと記している。逃避的であることはよく批判されるが、トールキンのファンタジー論を参照するまでもなく、逃避はむしろファンタジーが読者に与える積極的な価値のひとつだ。それを断じたところで、ファンタジーの危うい魅力の吸引力は少しも減退しない。「酒は危険だ」と言うのと同じ程度の意味しかない。一部のなろう小説はファンタジーが持つ「ずっと浸っていたくなる楽しさ」を現代日本風にローカライズし、肥大化させたが、『デスマ』はその代表的な作品のひとつだろう。二〇〇〇年代後半の『はがない』『生徒会の一存』なども強い目的意識や骨太な物語性は希薄だったが、狭い部室や学校ではなく、広大な異世界を舞台に物見遊山やスローライフに特化すると、より極端なもの、純化した無目的な逃避に感じられる。

批評家の東浩紀は一七年刊行の『観光客の哲学』で、偶然性に満ちた「観光客」の気ままな振る舞いや、困っている人がいれば助けるという「憐れみ」、ペットなども含めた「（擬似）家族」が資本制と国民国家を乗り越える鍵となり、本人たちはそうしたいわけでもないが人と人を結びつけて社会を作るものともなる、というようなことを書いている。「観光」「憐れみ」「（擬似）家族」が異世界の公益に資することにつながる、という構図はまさに『デスマ』や『異世界放浪メシ』など一部の「なろう系」人気作品にみられる特徴だ。目的なく気ままに旅をし（『デスマ』の主人公サトゥーは公的な役割や肩書きを背負わされることを好まない）、その中で仲間や恋人というより家族的なパーティを形成し（『デスマ』のハーレムは「家族」だから性的関係や恋愛が退けられている）、困っている人を助けているうちに、結果、世界を救っていく。この「目的はないが、快楽はある」ことと「擬似家族」性には関係がある。家族は会社組織などのゲゼルシャフトとは異なる、目的なき共同体《ゲマインシャフト》だからだ。本作や『異世界放浪メシ』は二〇世紀的な思想や作劇のセオリーからは逸脱しているが、その意味するところはもっと考察されていい。

りゅうおうのおしごと!

（GA文庫）

白鳥士郎

二〇一五年九月～刊行中
TVアニメ二〇一八年一月～三月放送

なぜ小学生女子は娘のような存在ではなく性的対象として描かれねばならなかったのか

一六歳で「竜王」となった棋士・八一の元に、小三女子の雛鶴あいが弟子入りを申し出る。当初はあしらおうと思った八一だが、あいの才能に惚れ込み、内弟子とすることをあいの両親に頼み込む。

スランプ状態の八一がいかに立ち直り、将棋ソフトをどう使って実力を付けていくのか、ＡＩと人間の棋風の違いとは何か——といったことが本筋のひとつ。

天才ではあるがまだ幼いあいが、親しい人間や仲間であっても対戦した以上は勝たなければ上に進めないという厳しい将棋界の中で、いかに精神的に成長を遂げていくのか――ということも筋のひとつだ（「勝つことのつらさ」をここまで掘り下げて描く作品はあまりない）。

六巻から一二巻までは八一の姉弟子だが才能は劣る銀子が、将棋界の頂上に君臨する天才たちを仰ぎ見ながらも史上初の女性プロ棋士を目指す、という筋も描かれる。

白鳥士郎は前作『のうりん』で取材を元に農業高校ものを描いたが、この作品なくしてはなろうで農業もの異世界ファンタジーが隆盛することはなかったかもしれないという、農業ラノベの先駆者だった。その次に白鳥が選んだ題材が、これまたラノベではニッチな将棋だった。一三巻あとがきによれば、新型コロナウイルス感染症が流行すると執筆に大きな支障が生じたほどに、各地での観戦をはじめとする取材をネタに本作は書かれている。この作品の読みどころは、まず将棋界の空気やトレンド、プロの考え（たとえば前述した将棋ＡＩといかに付き合うかといった話題）を積極的に取り込んだリアリティある描写に、適度にフィクションとしてのケレンを加えた対決の緊張感にある。そして化け物のような天才が跋扈する一方で、才能のない者やメンタルが弱い者が容赦なく振り落とされていく世界で、自分の人生をどう生きるのか、将棋と、そして将棋界の人間たちとどう付き合うかという「生き方」に関する実感のこもった問いかけも、読者に深く刺さる。真正面から描かれる挫折や苦汁は、進路が定まっていない十代にも、すでに働き始めてキャリアについて日々考えている社会人にも、広く訴えかけるものだ。

一方で、蒼山サグの『ろうきゅーぶ！』『天使の3P！』などに連なる小学生ヒロインが登場するラノベでもある。『ろうきゅーぶ！』に由来する「小学生は最高だぜ！」という発言や、ロリコンエロマンガ誌『COMIC LO』のコピー「YES! ロリータNO! タッチ」――二次元では幼女が登場するポルノを愛好しても、現実世界に生きる子どもには絶対に手を出してはいけない、という意味――をもじった「ノーロリコン、ノータッチ」というフレーズが本作では用いられる。刊行当初こそあいがメインヒロインなのかと読者に思わせていたものの、八一は銀子に告白して両想いの関係となる。多数登場する小学生女子たちを八一は「性的な目線では見ていないのだ」と言いたげなエクスキューズを用意する。とはいえ蒼山作品でも本作でも「ししょうの玉すごく固い」といった明らかに性的な含意のある言葉を小学生女子に口にさせ、水着をはじめ露出度が高い、または性的なものと受け取られる格好をさせ、年長男性である主人公の日常的な世話、家事を年下の女子にさせている（それ以上の具体的な肉体的な接触はキスまでで留められており、性行為は描かれない）。むろん、二次元ロリ／エロの愛好者の大半は現実の幼女に性的な興奮を抱くわけではなく、たとえペドフィリアだとしてもそのほとんどは犯罪に手を染めないことは常識の範疇である。個人的には正直言って嫌悪感を抱くが――筆者は小学生キャラでなくても、年の差恋愛で片方が社会人でもう片方が高校生というものでも犯罪のにおいを感じてまったく乗れない――「ラノベで小学生に性的なことを言わせるな」と言いたいわけではない（筆者は、表現規制自体は慎重にし、ゾーニングで対応するべきだという考えである）。白鳥が何度か自身で発言しているように、女子小学生をヒロインとして登場させたからこそこの作品はヒットした側面がある。それがラノベ市場の現実だ。本作が刊行開始当初は「荒唐無稽」と言われた八一の設定が、現実の藤井聡太に軽々抜かれた、といった将棋にまつわるエピソードは、本作の半面にすぎない。しかしたとえば、一四年からなろうで連載され、一九年夏にＴＶアニメ化されたCHIROLU『うちの娘の為ならば、俺はもしかしたら魔王も倒せるかもしれない。』では主人公の青年男子が出会った幼女を娘として育てはするが、彼女がその世界で大人の身体になるまでは性愛の対象としては描かれない。『デスマ』でも幼女は性の対象ではない。一〇年代半ば時点でウェブ小説では幼女をヒロイン（性愛の対象）ではなく「娘」として描く作品が人気を博しており、本作と『デスマ』のアニメ化時期は同時、『うちの娘』とは一年しか違わない。『このすば』以降、文庫ラノベもなろう系の影響を被って大人向け作品を展開するようになり、ラブコメジャンル以外の文庫ラノベ読者の平均年齢上昇はすでに確認されていた。しかしそれでも白鳥はあいたちを性的対象として表象し、それが人気の要因と捉えた。これがこの時期のなろう系（単行本ラノベ）と、非なろう系文庫ラノベの嗜好／志向の重要な違いだったのかもしれない。

異世界魔王と召喚少女の奴隷魔術

（講談社ラノベ文庫）

むらさきゆきや

二〇一四年一二月～刊行中
TVアニメ第1期二〇一八年七月～九月、第2期二一年四月～六月予定

文庫ラノベ発でなろう系以後の文脈の異世界転移・魔王ものを成功させた代表的な一作

MMORPGで魔王と恐れられ、孤独に過ごしていた主人公は、プレイしていたゲーム『クロスレヴェリ』らしき世界に豹人族のシェラとエルフのレムによって本物の魔王ディアヴロとして召喚されるが——あらゆる魔法を跳ね返す指輪の力によって、ふたりがかけた服従の魔法を反射し、隷属させていた。コミュニケーション能力に乏しい主人公は内心ビビりながらも高飛車な魔王口調をロールプレイすることでなんとか会話を成立させる。ディアヴロは奴隷制度が存在するなどゲームと似て非なる異世界で生き抜く

ために行動を始めるが、魔王クレブスクルムを倒してほしいと頼まれる。
なろう系的な作品タイトルと設定だが、文庫初出のラノベである。九巻あとがきによれば、企画当時はラノベでは亜人ヒロインが少なく、異世界ものはネット発の作品でないと……といくつかの編集部で難色を示されたが講談社ラノベ文庫が手を挙げて刊行。結果は一巻目から大好評だった。

一〇年代ラノベで女奴隷が登場する人気作品の嚆矢は、なろうに連載されて一二年一二月からヒーロー文庫で刊行された蘇我捨恥『異世界迷宮でハーレムを』だろう。『異世界ハーレム』では奴隷を買ってセックスするが、本作では一応一線は越えない。ただ口絵イラストはエロ本かと見まがうかのようなきわどいもので、女性キャラとの擬似・性描写がウリのひとつになっている。また、高飛車な言葉を吐く主人公が実は小心者であるというコミカルさは『オバロ』などを引き継いだものだ。これらに加えて、魔王がパロディの対象にしかならないことをどう引き受けるかといったウェブ小説的なネタを文庫ラノベで書いた作品であり、アニメ版は本作の中のエロと笑いを誇張して描いていた。しかし、小説版はもっと「まとも」で、いくつもの興味深い設定／論点を孕んでいる。

たとえば著者はソーシャルゲームのノベライズやシナリオを手がけているが、本作はその感覚を取り込んだラノベでもある。ディアヴロはレベル一五〇で召喚されたが、当初圧倒的な力を見せつけていた彼も、のちにレベル二〇〇の存在が現れると修行によって「限界突破」を望む。序盤はサクサク進むが、途中で壁にぶち当たり、育成を真剣に悩むが、そのときには「もっと強くなれる」ことに高揚感を覚えている――という描写は、ゲームプレイヤーの感覚をよく捉えている。川原礫作品では「数値が高い方が勝つ」デジタルゲームとフィクションとの相性の悪さを自覚した上で、気合いが能力をブーストする「心意システム」を導入し、「うおおお！　と叫んで突っ込むと強くなる」というフィクションでありがちな作劇方法を「設定」として正当化することで解決をはかっていた。この作品はその種のアクロバットに頼らず「ゲームに似ているがそのままではない」という曖昧さを利用し、能力アップイベントを使うことで、ゲームらしい楽しさを小説で表現している。

　こうした「ゲームにハマった人間の心理状態の再現」と並行して「ゲーム内の出来事に対して醒めた瞬間の心理状態の表現」に似たものをも、本作は描く。主人公は、ロールプレイすれば行動できるが、そうでないと何もできない。この姿は社会学者アーヴィング・ゴフマンの相互行為論を想起させる。ゴフマンは実際に役割を遂行する「行為」と、役割を遂行しているかのように見せる演技をする「表現」を、分けて考えた。ディアヴロの存在は、人それぞれ誰しもが「らしく」振る舞うこと（「表現」）を求められているという事実を、主人公を「作られた」と思われる異世界に行かせることで、改めて自覚させる。被造物たちが生きる世界で、主人公は「作られた」振る舞いをする。それによって初めて、現実世界では得られなかった仲間を得る。私たちが生きる現実世界でも、ＶＲを使ってヒーローの格好をさせると、その人物はふだんより行動的に振る舞う、という実験結果がいくつも出ていることを思えば、ディアヴロの体験は実際にありうるものだ。人間関係に「自然」などなく、社会的に要請された演技で成り立つ。しかしそこでは外形的な見た目や発言と、秘められた内心の間にギャップや葛藤が生じる。この種の外見と内面の落差を使った作劇は、ラノベの基本的なテクニックのひとつだ。ゲーム世界だけでなく現実社会もある意味では作られたものであり、作られた振る舞いをしなければならない。だがそれに適応しきれないディアヴロは、ふとした瞬間に強烈な孤独感に襲われる。シェラは自分のことを拒絶するのではないかと疑心暗鬼になったとき、大魔王と戦った自分たちを見ていた者が恐怖を抱いていたことがわかったとき、自分と同じく別の世界から召喚された者たちが協力プレイをしていたことを知ったとき……。ハーレム状態の掛け合いやエロイベント、バトルの楽しさの中で、あるいは虚構と演技にまみれた世界の中で、ディアヴロが抱く孤独感の紛れもない本物さは、割かれる分量は極めて少ないながらも、圧倒的に際立っている。

「演技をしないと生きていけない」という感覚は近代文学にもあり、また、ぼっち問題を描いてきた先行する文庫ラノベにもあったものだ。異世界ファンタジーでそのテーマを変奏した本作は、なろう系フォロワーに見えるがしかし、文庫ラノベの流れもたしかに汲んでいる。

転生したらスライムだった件（GCノベルズ）

伏瀬

二〇一三年二月～一五年一〇月連載（小説家になろう）
二〇一四年五月～刊行中
TVアニメ第1期一八年一〇月～一九年三月、第2期二〇二一年一月～一二月放送予定

一〇年代にもっとも商業的に成功した「なろう」発IP

本作は伏瀬が『オバロ』の影響を受けて「なろう」で書いた作品である。彼はその前は電撃小説大賞に投稿しようと思っていた。つまり二〇〇〇年代までであれば文庫ラノベの王者・電撃が獲得できたであろう才能を取り損ねたことになる。〇九年末にメディアワークス文庫を作ってライト文芸向きの才能の流出が避けられる体制をつくったが、一〇年代にはウェブに書き手が流出し、ほかの出版社から刊行されるようになった。これが一〇年代における電撃の苦境の一因だ。『ＳＡＯ』『魔法科』以降、三秋縋などいく

つかの例外を除けば、一九年の「電撃の新文芸」創刊までメディアワークスはウェブ小説刊行にさほど積極的ではなかった。それはなまじ文庫ラノベで長らくシェアトップだったという自負ゆえの、イノベーションのジレンマだろう。

『転スラ』はマイクロマガジンから刊行されているが、同社は『スレイヤーズ！』のリナ・インバース的な「戦う女性」が陵辱される作品を多数刊行する二次元ドリームノベルスなどのジュブナイルポルノ――エロライトノベル――の版元キルタイムコミュニケーションの関連会社である（両社は同じビルに入っている）。そこから、TVアニメ化の勢いによって「なろう」累計ランキング一位になるような作品が刊行され、一〇年代で関連書籍を含めて二〇〇〇万部ともっとも売れた広義のラノベのひとつとなり、「月刊シリウス」連載のマンガ版が『進撃の巨人』完結後の決算を危ぶむ声のあった講談社の業績を支えるほどの大ヒットになるとは、二〇〇〇年代までのラノベ界／出版界の常識では考えられない出来事だった。

本作は、『オバロ』の骸骨のマジックキャスター転生から影響があるというだけあって、女子と話すのが苦手な童貞三七歳ゼネコン勤務が刺されて死ぬと異世界でスライムに転生していた、という導入部こそ色モノ的だ（蜘蛛や剣などに転生する作品もゴロゴロしているのでスライム程度ではもはや変わり種と思えなくなったが、連載開始当時にはインパクトがあった）。

だが、たくさんのキャラのかけあいの楽しさもあるし、複雑な物語展開も、転生者をめぐる世界の謎もある。戦記もの要素もあるし、内政もある。順を追って言うなら、スライムのリムルが捕食スキルのおかげでどんどん強くなり、無数の能力を獲得していく気持ちよさが序盤にある。次いでゴブリンを配下に収めたことを皮切りに、ドワーフなどさまざまな種族を従え、コミュニティを拡張し、必然的に生じる集団戦の駆け引きのおもしろさがある。そして、ドワーフやゴブリンには排泄物処理施設も必要になるとの考えから下水管理工事を手がけ、手始めに区画整理を……といった著者のゼネコンでの現場監督としての勤務経験を存分に活かした、工事・事業を進めるまえの事前の計画と住民・スタッフへの根回しの重要性などまで含めたリアリティ溢れる描写や、集団をいかにマネジメントしていくかといった点に関する、ご都合すぎない記述のおもしろさがある。

なろうの書き手は、よほど本が売れた人を除けば兼業作家が大半を占めており、仕事から得たものが反映された作品が少なくない。『魔法科』におけるＣＡＤ、『ナイツマ』におけるプログラム言語など、作家の仕事／得意分野を作品の設定に使うことで読者からするとユニークなものになる（伏瀬のインタビューのなかでも出色なのが、土木・建設業者としての視点から聞き手と伏瀬が語り合っている土木技術社の雑誌『土木技術』Vol.73 No.12だ。『転スラ』論を書くなら必ず参照すべき重要文献である）。

さらに井村静江との出会いをきっかけに、リムルがほかの転生者と出会うようになるが、必ずしもリムルにとって望ましい者たちではないことがわかってくる、というサスペンスもある。

「おもしろい」とひとことに言ってもそのおもしろみの種類は多様なわけだが、『転スラ』は引き出しが多いうえに、だんだんとおもしろさのフェーズが変化し、広がっていく。流れのつくりかた、展開のさせ方が巧みだ。キャラクターも、最序盤に出会う暴風竜ヴェルドラに始まり、美男子ベニマル、隠密ソウエイ、秘書シオン、巫女姫シュナ、お調子者のゴブタなど魅力的な面々が揃っており、キャラ同士を遊ばせておくだけでも楽しい。スピンオフマンガである作画岡霧硝『転生したらスライムだった件 魔物の国の歩き方』や作画柴『転スラ日記 転生したらスライムだった件』は、彼らが国で過ごす笑える日常ぶりを描いているが、それだけで十二分に読める。

かつて「ドラゴンマガジン」などラノベ雑誌が元気だったころには、シリアスなストーリーにも、コミカルな方向にも展開できることが売れるラノベの条件のひとつだったが（長編として展開していく本編＋雑誌掲載分を元にした短編集という組み合わせで刊行されるのが通例だった）、『転スラ』もそうした拡張性を備えており、一〇年代らしくそれを本編＋スピンオフマンガのかたちで展開した。一〇年代のラノベとは？　と訊かれて一作だけ人に薦めるなら、筆者は、好みが異なる多様な読者を惹きつけた本作を選ぶ。

ゴブリンスレイヤー（GA文庫）

蝸牛くも

二〇一四年一月～二月連載（2ちゃんねるやる夫スレ）
二〇一六年二月～刊行中
TVアニメ第1期二〇一八年一〇月～一二月、第2期制作中

人間を殺してはいけないのにゴブリンを殺していいのはなぜか

2ちゃんねるのやる夫スレに投稿された作品と並行して執筆された小説版が、著者がGA文庫の新人賞で最終選考まで残ったことで知己を得た編集者によって書籍化されたのが本作である。

中世風のファンタジー世界を舞台に、ひたすらにゴブリンの殲滅をめざすゴブリンスレイヤーを主人公とし、彼とその仲間たちを描く。本作は醜悪でずる賢いゴブリンとの生々しい戦闘描写で読者に手に汗握らせる。

と同時に、善悪の基準、倫理観を考えさせる――人種差別に対する視線が厳しい現代に、ギリギリを攻めている。たとえば世の中にはゾンビを殺すフィクションが溢れ、ゾンビは元人間であるにもかかわらず殺していいことになっている。同様に、この作品でもゴブリンは殺していいことが前提になっている。ところが本作では人間はエルフやドワーフなど人間以外の種族とは共闘している。

ではなぜゴブリンは殺していいのか。なぜ人々は殺すべき存在だと認識しているのか。筆者はフィクションで敵役をランク付けする際に暗黙のうちに用いられている評価軸は「美・強・理・倫」の四点だと考える。「美」は美しさ。見た目がいい方が悪いキャラより高等な存在として扱われる。「強」は強さ。強い方が弱い方より高等に映る。「理」は理屈。理屈がある方が、理屈がない存在より高等に見える。「倫」は倫理。理屈があっても利己的で倫理的に許容しがたい存在よりも、内なる倫理に従って行動している方が高等な存在として扱われる。たとえばこれらすべてを満たすのがファーストガンダムにおけるシャア・アズナブルだ。ただ、醜いが、強く、理屈を持ち、倫理観の有無が不明な存在は、高等なのか下等なのか読者の評価が定まらず、不気味に映る――これが本作のゴブリンだ。

ゴブリンは作中世界では忌み嫌われた存在だ。見た目が醜く常によだれを垂らし、不潔。理解不能な言葉を吐き、人間には悪意と敵意しか示さないうえ、ずる賢く、手段を選ばず略奪と殺戮をくりかえす。人間が行うことを学習して模倣し、対策してくる知能はあるが、道徳や倫理観は人間やエルフ、ドワーフ、リザードマンに対しては見せることなく、理性的・対話的なコミュニケーションは不可能だ。本作に登場するゴブリンのおぞましさは、ある程度は人間たちとゴブリンが近いがゆえに生じている。たとえばRPGに登場するモンスターのほとんどは、どれほど強くて凶暴であったとしても、おぞましさは感じない。人間からあまりに遠いからだ。あるいは、現実世界に存在する熊やライオンに襲われたことを想像したときに抱く恐怖と、本作に登場するゴブリンに捕まり凌辱されたり嘲笑われながら殺されることを想像したときの恐怖は質的にまったく別のものだ。人間の精神にダメージを与えるにはたんに物理的に傷つければいいわけではない。大事にしているものをこれみよがしに、屈辱的に奪い、破壊する必要がある。そういう高度な行為は、頭の悪い生きものにはできない——だがゴブリンはできる。

作中でゴブリンを醜くずる賢い存在として描けば描くほど、倒したときの爽快感は増す。しかし見た目を醜くすることはともかく、賢さを「計算高い」「人間の行動を読んで対策してくる」「人間の知恵や技術を模倣する」「人間のように宗教があり、司祭のような宗教的権威が存在する」「戴冠式のような文化的な儀式を行い、組織内のヒエラルキーが存在している」などさまざまな方向から表現しようとすればするほど、ゴブリンは人間に近い存在になっていく。するとゴブリンを殺すことに対して違和感が生まれてくる。「ある程度は人間に近い存在なのに、ためらわずに殺していいのか？」と。人間型のロボットは、人間にそれほど似ていないうちは親しみを抱かれるが、ある程度以上人間に似ると途端に違和感を覚える存在になる「不気味の谷」という現象がある。本作もゴブリンに対してこうした逆説を背負う。ゴブリンは、肌が緑色であるなど、現代人の美的感覚からすると相容れない（現実社会にそういう人間がいたらぎょっとする）し、悪事を働くから「人間ではない」と感じる。だから殺していいとみなしている。しかしたとえば、ゴブリンと言葉によるコミュニケーションが成立し、肌の色が人間のようであったなら、ゴブリンスレイヤーの行いは善行ではなく虐殺として映る。「ゴブリンを根絶やしにする」という主人公の動機は、レイシストによる民族浄化的なおそるべき行為になる。その狂気と紙一重の主人公像ゆえに、本作は勧善懲悪に収まらない魅力と危うさを孕んでいる。

　スウィフトの『ガリバー旅行記』では、主人公の冒険者ははじめは「理解しがたい」と感じた異国の生物と触れ合ううちに「彼らではなく自分たちのほうがおかしい」と思うようになり、自国に帰国後は周囲から奇人扱いされるようになる。そうした物語を踏まえると、ゴブリン殺しの正しさをまったく疑わないゴブリンスレイヤーの姿を見ていても、あるいは……と価値の反転がいつか起こるのではと思ってしまう（もっとも、今のところ大きな転換の予感はない。なお、そういう反転を描いたのが貴志祐介のＳＦ小説『新世界より』である）。見た目は醜いが知恵があり文化をもつゴブリンの生々しさゆえに、「正義」の線引きについて考えさせられる。

やる夫スレ書籍化から見えるラノベとの差異

『ゴブスレ』の成功を受けて二〇一九年九月から一〇月にかけて、2ちゃんねる（現5ちゃんねる）の「やる夫スレ」発の四作品がＫＡＤＯＫＡＷＡからラノベとして書籍化された。

　ラノベとして、とわざわざ断ったのは、〇九年八月に『やる夫１お仕事・業界編』（ワニブックス）として初の書籍化がなされたときは、掲示板サイト上に描かれたものそのままに――著作権を無視して著名キャラクターの二次利用をしたまま――ＡＡ《アスキーアート》を本に収めていたからだ。

　このあとカクヨム上に連載された富士伸太『青い鳥はオスかメスかわからないようです』が一八年三月に電子書籍で刊行された例はあるが、最大の成功例が一六年二月から刊行された『ゴブスレ』であることは言を俟たない。

　やる夫スレノベライズを読むと、やる夫スレという特殊な表現空間から生まれたものを小説に落とし込むにあたって、様々な差が生じることがわかる。

　いわゆるネット民と親和性が高いとされるラノベやウェブ小説とやる夫スレの表現（ただし「やる夫達は戦後の裏舞台を戦い抜くようです」の作者・坂上泉は『インビジブル』で第一六四回直木賞の候補になってはいるが）は一体どこが異なるのか、『ゴブスレ』とほかのやる夫スレ書籍化との違いは何か。

『クレイジー・キッチン』
――バカをやらせるならバカな見た目でない方が有効

カドカワＢＯＯＫＳから刊行された荻原数馬『クレイジー・キッチン』（原題「やらないキッチン」。元スレでは〇九年連載開始）から見てみよう。

　ＡＡという絵と文字で構成されていたものが、ラノベ版では文字だけになる。

　また、やる夫スレには『ドラえもん』や『涼宮ハルヒの憂鬱』など様々な作品のキャラクターが（少なくとも見た目と口調だけは踏襲するかたちで）縦横無尽に登場するほか、2ちゃんねるのスレッド上で生み出された「～やるお！」「〇〇するお！」という口調を特徴とするおにぎり頭のキャラクターのやる夫、やらない夫、できる夫などを使って二次創作が展開されるが、商業小説ではオリジナルキャラクターに置き換えられる。

　本作では、主人公であるひねくれ者だが凄腕料理人の洋食屋・やらない夫はイケオジ（イケメンのおじさま）キャラの洋二になり、店のスタッフ兼ツッコミ役である（PEACH-PITによるマンガおよびそのＴＶアニメ版が人気を博した『ローゼンメイデン』の）金糸雀は幼女らしさのかけらもない（むしろ豊満な）女性のカナに変更されている。

むろん、シャープな文体は小説になっても変わらない。

「俺は今、モーレツに腹が減っている。／どれくらいモーレツかといえば、『地下鉄の風でスカートがめくれ上がったマリリンモンローがノーパンだった』それくらい猛烈だ。言葉の意味はよくわからないかもしれないが、とにかく俺の胃袋がすさまじいことになっているという点だけご理解いただきたい」といった具合だ。

元スレ（原作）ではスレ主（著者）の語りだけでなく、読者からのツッコミ（感想書き込み）込みで笑える作品となっていたが、小説版では主人公自身およびカナからの鋭いツッコミが随所に入ることで代用。

原作では「やらない夫」という見た目からして頭の悪いキャラクターが主人公だったのが、小説では人間・洋二という存在となり、三十路男性の見た目を与えられたことによって、「（おいおい、なんていやらしいエビだよ……風呂上がりの美女だってここまでの色気は出せないぞ……）」と食材である甲殻類に対して漏らしたり、肛門がバーストするほどホットな鶏のからあげ激辛チリソースがけのことを「ケツ焼きチキン」と形容したりする洋二に対して「こいつはマジで狂っている……」と笑いが抑えられなくなる。

そもそもAAで表現されたバカバカしいキャラが変なことをするよりも、見た目は普通な人間がアホなことを言うほうが、よほどおかしい。

なるほどこれは「やらないキッチン」ではなく「クレイジー・キッチン」だ、と納得させられる。

『朝比奈若葉と○○な彼氏』
——やる夫と太った男子では拒絶する側の印象が変わる

同じくやる夫スレから書籍化された間孝史『朝比奈若葉と○○な彼氏』（MF文庫J）では、元スレのおにぎり頭の白饅頭（やる夫）が小説版では太った男子になったことで、周囲の彼に対する振る舞いの冷たさや序盤のヒロインからの拒絶ぶりがより苛烈で、主人公がよりかわいそうに感じられるものになっていた。

つまりこちらも原作が持っていた核が、小説になることでより剥き出しになったような印象を与えるものになっていた。

この二作は、やる夫スレから小説にすることで、言いかえれば借り物のキャラからオリジナルキャラにすることによって、作品の持ち味をより効果的に引き出すことに成功している。

『朝比奈若葉と○○な彼氏』は、『翠星石と白饅頭な彼氏』というタイトルで一〇年一一月から一一年一月にかけて投稿された。タイトルにある翠星石とは『ローゼンメイデン』のキャラクターである。『翠星石と白饅頭な彼氏』には他にも『よつばと!』のよつば&とーちゃんや、『ドラえもん』のドラえもんやのび太が登場する。ただし、たとえばこの作品に登場する彗星石が『ローゼンメイデン』の設定に何か準じているかというと、多少の雰囲気や口調は踏襲しているもののほとんど関係がない。舞台となる学園その他の設定やストーリー展開は著者独自のアイデアに基づいている。

小説版ではキャラクターを彗星石から朝比奈若葉に、白饅頭を入間晴斗というオリジナルキャラに変更。

原作では、女子高生の彗星石が同じクラスの女子たちにいじめられており、学校で一番嫌われている男子である白饅頭に告白して付き合えと命じられる。この白饅頭はおにぎり頭の見るからに奇妙なキャラクターであり、そんなやつが騒ぎ、過剰なリアクションをし、ひどい目に遭ったところで、ギャグマンガのキャラクターがそうなるのと同じように受け取れる。マンガの二次創作のキャラがやる夫と「付き合え」と言われても、そもそも別の作品世界に由来するキャラ同士ゆえにリアリティレベルが合っていない。それは無理だろうという印象を受ける。

ところが小説版では、見た目からして笑える平面のキャラ白饅頭ではなく、人間の太った男子高校生になっている。だからウソで告白しなければならない若葉に対する同情より、告白される晴斗に対するいたたまれなさの方が勝る。

晴斗は初デート時に若葉と手をつなごうとして反射的に拒否されるが、原作では「やっちまったな」と白饅頭に対して思うくらいだったものが、小説版では晴斗が太っているだけで激しく拒絶する若葉に対して反発心が沸いてしまう。

つまり、作品の核にある重たい主題が、原作では借り物のキャラクターとＡＡによってコメディ要素が加味されてライトに読めていたのに対して、小説ではよりシビアで生々しいものになっている（これは『ゴブスレ』も同様だった）。やる夫に対してはそこまで「ひどい」と感じなかったことを思うと、やる夫に向けていた自らの暴力性を認識させられる。

『君は死ねない灰かぶりの魔女』
――二次創作だからこそ宿るもの

カドカワＢＯＯＫＳから刊行されたハイヌミ『君は死ねない灰かぶりの魔女』（元スレは一六年五月から投稿が開始された『白頭と灰かぶりの魔女』）は、これら二作とはまた異なる点でやる夫スレと小説の違いを感じさせる。

主人公は魔法使いの弟子。師匠は「死ねない」呪いに加えて、「時間感覚が他人の百倍遅い」「無痛」といった個別の呪いをかけられた一三人の魔女のうちのひとりだ。主人公は魔女たちの呪いを癒す能力を持った存在として、魔女たちと出会っていく。

原作はセリフやナレーションを使わず、ＡＡだけを使って出来事や時間経過を表現する手法を多用している作品である。それと比べると小説版では間尺が違って感じられる。

また、原作ではＡＡを使っているためにどうしても紙芝居めいたバトルシーンになっていた箇所などが、小説版では作家の描写力によって、より生々しいものになっている。たとえば主人公がある少女の手を取ろうとすると彼女の手首が千切れて血が噴き出すシーンでは、小説の方がはるかに身に迫る描写になっている。

本作では、元スレではドラえもん、のび太、スネ夫だったキャラクターが怒態《ドグマ》、喜犬《キーヌ》、楽猫《ラメウ》という人形になっている。

ここが『灰かぶり』の原作（やる夫スレ）と小説版でもっとも異なる印象を与える部分である。原作では一三人の魔女たちは、様々な作品の魔法を使える女の子（またはそういう格好をした女性キャラ）が集まっていた。『ゼロの使い魔』のルイズや、『涼宮ハルヒの憂鬱』の長門（の魔女っ子姿）、『魔法少女まどか☆マギカ』の暁美ほむらなどが登場していたのである。

こういうキャラクターである魔女たちが「死ねない苦しみを抱えている」という設定は、二次創作されるキャラクターが「死ねない」、つまりどこかの作品内で死んでも他の作品では好きなように使われるという意味で「死ぬことがない」存在であることを想起させるものだった。

「体感時間が他人の百倍の状態で生きている」（しかも死ねない）という苦しみを抱えた「魔女」とは、言いかえれば、現実の時間の流れとは異なる〝フィクションの中の時間を生きている〟「キャラクター」であり、そういう存在が抱えた苦しみを描いた作品として読むことができた。

痛みを感じない魔女にしても同様だ。

虚構のキャラクターも、生身の人間のような感覚器官は存在せず、痛みを感じることはできない。そして誰かによって好きなように扱われる。

このように、元スレでは、魔女が二次創作のキャラクターであることを、一種のメタフィクションめいた仕掛けに使っているように読むことができた。

ところが小説版では借り物のキャラクターではなくオリジナルキャラクターになっているから当然、そういう二重性は感じられないものになっている。

やる夫スレには、絵と文字を組み合わせた二次創作だからこそ表現しうるものがある。それはラノベにすると失われ、変容する。

一方『ゴブスレ』の生々しさは、小説にしたことで獲得したものだ。やる夫スレがなければ生まれなかったが、やる夫発だったから『ゴブスレ』になったのではない。ほかの書籍化作品を読むことで、そのことが浮かび上がる。

2019

この年に放映された小説原作のTVアニメ

『アサシンズプライド』『ありふれた職業で世界最強』『異世界チート魔術師』

『うちの娘の為ならば、俺はもしかしたら魔王も倒せるかもしれない』『俺を好きなのはお前だけかよ』

『可愛ければ変態でも好きになってくれますか』『ガーリー・エアフォース』『賢者の孫』『コップクラフト』

『慎重勇者　この勇者が俺TUEEEくせに慎重すぎる』

『ソードアート・オンライン アリシゼーション War of Under World』『続・終物語』

『盾の勇者の成り上がり』『ダンジョンに出会いを求めるのは間違っているだろうかII』『厨病激発ボーイ』

『超人高校生たちは異世界でも余裕で生き抜くようです！』

『通常攻撃が全体攻撃で二回攻撃のお母さんは好きですか？』『デート・ア・ライブIII』『バビロン』

『ブギーポップは笑わない』『本好きの下剋上 司書になるためには手段を選んでいられません』

『魔王様、リトライ!』『ロード・エルメロイII世の事件簿 -魔眼蒐集列車 Grace note-』

『私、能力は平均値でって言ったよね!』

創刊したレーベル

○ライトノベル
LINE文庫エッジ
○ウェブ小説書籍化
KADOKAWA電撃の新文芸、宙出版ヒストリアノベルズ、富士見書房ドラゴンノベルス
徳間書店アークライトノベルス
○ライト文芸
新紀元社ポルタ文庫、LINE文庫

関連トピック

LINE、8月に小説投稿・閲覧アプリLINEノベルをローンチ。誰でも投稿できるのみならず、自社でプロ作家による新作配信、KADOKAWA・講談社・新潮社・集英社・実業之日本社・スターツ出版・宝島社・東京創元社・文藝春秋・河出書房新社・双葉社・ポプラ社からも提供を受けてプロ作家の既刊も配信
2019年の出版市場が、電子コミックの大幅増により紙＋電子で前年比0.2%増になり、2005年から続く減少が止まる
アルメディア調査の書店数、過去10年で最大の減少幅となる580店減。19年5月1日時点で日本の書店数は1万1446店に
電子書籍総合ストアBOOK☆WALKERが12月に定額制読み放題サービス「角川文庫・ラノベ読み放題」を開始

盾の勇者の成り上がり　（MFブックス）

アネコユサギ

二〇一二年一〇月～二〇一四年三月（小説家になろう）
二〇一四年四月～刊行中
TVアニメ第1期二〇一九年一月～六月、第2期二〇二一年放送予定

「欺く神との闘争」と「複数性への執着」

本を読んでいた大学生の岩谷尚文は、異世界に召喚される。そして、それぞれ異なる並行世界の日本から召喚された――この点は一一年刊行開始の『問題児』と類似した設定だ――四勇者のひとり「盾の勇者」となる。「波」と呼ばれる厄災を退けるために。しかしその国では「盾の勇者」はほかの剣、弓、槍の勇者とは異なり、悪魔として忌み嫌われる存在。召喚されて早々に王族にハメられたことで尚文は疑心暗鬼に陥り、孤独に復讐を誓う。序盤は憎悪に燃える性格の悪い主人公ぶりが強烈だ。そんな尚文も、奴

隷の亜人ラフタリアと鳥型の魔物フィーロを相棒に戦ううち、徐々に本来の優しさを取り戻していく……のだが、なかなか態度を変えない王族や不遜なまま連携の取れないほかの三勇者に苛立ちながら、波を迎え討っていく。

ウェブ小説では不遇職・不遇スキルものがジャンルとして存在する。本作も（当初は）攻撃能力がまるでない盾という時点で不遇と言える（ただしなろうで「不遇」関連タグは付いていない）。

一七年一〇月からなろう連載のざっぽん『真の仲間じゃないと勇者のパーティーを追い出されたので、辺境でスローライフすることにしました』以降、「追放もの」がジャンルとして定着したが、それに先行するものでもある。もっとも本作や一三年スタートの『ありふれた職業で世界最強』は「追放されたあとで追放した側を見返す／圧倒する」という点では同じと言えば同じだが、一〇年代後半のフォーマット化された「追放もの」とはやや異なる。そもそもパーティを組む前に追い出されているし、クビ宣言もない。

なろう的な追放ものというより、本作は尚文とラフタリアを主人公とした古典的な貴種流離譚——高貴な存在が、追い出されたのちに英雄として帰還する——と捉えたほうがいいだろう。

この作品の「波」の正体は、神の侵攻である。国によって崇められる勇者が異なり、勇者同士がいがみ合うのは神の策略という面もある。つまり『無職転生』のところで少し語ったように、この作品も山田正紀／戦後日本ＳＦ的な「（欺く）神との闘争」を描いたものだ。こうした設定のなろう系作品には『ありふれた職業で世界最強』や『ＬＶ９９９の村人』などがある。本作や『ありふれた』での、神によって欺かれ、反目させられた人びとの姿は、フェイクニュースや陰謀論がはびこり、為政者や権力者が煽ることで隣人同士が敵対関係となり、互いが互いの信条以外のことに耳を傾けないという一〇年代以降の——東日本大震災後の原発をめぐる議論、二度の大阪都構想の住民投票、トランプが「不正選挙」を訴え、Ｑアノンが拡散された二〇年の大統領選等々の——政治の似姿として読める。人びとに益をもたらす神のように振る舞う扇動者にいかに抗するか、脱洗脳はいかにして可能かという、ポピュリストや陰謀論者との戦いを描いた物語として。

「不遇」とされるものはウェブ小説では「本当は役に立つ」という展開への「フリ」であり、有能か無能かは相対的なものであることが前提となっている。つまり、一面的な見方をして優越感に浸ったり劣等感を抱くのではなく、それぞれが持つ多様性を重視すべきである、という見方につながりうる設定だ。とはいえ、実際には「不遇」にしろ「追放」にしろ、物語序盤で主人公をバカにした存在をあとで「ざまぁ」と嘲るための道具立てにしか使っていない作品も少なくない。本作も主人公以外の三勇者が愚鈍なために対照的に主人公がよく見える、という前振りとして用いられているフシもある。

だが本作／この作家の特徴が「複数性」への執着にあることを思えば、こうした読みはそれほど外れていないはずだ。そもそも四勇者は別々の並行世界から召喚され、物語が進むと尚文たちはさらに別の世界から来た存在と戦うはめになる。そしてそれぞれが「自分（だけ）は正しい」と思い込まされる背景を持っている。書籍版やアニメ版がどう終わるかは本稿執筆時点では不明だが、なろう版では尚文とラフタリアは尚文の元いた世界と、尚文が召喚された世界に分裂しながら並存する存在となり、継続して女神からの侵攻と戦うことになる（そして書籍版とアニメ版となろう版はそれぞれ展開が異なる）。さらに本編完結後に作者が書いた『外伝 槍の勇者のやり直し』は、「四聖のうち誰かが死ぬとループする」特殊能力を持っていた槍の勇者・北村元康が、本編完結後に「二周目」以降のループを経験していく、というものだ。『槍の勇者のやり直し』は元康が本編よりぐっとアホになり（本編でもフィーロへの執着など異常な面は見られるのだが、外伝ではより戯画的になる）、尚文は性格が悪くなる出来事が生じる以前に元康と行動を共にするようになるため、まるで別人のように話が展開する。コミカルな描写が目立つが「置かれた環境に人は影響を受け、何を信奉して生きるのかが変わってしまう」という点を、本編ともども描いている作品であることは疑い得ない。

　このようにしてひとりの人物を多面的に描き、複数世界の並立を描き、展開の異なるループを描いていく物語を単に「二次創作的」と言って済ますべきではない。

賢者の孫（ファミ通文庫）

吉岡剛

二〇一五年一月〜連載中（小説家になろう）
二〇一五年七月〜刊行中
TVアニメ一九年四月〜六月放送

ずっと気持ちいい勝ちっぷりを見せる主人公と、影のある黒幕に何を読み込むか？

二〇代サラリーマンが異世界転生。賢者マーリンとメリダに引き取られてシンと名付けられ、彼らに教えられた魔法や魔導具の知識を現代で学んだ科学知識と結びつけることで突出した存在となる。シンはアールスハイド魔法学院に首席入学し、恐るべき力を持つ「魔人」を討伐、学校の仲間と究極魔法を研究するアルティメット・マジシャンズを結成し、黒幕シュトロームが大量に生み出す魔人たちとの戦争に挑む。シンは世界の三大大国の首脳が揃って頭を下げるほどの「現代の英雄」となり、アルティメット・マジシャンズの面々はひとりひとりが戦局を左右するほど強くなる。戦いのスケールは当初は魔人との一対一の戦闘だったものが、戦記もののような集団戦になっていく。だがシンが負けそうになることはなく、常に危うさなく勝ち、また、携帯電話のような通信機を作り出すなどして周囲を絶句させるが「そんなにすごいことだったの？」と逆に焦るというすっとぼけぶりを繰り返す。シンには「恋人や仲間と楽しくやれればいい」という小市民的な欲求しかなく、能力は突出しているが価値観や性格はまっすぐだ。

対するシュトロームは、帝国に献身的に仕えてきたが、子を身ごもった妻を殺され復讐を誓った存在であり、帝国を滅ぼしたあとは半ば動機を失う。そして魔人は一代かぎりの存在なのかと思案して子どもを作るが魔人ではなく人間の子が生まれてきたために興味を失い、魔人はみな滅ぶ運命にあるとの考えからシンたちとの最期の決戦に臨む。やや複雑なキャラクターである。シンの周囲は楽しく脳天気な空気が充満し、リア充扱いされる一方、魔人側には「なぜ私だけ」「なぜあいつが自分より認められるのか」といった妬みや恨みを抱えた存在が多く、どこか寂寥感がある。

後述する『ありふれた職業』が負け組だと感じている人間のルサンチマン解消物語だとすると、『賢者の孫』は生まれついての勝ち組が勝ち続ける物語である。ただ両者は「異世界に転生・転移してチート級の能力を得て活躍する話」というなろう系の典型的なイメージに合致した作品である点は共通する。こういう傾向を持つ一三～五年頃スタートの作品は一〇年代後半に次々TVアニメ化されている。

なろうの攻略法、つまり傾向と対策を分析してランキング上位を目指すテクニックは、一〇年代前半から一部の作家間で共有されていたが、人気作品の書籍化が当たり前になると、より研究と広範な共有が進んだ。

一六年三月になろうで連載開始、九月から書籍化された津田彷徨のなろう攻略ノウハウ小説『ネット小説家になろうクロニクル』では「一話の中に一度は楽しみを作る」「主人公に対するヘイト管理（敵対心のコントロール）をする」「更新頻度、更新時間は一定にする」「プロットを作って書きためておき、序盤は頻繁に更新する」「書籍化しても宣伝のために更新は安定して続ける」「あらすじ内に含まれるキーワードとタグと獲得ポイントとの相関関係を時系列に調べて流行を把握する」「一文を短くしてスマホで読んだときの視線移動をZ型ではなく垂直にできるよう効率化を図る」といったことが語られ、新木伸、三木なずな、なろう作家K、至道流星による電子書籍『WEB作家でプロになる！　①書籍化の方程式』では「月刊ランキングにいるあいだは毎日更新」「一話二〇〇〇〜五〇〇〇字で一エピソードを完結させる」「書籍化を狙うなら月間ランキングで上位五つは読み込んで流行を把握し、その一週間以内に新作を始める」「タイトルとあらすじでは『読者にどんな得があるのか？』を示す」「『勝ちまくり』を読者に保障する」「ランキングから落ちたら上がることはないので書籍化を諦める」「ランキングに入らなければタイトルとあらすじを変える」と語られている。

本作（だけでなく本書で取り上げている一三年以降連載開始のなろう作品の多く）を

なろうで見ると、多くの項目がノウハウ本の記述と合致する。本作は連載開始当初は一日三回更新、人気が安定すると徐々に更新頻度を開けていくが（ただし定時更新は初期からしていない）、「一話ごとに気持ちよい展開を用意する」といった基本には忠実だ。一三年スタートの『ありふれた職業』も一章が終わるまでは毎日定時更新、二章は一日おき、三章は三日おき更新とペースが一定だった。

つまりなろうは一〇年代を通じて「偶然人気が出る」可能性がどんどん減退し、受験強者のようにパターン認識と最適化が得意な人間が勝ちやすい場所という色彩を強めていった。作品内容はご都合で享楽的に見える一方で、書き手の競争はシビアになり、感性だけでどうこうなる世界ではなく、計算が立つ作家たちによる頭脳戦の様相を呈していった。その対照さは、シンのお気楽さとシュトロームたち魔人の抱える苛烈さに似ている。シュトロームは自分の願った子どもが得られなかった。吉岡は本作連載中に始めた新作は反響が少なく、短期に連載をやめている。シュトロームは当初の目的を達成しながらも「次」が得られないことに虚しさを覚える。成功したなろう作家がいくら傾向と対策をしても、次作の成功は約束されていない。その困難の中で作家たちは書き続ける。

幼なじみが絶対に負けないラブコメ（電撃文庫）

二丸修一

二〇一九年六月～刊行中
TVアニメ二〇二一年放送予定

一〇年代後半以降のラブコメブームを象徴する一作

『2019年版出版指標年報』（出版科学研究所）は一八年の文庫ラノベ市場が前年比一二・六%減となり「非常に厳しい」と形容。「かつてラノベに親しんだ層が単行本、文庫本ともにコア層となっており、若い新規読者の開拓が課題だ」と記し（一一九頁）、『2020年版出版指標年報』では、一九年はアニメ化作品のヒットが少なく、刊行点数も大幅減少、市場のマイナスに拍車がかかったが、新シリーズのヒットが待たれるなかで登場したのが三巻までで二五万部に達した本作だったと書く（一二二頁）。

もっとも本作は突然変異的に現れたわけではない。「異世界もののライトノベルが一大勢力となっていると言われて久しいが、ここ2〜3年は青春もの・ラブコメといったジャンルがしっかりと人気を獲得していっている」（「ライトノベルBESTランキングまとめ２０１９年版」、『このライトノベルがすごい！　２０２０』宝島社、八二頁）という流れがあってのことだ。これはなろうとは別の動きと理解すべきではない。一八年一二月から連載され書籍版が一九年六月から刊行されている佐伯さん『お隣の天使様にいつの間にか駄目人間にされていた件』をはじめ、なろうでも現代日本を舞台にしたラブコメは盛り上がりを見せている。一〇年代初頭にはなろうと文庫ラノベの流行には乖離があったが、後半以降は接近している。一〇年代半ばまでは異世界転生・転移と戦記ファンタジーが席巻していたが、後半以降はラブコメも群となって盛り返してきた。読者がファンタジーに食傷気味になったこと、二〇〇〇年代〜一〇年代前半のラブコメラノベを読んだ世代が書き手に回ってきたことが理由だろう。

ただ一〇年代後半以降、アニメは制作コストを海外販売とスマホゲーム化によってリクープするビジネスモデルになった。外販にもスマホ向けＲＰＧやＳＬＧ制作にもファンタジーより向かないラブコメ原作アニメが二〇年代もさかんに作られ続けるのかは不透明だ。一〇年代後半以降のラブコメブームは、一〇年代前半までのようにアニメ化で拡大するか、それとも映像化にさほど頼らず草の根的に続くのか／収束するかは二一年初段階では不確定だ。本作などのラブコメラノベのアニメがビジネス的に成果を出せるかによって、このジャンルの趨勢は大きく変わるだろう。

　内容的にはどういうものか。本作一巻では、元・天才子役だが、同じエンタメ同好会に所属する友人の哲彦とともに「バカス」（バカとカス）扱いされている主人公・丸が、クラスメイトで小説家の白草に告白するが玉砕。丸の幼なじみで、告白されたが振った黒羽とともに、白草に復讐を企てる、という筋立てだ。復讐と言っても文化祭でぎゃふんと言わせたいといったものである。丸は白草に自分を振ったことを後悔させるため、白草と付き合っているタレントで、やはり同じ高校に通う先輩の阿部を上回るパフォーマンスを文化祭で披露するべく、母が共演中に死亡したという自身の過去のトラウマと向き合う。タイトルはある種の「引っかけ」だ。二巻までに登場するヒロインはみな幼なじみである。また、四巻で「勝ちはしない。でも負けない」という表現があるように、いわゆる本妻が確定しないハーレム状態に持ち込めばどのヒロインも負けにはならない。一〇年代後半以降、人物やキャラクターに対して「〇〇しか勝たん」「優勝」という言葉がさかんに用いられているが、だからこそ「負けない」ことをヒロインたちが意識しているラブコメ、とでも言おうか（望公太が二〇年に始めた『きみって私のこと好きなんでしょ？』でも恋愛は勝ち負けのあるゲームとして捉えられている）。「あいつに勝ったら俺と付き合え」的展開は一九七〇年代の『愛と誠』をはじめ、少年マンガなどで頻出する展開ではあるが、本作も恋愛に関しても勝ち負けで世界を認識しており、誰かより優れているから自分が選ばれる、という価値観が根底にある（もっとも、殺伐としてはおらず、ほかのヒロインをいかにして出し抜いて丸の気を惹くかという程度の修羅場が描かれるものの)。ともあれ、タイトルで「負けない」としているとおり、丸は複数ヒロインから言い寄られるが誰も選ばない。ほぼ一巻につき一人ずつヒロインが増え(三巻以降は必ずしも幼なじみではない)、主人公は鈍感ぶりを発揮するという古式ゆかしいハーレムラブコメである。かつてのラブコメとの違いと言えば、主人公が登場時点こそ「平凡な高校生」風な導入だが実際には明らかにハイスペックなキャラクターであること、ヒロイン側から「おさかの」——「幼馴染彼女」であり「押さえておきたい彼女」——という〝キープ〟で良い(といっても「二番目でもいい」というものとは違う)ことを積極的に提示することだろうか。『俺妹』『デアラ』『冴えカノ』などには濃厚にあった二〇〇〇年代までの恋愛SLG、エロゲー的な感覚も——本作のみならず一〇年代後半以降発のラブコメでは——かつてよりは薄れてきているように思われる。

役者である丸を中心に「演技」つまり「見た目と内心の不一致」を前提にしながら「演じることで何かを手に入れる」、演じることで役になり、役と本人を一致させていくという物語でもある。これが『弱キャラ』や『異世界魔王』『オバロ』と近似した主題を扱っていることは言うまでもない。時代が移り変わろうとも、小説が内面の心理描写を得意とすることは不変である。時代に即応しながらこの特徴を活かす恋愛ドラマが、これからも求められ続ける。

ありふれた職業で世界最強（オーバーラップ文庫）

白米良

二〇一三年一一月～連載中（小説家になろう）
二〇一五年六月～刊行中
TVアニメ第1期二〇一九年七月～一〇月放送、第2期放送予定

神と教会が象徴する意識高い系／権威／ウェイ系的価値観に対する苛烈な否定

本作は『転スラ』『異世界放浪メシ』『無職転生』以上になろう系の、一〇年代ラノベの典型作品であり、その成功例である。

主人公の高校生・南雲ハジメはクラスメイトおよび担任の愛子先生ともども異世界に召喚され、それぞれに手に入れた能力を使ってオルクス大迷宮の攻略に参加させられる。戦うことを余儀なくされる。同級生・檜山の火球によって迷宮の奈落に突き落とされたハジメは偶然見つけた神結晶と神水の力で生き延び——高所から落ちた先で能力覚

醒アイテムを手にするのは武侠ものでもよくあるパターンだ——、役立たずと思われた錬成師としての能力で近代兵器を作り、魔物を喰らって能力を高めるうち、封印された吸血鬼ユエと出会う。そして異世界にある七大迷宮を攻略して神代魔法を手に入れ、現実世界へ帰還することを目指す（召喚前の世界で苦しい立場に置かれていたのに元の世界に戻ることを動機にするという珍しいパターンである）。

この異世界は神の遊戯盤であり、ハジメは人々を欺き信仰させている神の打倒を目標とする、という意味では『ノゲノラ』と近い世界観だ。

主人公はマンガやアニメが好きで、そのためにいじめられている。こうした設定は、『俺妹』の項で書いたように一九八〇年代生まれまでの感覚に基づくものだ。その主人公が白髪・眼帯・魔眼持ちのイケメン最強になって主流派であるクラスメイトを見返し、ハーレムを築き、異世界の主流派・権力である教会から異端者認定されるが彼らの信仰の根源たる神を殺すというヒエラルキー反転、ルサンチマン解消の復讐譚だ。クラスの中心人物・光輝が人を殺すことにためらいを抱く——異世界の価値観への順応に葛藤を覚える描写は『異世界迷宮でハーレムを』などでも見られる——がゆえにいまいち活躍できなくなってしまうこととは対照的に、ハジメはクラスメイトであっても自分を裏切り刃を向けた人間は容赦なく殺す。

本作の魅力のひとつはそのような部分、言いかえれば高見広春『バトル・ロワイヤル』的な（と言ってもデスゲームをするわけではない）、同級生同士の狭い人間関係における互いの感情の交感が、生死をかけた戦いによって増幅されるところにある。ユエやティオなど身内とみなした人物以外に対するハジメの徹底した冷酷さ、無関心ぶりは、社会学者の宮台真司が九〇年代の援助交際をする少女やトラブルがあると刃物をためらいなく振り回すような「キレる少年」に対して用いた「仲間以外は皆風景」と呼んだ態度を思い出させる。もっとも、主人公がそうなったのは現実世界で迫害されていたことの裏返しである。やられたことをやりかえしたまでのことで、元々彼らの世界は殺伐としていたのだ。たまたまいっしょになっただけのクラスメイトに過剰な仲間意識を持てと言われても無理筋だが、こうした感覚の作品が『転スラ』『無職転生』『異世界放浪メシ』に次いでなろうの累計ランキング四位（二一年二月時点）であることの意味は考えられていい。本作では、居場所のなさを感じ、自らの無能さに劣等感を抱き、世界を呪詛した主人公だけが、誰もが疑わない世界の欺瞞に気づいて真実に辿り着く。この考えは陰謀論と親和的な危ういものだが――ネット民が嫌いな西野亮廣『えんとつ町のプペル』の展開とも同型だ――そのわかりやすさと気持ちよさは人を惹きつける。

一〇年代の広義のラノベでは「魔王」の肯定と並んで、異世界で神を信仰する「教会」に対する否定的なスタンスがお約束となってきたことと合わせて考えたい。教会関係者は神に欺かれて人々を誤った方向に導き、聖職者は腐敗・堕落しているほうが主流だった（なおライト文芸やなろう発でないラノベでは神道由来の神様や、和モノのあやかしに対しては肯定的な作品が多い）。魔力のような超自然の力は使うが、宗教は唾棄される。本作のここまでの紹介からも一〇年代ラノベにおいて、正義の味方を称する勇者や、人々を善導する役割を担っているはずの聖職者が何を象徴しているかは明らかだろう。メインカルチャー／陽キャ・コミュ力強者・ウェイ系／意識高い系／権威・権力・エスタブリッシュメント／主流派の価値観……であり、主人公サイドはこれらを愚鈍なものとして扱い、これらに対するカウンターとして優越的に振る舞う。おそらくこうした感覚と、お行儀のいいきれいごとを謳うリベラルに対して生理的な不信感を抱く人々の感覚には、近いものがある。

本作では序盤に「神は人々を欺いている。七大迷宮を攻略して神を倒せば元の世界に戻れる」というロードマップが示され、その通りに進む。どんでん返しはない。長い物語ではあるものの、構成はシンプルだ。読者が一話ごとに期間を空けて細切れに連載を読み進めるウェブ小説では、話がどこに向かっているのか混乱させないために大枠はシンプルなストーリーにした方が好ましいと言われるが、本作はまさにそうだ。のみならず、主人公は「自分が間違っているかもしれない」という可能性を検討しないし、世界観認識、思考の枠組みが揺らぐ場面が存在しない。『盾の勇者』が徹底的にさまざまな立場の相対化を繰り返していくのに対して、本作は主人公の無謬性を疑わない。体現する思想も対照的だ。

本好きの下剋上
～司書になるためには手段を選んでいられません～（TOブックス）

香月美夜

二〇一三年九月～一七年三月連載（小説家になろう）
二〇一五年一月～刊行中
TVアニメ第1期二〇一九年一〇月～一二月、第2期二〇年四月～六月

ハートフルな日常ファンタジーながら、書物が持つ危険さをも描くウェブ小説

現代日本に生きていた本好きの女の子が異世界に転生し――熱を出して倒れたマインという少女の意識に入る。「本好き」と言っても彼女は「活字が読みたい」にとどまらない。物質・物体としての「本」が好きなのだ。その世界の、彼女が転生した家庭レベルの生活水準では貴重品である本に飢えた彼女は、文字を覚えて読めるようにする。のみならず、異世界で和紙をつくり、インクを手に入れ……と本づくりのＤＩＹに挑戦、さらには出版ビジネスに参入していく。第一部は本と家族と友人たちとの話でほとんど

が進む。神殿図書館を発見した主人公が神殿長に直談判したあとの第二部では、ある職業に（本を読みたいがために）就き、いったん本づくりが後景に退く。ただ「絵本をつくりたい」と言い出してからはまたもとの路線に戻り、本の原価計算までし、図書館を荒らす人間が現れると怒りまくって「血祭りにあげる」と宣言、日本十進分類法（「小説」なら「９１３・６」という図書館の本に必ず付いているあれである）にもとづき散らかされた図書館を整理することに大興奮、という「司書あるある」「図書委員あるある」話に突入していく。また、「本は一点ものの芸術品」と思っている神官長と、グーテンベルクの活版印刷以降（というより日本で言えば一九二〇年代の円本ブーム以降）の「本が大量生産できる時代」からやってきた主人公との書物観という、出版文化論／出版産業論的な視点も描く。

「小説家になろう」では料理や武器防具など「ものづくり」の純粋な悦びを描いた人気作品が少なくない。何か達成すべき目的や目標があって何かをする「仕事」というより、それ自体が楽しいからやるという「趣味」。それは、昼間は働き、夜や休日に趣味でウェブ小説を書いていることの多い兼業クリエイターの似姿かもしれない。なかでも本作が特異なのは、ウェブ上に書いている小説で物語への愛を謳うだけでなく、ウェブ小説で物体／物質としての書籍に対する愛着を語り、制作過程をつぶさに描いていくことにある。

そして読者はそれをウェブ上で読む（紙の本として書籍化もされているが）。そこに倒錯を感じるし、メディア論的にも興味深いところだ。電子書籍を断固拒否している作家が書くのではなく、ウェブネイティブな作品で言われるからこそ、むしろ紙の本への憧れがきわだつ。スマホやタブレット全盛時代にアナログレコードやカセットテープが復権したことと、あるいは音楽の流通が盤からストリーミングへと変化すると同時に、ライブというきわめてアナログな体験が価値を持つようになったこととパラレルな現象かもしれないし、デジタルデータでテキストを読み書きする時代になったからこそ、匂いと手ざわりのある本が、想像の世界でも価値あるものとされるのかもしれない。

先に取り上げた『ビブリア』は、同じメディアワークスから二〇〇六年より刊行された『図書館戦争』シリーズに続いて、本をテーマにした作品の代表格だった。紀田順一郎『古本屋探偵』などビブリオマニアが主人公の作品は昔からあり、ラノベでは倉田英之が二〇〇〇年から刊行した『Ｒ．Ｏ．Ｄ』という大ヒットした先駆がある。

しかし、出版不況が深刻化し、デジタルコンテンツが拡大するようになって以降の方が図書館、書店、出版業界、作家ものは目立つようになったことは疑いえない。少数の本読みが出版業界を支えているという本好きの自負を反映した自己肯定だろうか。

ただ本作は、そうした本読みの自己慰撫に留まらず、書物が本来持っていた力も描いていく。冷戦末期、ソ連を崩壊させた原動力のひとつは、不満を持つ民衆によるビラや文書の地下出版を可能にしたコピー機だった、という説がある（投資家のジョージ・ソロスは東欧にコピー機をバラまき、民主化を促進したことを公言している）。あるいは中世末期から始まった宗教改革は、グーテンベルクの印刷技術による聖書の出版形態の変化に後押しされたものだったと言われている。

本の力、情報伝播力は権力構造を変える。第二部後半からはそうした側面が描かれていく。かつてヨーロッパでも日本でもそうだったような、本と知識と宗教と権力とが結びついた社会体制を本作は舞台とする（本作では信仰や教会は必ずしも否定的なものとして表象されていない）。マインは本に近づくために宗教勢力と権力に接近していき、マインの根本動機は「本が読みたい！」で一貫してはいるものの、物語は本の話が周縁的になりながら展開していく。

なぜ本作の設定のように、あるいは現実世界でのように、宗教勢力や権力は書物へのアクセスを制限しているのか。

かつて本はそこに記された情報も、物体としても貴重で、危険だった。本作はただの古書好き、本好きものではなく、そうした本質を、本や情報があふれかえる今、思い返させてくれる作品である。そして情報を詰め込んだ本が危険なのであれば、情報が本以上に大量に流通するウェブはより危険なのではないか――事実、一〇年代半ば以降はその負の側面が顕在化した時代だった――ということにも思い至らせるウェブ小説でもある。

ボカロ小説の第二の波——ヨルシカ、YOASOBI、カンザキイオリ

　ボカロP出身のn-bunaが結成したバンド・ヨルシカが二〇二〇年七月に発売したメジャー3rdアルバム『盗作』の初回限定盤には、n-buna執筆の中編小説が収録されて話題を呼んだ。やはりボカロPでもあるAyaseがコンポーザーを務めるYOASOBIはソニー・ミュージックエンタテインメントが運営する小説投稿サイトmonogatary.com発の作品を音楽化するプロジェクトだが、その原作小説を集めた短編小説集『夜に駆ける』は初版三・五万部が即重版し、新人作家たちの短編集としては異例の売れ行きを見せ、楽曲の原作になった小説『たぶん』は二〇年晩秋に映画公開された。さらにボカロPカンザキイオリが同年九月に発売した小説『あの夏が飽和する。』も瞬く間に六万部を売り上げ、それぞれ部数を伸ばしている。映像化してもヒットに恵まれず、ボカロ文化を牽引していたニコニコ動画がスマホ対応に遅れて影響力を失うと、ボカロ小説は徐々に売れなくなり、第一次ブームは一五年頃を境に終息した。ヨルシカ、YOASOBI、カンザキイオリの小説が揃ってヒットしたことは、五年ぶりにやってきたボカロ小説の第二波と言える新しい動きだ。これらを見ていくと、第一波（第一次ブーム）とは大きく三点、異なる部分がある。

　一点目。「ボカロ小説」というより「ボカロP小説」になっている。カンザキイオリは現役ボカロPでありボカロ曲の小説化なのだが、ヨルシカとYOASOBIはボカロではなく人間の女性がボーカルを担当している。YOASOBIに至っては曲と小説の順番が逆転している。だから正確には第二波のボカロ小説は「ボカロPとして活動している（活動経験のある）ミュージシャンが関わる、楽曲と小説が連動したプロジェクト」ではある。

　二点目。「キャラクター小説」ではなく「一般文芸」的な内容に変わっている。第一波の人気作品は基本的にボーカロイドキャラクターの二次創作か、P（作曲者）オリジナルキャラクターによる「キャラクター小説」だった。ところが第二波では、『盗作』の登場人物は「泥棒」「少年」といった役回りはあるが名前すら出てこない。『夜を駆ける』所収の小説はいずれも『五分後に意外な結末』などのYA（ヤングアダルト。一三〜一九歳）向けの短編小説のようなタッチで書かれている。『あの夏が飽和する。』は現代日本を舞台に家庭内不和が原因で起こる高校生の出会い系利用や殺人などを描いた作品で、登場人物たちはキャラクター然としておらず、一般文芸的な内容だ。そしていずれも、装丁はライトノベル風のキャラクターイラストを表紙にしたものではない。

　三点目。「キャラクター語り」よりも「クリエイター語り」がされやすくなっている。第一波作品はクリエイター側について語られるよりも

はるかに多く、ともすれば楽曲（音楽）自体に関する感想以上に曲や小説の登場キャラについての語りが流通した。だが第二波作品を見ると（音楽なのだから当然なのだが）楽曲自体についての語りがもっとも多く、そして小説／曲の登場人物と比べればアーティスト側に関する語りのほうが多い印象がある（ただヨルシカのメジャー1st、2ndアルバムで展開されたエルマとエイミーの物語に関しては、例外的にキャラ語りが中心的だったものの）。

以上三点の違いにより、内容や消費のされ方が、キャラクター文化に根ざすボカロ文化のものというより、J-POPや一般文芸に近づいている。第一波の人気作品はキャラクターやストーリーを音楽や物語で展開して売っていた。第二波作品はあくまで音楽とアーティスト自体を核として、その世界観を表現するために物語を補完物・従属物として用意したものに見える。「キャラクタービジネス」ではなく「アーティストビジネス」であり、「作品」自体というより、作品を通じて「作家」を売るものになっている。

この差異はビジネス的にはどう解釈できるか。第一次ボカロ小説ブームは一五年頃を境に終わったが、例外的にカゲプロとHoneyWorksの『告白予行練習』は中高生に支持され続けている——本を読む中高生にはカゲプロとハニワはいまも認知されている。『盗作』『夜に駆ける』『あの夏が飽和する。』のパッケージデザインが一般文芸風になっているのは、これらの作品が、カゲプロやハニワのキャラ然とした装丁が年齢的・趣味嗜好的に子どもっぽく見える層を向いている、つまり第一次ブーム発の作品とは異なるセグメントがターゲットだからだろう。もともとは中高生中心に読まれた「ライトノベル」から大人向けの「ライト文芸」が派生したように、第二波作品は、中高生向けの「ボカロ小説」から派生した、精神年齢がやや上向けの「ボカロ文芸」になっている。ただし第二波作品も、『盗作』の主人公は窃盗犯を経てパクリで生計を立てる音楽家、『夜に駆ける』収録の作品は「自殺」や「世界の終わり」がモチーフ、『あの夏が飽和する。』は養護施設育ちの主人公が逃避行の果てに自殺した想い人の幻影を追って出会い系を使って知り合った少女に想い人を重ねる、といったあたりは、過剰で過激な感情表現がウケるボカロ文化特有のコードに基づくものに見える。外形的には一般文芸やJ-POPに近づき、やや異なる層を対象としているとしても、実質においてこれらは「ボカロ（文化発の）小説」なのだ——ただしもはや広義に捉えてもこれらはラノベではない。

ボカロ小説は大半のラノベ読みからラノベとは認められないまま、文芸の方へ去っていった。

2020

この年に放映・配信された小説原作の TV アニメ、ウェブアニメ

『安達としまむら』『池袋ウエストゲートパーク』『痛いのは嫌なので防御力に極振りしたいと思います。』

『インフィニット・デンドログラム』『乙女ゲームの破滅フラグしかない悪役令嬢に転生してしまった…』

『神達に拾われた男』『キミと僕の最後の戦場、あるいは世界が始まる聖戦』『虚構推理』『くまクマ熊ベアー』

『ソードアート・オンライン アリシゼーション　War of Underworld 2nd クール』

『ダンジョンに出会いを求めるのは間違っているだろうか III』『日本沈没 2020』

『八男って、それはないでしょう!』『ふしぎ駄菓子屋銭天堂』『宝石商リチャード氏の謎鑑定』

『本好きの下剋上 司書になるためには手段を選んでいられません 第2部』『魔王学院の不適合者』

『魔術士オーフェンはぐれ旅』『魔女の旅々』『魔法科高校の劣等生 来訪者編』

『もっと!まじめにふまじめ かいけつゾロリ』『モンスター娘のお医者さん』

『やはり俺の青春ラブコメはまちがっている。完』『Re: ゼロから始める異世界生活　新編集版』

『Re: ゼロから始める異世界生活 2nd シーズン』

創刊したレーベル

○ウェブ小説書籍化

オーバーラップノベルス f、スターツ出版ベリーズファンタジー、双葉社 M ノベルス f

関連トピック

KADOKAWA のライトノベル誌「電撃文庫 MAGAZINE」20 年5月号をもって休刊

LINE ノベル、8月にサービスをクローズ。LINE 文庫・LINE 文庫エッジも刊行終了

新型コロナウイルス感染症流行に伴って全国に発令された緊急事態宣言の影響で休店、または営業時間短縮する書店が相次ぐ

2020 年の出版市場が紙＋電子で前年比 4.8%増の1兆 6168 億円（紙 1.0%減、電子 28.0%増）となる。2年連続のプラス成長

乙女ゲームの破滅フラグしかない悪役令嬢に転生してしまった…（一迅社文庫アイリス）

山口悟

二〇一四年七月～一五年三月連載（小説家になろう）
二〇一五年八月～刊行中
TVアニメ第1期二〇年四月～六月、第2期二一年放送予定

打算の隘路と天然の勝利　クソLINEが晒される時代の規範を内面化した悪役令嬢

二〇二〇年五月一六日、文春オンラインが幻冬舎の編集者・箕輪厚介による女性フリーライターに対するセクハラ・パワハラを含むLINEの履歴を公開して話題になった。ハラスメントが許されないことは大前提として、今日では、どんなやりとりもネット上に晒されるリスクがあることを前提に、誰に対しても誠実に振る舞わねばと多くの人に認識させる事件となった。私たちの多くは、すでにそういう規範を内面化して生きている。

二〇年春放送のTVアニメの中でトップクラスの人気を誇った本作『はめふら』もそう感じさせる作品だ。『はめふら』は「乙女ゲームの中でヒロインをいじめ、だいたい最後は非業なる結末を迎える悪役令嬢キャラに転生してしまう」という、なろうの女性向け作品で一三年頃から一大潮流となった、いわゆる「悪役令嬢もの」の著名作品のひとつである。

ただし本作は女性向け恋愛ものとしての要素を極力後退させ、後にも述べるが旺盛なコメディ展開を用意することによって多数の男性読者・視聴者を獲得した。悪役令嬢ものには「後宮もの」的な女性同士の陰湿なマウンティング合戦、貴族間の権謀術数渦巻く勢力争いを描いていくものもあるが、『はめふら』には後宮もの・昼ドラ的な陰険さは薄い。むしろそうした展開を回避するようにカタリナは振る舞っていく。

主人公カタリナ・クラエスの動機は単純明快。「死にたくない！」。本作では中世ヨーロッパ風異世界を舞台にした乙女ゲームの悪役令嬢カタリナ・クラエスに転生していたことに主人公が気付く。八歳の時に盛大に転倒したことをきっかけに、彼女は前世でアニメやマンガ、ゲームが大好きな日本の女子高生だったという記憶を取り戻すのだ。前世でプレイしていたゲームの中では、プレイヤーキャラであるマリアにいじわるをする悪役令嬢カタリナは、さまざまなエンディングのほとんどで破滅（悲惨な結末）を迎える。そんな不幸な未来を避けるため、カタリナとなった主人公は、周囲の人間たちに徹底的に好意的に振る舞う。ゲームでは攻略対象である（マリアと恋仲になる可能性がある）男性キャラクターに対しても、マリアに対しても、それ以外のあらゆる人たちに対して、自分の死亡フラグ（死に至る伏線）を立てないようカタリナは友愛的に振る舞い、奔走する。その姿は時にコミカル、時にサスペンスフル（ゲームでは起こらなかった事件が起こり、その謎を追う）、そして時にハートフルだ。

当初は「死にたくない」という利己的な動機から始まっていたはずが、主人公は自分に死亡フラグを立てないよう各キャラに対し、相手のことを思って振る舞い続けた結果、皆にとって非常に居心地のよい空間ができあがっていく。『幼女戦記』と真逆だが、ここが『はめふら』のポイントだ。カタリナはとにかく楽しそうに振る舞う。カタリナの周囲にいる人間たちは一見すると華やかな美男美女の貴族がほとんどだが、その多くは実は暗い過去があったり、いじめられていたり、身近な人間に劣等感を抱いていたりと、何かしら悩みを抱えている。それに相対するカタリナは、打算的なはずだが打算に見えないくらい天然で行動的（木登りが得意、畑仕事に勤しむ、無数のロマンス小説に耽溺と、悪役令嬢らしからぬボケっぷり）、圧倒的に明るいキャラクターで、誰に対しても気を遣う。そんなカタリナの性格のよさが、みなを癒す。カタリナは八方美人的に振る舞うので性別を問わず皆から愛されるが、本人は「カタリナが誰かに好かれるはずがない」と思っているのか、鈍感キャラを貫く。

『はめふら』世界にはスマホもＬＩＮＥもない（とはいえ魔法はあるから、何かしら記録して晒される可能性がゼロとも言えないだろうが）。しかしそこで描かれるのは現代に生きる私たちに通じる態度だ。元のゲームでの悪役令嬢カタリナは、マリアに対して謀略を巡らせるが、ほとんどのルートでは、結局、悪事が発覚して破滅する。箕輪は「死ぬこと以外かすり傷」と言ったが、人としての道を誤ったカタリナは物理的に死ぬ。それを知っている主人公は、性格良く振る舞う。カタリナの存在は、誠実で思いやりある態度こそがもっとも戦略的で「正解」となる時代を象徴している。どうせ打算的に振る舞うなら、誰かを陥れるより、良いことをした方が結局のところ良い空気になり、多くの人間を幸せに近づけさせることができる、と。

　これはほぼ同時期にオーディション番組『Nizi Project』で話題になったＪＹＰ代表パク・ジニョンが言っていた「真実・誠実・謙虚」を大事にしろ、という考えに通じる。アイドルもスタッフへの態度や過去のいじめ、非行が暴露され、キャンセルカルチャーの対象となりやすい。それゆえカメラのないところでも誠実・謙虚に振る舞わねばならない。

　奇しくも、なろうでもっとも人気のある悪役令嬢もの作品のタイトルは『謙虚、堅実をモットーに生きております！』だ。本作は徹底した理詰めの思考が破滅を招く『幼女戦記』とは表裏の関係にある。

八男って、それはないでしょう！　（MFブックス）

Y・A

一三年六月～一七年三月連載（小説家になろう）
二〇一四年四月～刊行中
TVアニメ二〇年四月～六月放送

あらゆる世俗的な欲望が早々に満たされ、主人公にたいした動機がなくても物語は続く

人は何のために生きるのか。

「なろう」の超長編を読んでいると、ふとそんなことを思うことがある。

無計画（？）に子どもを作りまくっている地方領主の幼い八男として転生した（正確にはその身体に入り込んだ）アラサー日本人商社マンが、その稀有な魔法の才能と現代世界での知識や人生経験を活かして無能な兄や父を押しのけるようにしてのし上がり、領地を広げて開発、ルイーゼやイーナをはじめとするたくさんの美少女を妻にめとっていく、というのが基本的な流れだ。なろう系ではよくあるお家騒動ものであり、領地経営ものである。

なろう系が願望充足的なフィクションであることはしばしば指摘される。もっともエンタメには少なからずそういう要素はあり、現実とは違うものがそこにあるから求められているわけで、程度問題にすぎない。とはいえ「カネがほしい」「異性に好かれたい」「突出した才能や身体能力がほしい」「人に認められたり崇められたりしたい」「ムカつく悪いやつに勝ちたい」……こういった（読者の）欲望を比較的気軽に、気楽に満たしていくことが一部のなろう系の特徴であり、商品価値となっていることは疑いえない。『八男』は『ありふれた職業』『賢者の孫』同様、しばしばなろう系といってイメージされる「ずっと気持ちいい」「ずっと強い」「ネガティブな展開が少ない」ものの典型的な作品だ。

主人公のヴェンデリンは物語序盤で、個人としては一生かかっても使い切れないくらいの莫大な財産を手に入れる。そして彼は思う。

「一生働かなくても生きていけそうだが、それでは人生もつまらないであろう。／何しろこの世界には、ゲームも漫画もネットも存在しないので、物凄く退屈してしまうであろう」と。

ここで彼が挙げるものがゲーム、マンガ、ネットであることは興味深い。世の中にはほかにもいくらでもエンターテインメントがあり、快楽を得る手段があるにもかかわらず、この三つを挙げているのだから。

ゲーム、マンガ、ネットは多くの人間にとって「目標を定め、障害を乗り越えて達成する」という目的論的なものではなく、行為自体を楽しみとするもの、気散じのための娯楽である（もちろんゲーム自体には課題設定――達成のフレームが埋め込まれているし、ゲーマーたちを競わせる仕掛けや大会も数多く存在するものの）。これらの「目的のない快楽」がないと退屈だとする本作もまた、課題や目標のために邁進していく物語ではない。主人公に目的がないまま読者に快楽が提供される物語だ。

ヴェンデリンはその世界でトップクラスの魔法使いから薫陶を受けて能力を伸ばし、しまいにはその師匠まで超えて、その世界で彼を上回る力を持つ存在が事実上いなくなる。物語序盤で古代竜を倒して若くして名声を得て以降も数々の困難を乗り越え、偉業を成し遂げる。領地を豊かにし、広げ、人の上に立つ存在となり、民を救う。兄弟間での争いや戦争に勝つ。政略的な結婚も含めてだが美少女、美女を妻として複数迎え、性愛面でも満たされる。

なろう系ではパーティを追放されることはあっても、文庫ラノベの青春ラブコメとは異なり、「ぼっち」が問題になることは少ない。ヴェンデリンがそうであるように、つねに好意的な人間に取り囲まれているか、あるいは孤独であることを気にしたり、卑屈に思ったりはあまりしない（この点で、大人向けのなろうと、建前を実質崩したとはいえ一応若者向けということになっている文庫ラノベの傾向は異なる）。ヴェンデリンは人間関係でも満たされている。

人の欲望には際限がない——とよく言う。それは一面では正しいが、しかし、食欲にしろ性欲にしろ睡眠欲にしろ、限界はある。満たされれば、ある一定以上はいらなくなる。普通の人間であれば、それはお金や権力、そしていわゆる承認欲求にもあてはまるだろう。本作でも失うことをおそれ、何かを守るために戦うことは生じる。だが、それらのほとんどがなくなっても痛くないくらいに持てる存在になったとき、人は何を望むのか。本当に自分にとって欠くことのできないものとは何か。なろう系の超長編作品では、主人公（や読者）が抱える世俗的な欲求は、物語が進むにつれ、たいがい満たされていく。平凡な人間が普通に生きていては直面することがなく、短編や数時間で読み終わるくらいの長さの長編では描ききることができない、「持てる者になった状態」というものが、描かれることになる。そこに至って、その作家の「地」というか「根」の部分が見えてくる。その作家は、何を求めてやまないのか（なにゆえに、似たようなパターンの作劇をくりかえし描いてしまうのか）。あるいは、この人が失いたくないものとは何か。そういったものが見えてくる。むろん、物語の着地のさせ方にも作家の思想が現れるが、超長編の中盤から終盤にかけてにおいてもまた、見えてくる。はじめから動機がゆるく、あらゆる能力や金銭、人間関係に満たされていた『八男』は、そういうことを考える際の比較対象として興味深い。

魔王学院の不適合者
~史上最強の魔王の始祖、転生して子孫たちの学校へ通う~（電撃文庫）

秋

二〇一七年四月~連載中（小説家になろう）
二〇一八年三月~刊行中
TVアニメ二〇二〇年七月~九月放送

中二病いじりを過去のものにした、突き抜けた魔王が織りなす対ポストトゥルース闘争

主人公は暴虐の限りを尽くしたのち、二千年後に転生を果たした魔王アノス・ヴォルディゴード。口調はいわゆる俺様キャラで、ひたすら強い。目覚めてみると、その世界で使われている魔法のレベルは低下しており、「暴虐の魔王」として知られている者の名前は「アヴォス・ディルヘヴィア」という別人に変わっていた。そんな間違った歴史が語られ、二千年前には存在しなかった「皇族」とそれ以外を厳しく峻別する階層・差別意識がはびこる世の中で、普通の人間の子どもとして生まれたアノスが、本来の暴虐の魔王たる自らの存在を認めさせ、誤った差別意識を取り払うべく行動し、偽物の王の謎を解いていく。

本作序盤では、アノスが圧倒的な強さを見せつけて手向かう連中を蹴散らし「なんだと！」「バカな！」と驚愕されるという俺TUEEE作品では定番の展開が描かれる。文体はまるっきり田中ロミオの『AURA』冒頭に登場する、中二病時代の佐藤が書いた『魔竜院光牙最後の闘い』である。パクリという意味ではなく、あえてやっている節が見られる、ということだ。たとえば学院内での班別対抗戦では、敵対するチームが籠城する巨大な城を物理的に肉体だけでアノスは持ち上げ、ダンジョン探索の試験では魔眼用の対策をしてある壁をやはりアノスは物理的に体当たりでぶち破って進む。アホである。

さらにアノスの転生時点での母親と「アノスちゃんはなにが食べたい？」「そうだな。できれば、キノコのグラタンがいい」とやりとりをしてキノコグラタンに夢中になったり、家にミーシャやサーシャといった女性を連れてくると「配下になれって、なにそれなにそれっ？　そんな不器用な男っぷりを見せつけられたら、女の子はイチコロなんだよぉぉっ！！」「えええぇぇぇぇぇぇぇぇぇぇぇっっっ！！　三人で朝帰りってことおおおおおおおおおおおぉぉぉぉぉぉぉぉぉぉぉぉぉぉぉぉっ！？」と騒がれ、学院ではアノス・ファンユニオンという女性だらけの親衛隊（ファンクラブ）までできる。いったいどこまで本気で書いていて、どこからネタとして書いているのか、よくわからない。

　二〇〇〇年代後半以降、一方でラブコメでは中二病をいじりの対象として扱いつつ、もう一方でバトルものではベタに消費してきた。本作は厨二ぶりを極端なまでに突き抜けることで馬鹿馬鹿しさとかっこよさを同時に達成する（読み手によってどちらを主に取ってもよいように書く）。本作の前では、たいして面白くもない（が、ラノベの新人賞応募作などではしばしば見られる）量産型の中二病いじりは圧倒的に古くさく見える。

　もっともネタなのかベタなのか判別が付かず、思わず笑ってしまう序盤を過ぎると、徐々にシリアスさを増していき、前世の因縁も絡んだ、切実な物語が展開されていく。アノスが遭遇することは、現実世界でも見られるものだ。

　為政者・権力者の手によって歴史・起源が捏造されることは、公文書の改ざんや破棄、記録を残さないことが頻発している日本では身近な問題だし、意図をもって特定の権力者をあしざまに記述することは過去の歴史書でも行われてきた。

　また、アノスはどう見ても実力があるのに、学院内の規定の試験をクリアし、ルールや手続きを踏まえないと認めてもらえない。皇族でないことによってなにかと難癖を付けられ、不正をされる。対するアノスは実力行使のバトルで片付けるのではなく、転生後の世界の中で手続きを意外と重視して進めていくのが興味深い。そんなアノスに共感し、憤りを覚えながら読むこともできるのだが、筆者は逆側のことも考えてしまう。読者はアノスが本物の魔王だと知っているが、転生後の世界の人間たちは知らない。

二千年前の魔王が転生したのだと自称し、「常識」たる皇族とそれ以外の序列を無視するこいつはなんだ？　と感じるのは当たり前だ。そんな存在を、どうやったら認めていけるのか？　歴史を書き換えることは可能なのか？　と。それぞれの人が「自分が正しい」と思っているなかで、組織や社会の変革はいかにして可能なのか、何がボトルネックになり、どうすれば変わってくれるのかを描いた（『盾の勇者』と比すべき）作品としても読める。もっとも、アノスを欺いた側にも深い事情があり、両者の対話が成立する点は、残念ながら現実世界ではなかなかに見られない光景ではある。

　本作で鍵のひとつを握るのは、噂話から生じる精霊の存在だ。存在しなかったものが、語られ、信じられ続けることで存在するようになる。「ウソも百回付けば真実になる」というナチスの手法を思い起こさせるものであり、フェイクニュースや陰謀論がはびこるポストトゥルース社会の比喩として読める（もっとも、作中では必ずしもネガティブな効果だけがあるわけではないのだが）。そしてこれは『デュラララ!!』で描かれていた「最初は遊び半分に作ったものが、創始者の手に負えないほど大きくなってしまう」というダラーズ問題を引き継いだものでもある。ふざけているようでいて、一〇年代後半以降の現実に通じる論点を孕んだ作品だ。

神達に拾われた男（HJノベルス）

Roy

二〇一四年一月～連載中（小説家になろう）
二〇一七年九月～刊行中
TVアニメ二〇二〇年一〇月～一二月

転生によって中年と児童の感覚は重なり、思春期～青年期的な感覚は欠落する

三九歳のオタクのリョウマがくしゃみを四回すると死亡。三人の神のおかげで異世界に転生し、スライムのテイマー（調教師。飼い慣らして使役する存在）としての能力を授けられる。本作の神様はふざけた存在で、転移者として地球と異世界を行き来しており、地球（日本）のアイドルやスイーツ、お好み焼きが好きである。

ところが「くしゃみで死ぬ」はギャグではない。ブラック企業勤務による事実上の過労死である。主人公の前世の父は刀匠で、幼少期の彼に武術を厳しく教えてくれた存在

という、壮絶な家庭出身だ。

前世の人間関係があまりにひどかったためにリョウマははじめほかの人間には目立たないよう、異世界で出会ったスライムたちと過ごしていたが、ある日、人助けをするとその国の公爵一行から、ポーションが作れる、ビッグスライムと契約している、アイテムボックスや錬金術が使えるといったことにいちいち驚かれて賞賛されるというなろう系お約束の持ち上げが発生。

この「褒めまくり」から始まるお約束はソーシャルゲーム／スマホ向けゲーム開始序盤の無双ぶり（ガチャが引ける、資源が膨大にある、敵を圧倒等々）に似ている。これも、ソシャゲ的な快楽をラノベにいかに導入するかという課題に対するラノベの対応と解せる。文庫ラノベも「最初から強い」「いきなりラッキースケベ」は二〇〇〇年代作品でもやっていたが、なろう系はより徹底して主人公を持ち上げることで読者を気持ちよくし、それを読み進めてもらう原動力のひとつにする。

本作には主人公の素直さで周囲の人間を感化していくという『ダンまち』に近い面と、前世であまりにひどい／寂しい想いをしているために切実に良い人間関係を希求するという『無職転生』に近い面がある。公爵家の面々との出会いをきっかけに「この世界ではいい人たちとのつながりがどんどん広がっていく」とリョウマはたびたび感動することになる。裏を返せば前世（＝現世）は善行がまったく報われない社会だと認識しているということだ。リョウマが教会で三人の神に再会すると、公爵家の面々はかつて地球から転移してきた人間の末裔だと教えられたり、ほかにも「ござる」口調の侍がいるが、それも日本からの転移者の影響だったりする――つまり日本人の影響がある世界だとされている。元いた日本は厳しいブラック社会だったが、異世界の日系はいい人だらけという不思議な設定になっている（異世界が「こうであってほしい日本」ということか）。

それにしても本作や『転スラ』をはじめ、スライムを軸にしたウェブ小説は大量に書かれ、マンガにもその影響は波及しているが、二〇〇〇年代までのラノベではスライムはほとんど存在感がなかった。もともと『ドラゴンクエスト』で鳥山明がスライムを丸みを帯びたかわいらしいデザインにしたことで、いかにも液体（粘液）状の化け物といったふうに描かれることが少なくない海外のRPGのプレイヤーたちとは異なり、日本人のスライムへの印象は相当にポジティブなものだったが、一〇年代には過去最大級に小説において好意的な対象になった。なぜか。

二〇〇〇年代までのラノベでは人間（ヒト型の亜人なども含む）以外のものをかわいいと愛でる価値観に乏しかった。戦いと恋愛と笑いに注力する一方、ほっこり、ぷにぷに、もふもふして気持ちいいといった価値観が異性愛以外の文脈で出てきたことはまれである。そういうニュアンスの「かわいい」は従来「女子」的価値観とみなされていた。しかし一〇年代を通じて大人で異性愛者の男性作家・読者も性的な含意が皆無な

「かわいい」を消費するようになった。スライム人気はそうした変化を象徴している。もっとも従来の文庫ラノベの中核読者である一〇代男子にまでその価値観が波及したかといえばおそらく違う。若い読者向けのドーパミン・アドレナリン系恋愛＆バトルと、大人向けのオキシトシン系ほっこりは分かれて並立している。

また、本作でくりかえされる「いい人たちと出会えてよかった！」といった人間関係への（素朴な）感動も、児童文学ではともかく、ラノベや一般文芸では読者にとって価値あるものとしてはあまり書かれてこなかった。本作では神からリョウマが「一一歳の人生を楽しんで」と言われ、子どもの身体に精神が引っ張られるような感覚を覚える。大人としての視点と子どもとしての視点の重なりが描かれている。筆者の個人的な実感に基づいて言うが、子どもができ、いっしょに過ごすようになると、自分の幼少期の出来事や世界の感じ方を思い出す。本作にもそれと似た感覚がある。そこに、中年にさしかかって恋愛への関心が薄れて性欲が減退した大人と、性に目覚めていない子どもの視点が重なる。本作は性的ではないかわいいもの（スライムや子ども）を描き、人間同士の付き合いや「仕事をして感謝される」ことへの感動を新鮮なものとして描いていくが、そこでは中年と児童の感覚が重なり、思春期～青年期的な感覚は欠落している。大人が求めるピュアさを投影した子どもの世界が、ここにある。

くまクマ熊ベアー

（PASH!ブックス）

くまなの

二〇一四年一〇月〜連載中（小説家になろう）
二〇一五年五月〜刊行中
TVアニメ第1期二〇年一〇月〜一二月、第2期放送予定あり

もふもふに包まれた活劇／フェミニズム小説

引きこもりのゲーマーにしてオンライントレーダーとして一生不自由ない財をなした一五歳の優奈は、VRMMORPGの世界に「くまセット」（熊の着ぐるみ）を装備した状態で飛ばされる。かわいい外見のくまセットは、巨大なブラックバイパーやクラーケンといった怪物を軽く蹴散らす破格の性能を持っていた。魔物に襲われた少女フィナを助けたことをきっかけに異世界で冒険者ユナとして生き、孤児院の子どものために養鶏場をつくって自立した生活を送れるようにするなどして、弱者を救っていく。

「なろう」で読むと作者がしょっちゅう「行き当たりばったりで書いた」「思いつきで書いた」とコメントを付けているが、ユナには明確な目的はなく、たしかに「ブラックバイパーに困ってるんだ」「それなら倒しました」「冗談だろ」的な、お手軽にイベントクリアするパターンが連発され、物語は場当たり的に展開していく。

しかし、本作連載開始時点ですでに完成していた「なろう系」の定石を踏んで毎話気持ちのいい展開が用意されており、読者に満足を与える。

この作品の特徴は、くまがもたらす「もふもふ」の快楽と安心感である。モンスター文庫を擁し、なろう系のコミカライズを多数手がける双葉社のマンガアプリ「マンガがうがう」ではランキングのジャンル区分が「異世界／転生」「少年／青年」「少女／女性」「令嬢／もふ」となっている。つまり悪役令嬢と並んで、もふもふは一大ジャンルなのである。本書で取り上げている作品では『異世界放浪メシ』に登場するフェンリルのフェルも「もふ」担当キャラだ。ウェブ小説に限らず、ライト文芸を代表する作品のひとつである浅葉なつ『神様の御用人』（一三年刊行開始）に登場する狐の姿をした方位神・黄金などもモフる対象としての人気が高い。

一般的に、乳幼児から小学生までが読むフィクションでは動物が登場するものが珍しくないが、小学校高学年以上になって思春期に入ると関心は恋愛や友情、親子などの人間関係に移り、動物人気は薄れると言われている。実際、大人向けの一般文芸で動物が活躍したり、動物を愛でることをウリにしたヒット作は、従来そこまで目立つものではなかった。
ところが一〇年代にはジャンル化するほどにふさふさした毛を持つ動物／キャラクターがエンタメ小説ではフィーチャーされるようになった。ラノベでは賀東招二『フルメタル・パニック！』（九八年刊行開始）で主人公・相良宗介が着ぐるみをまとった「ふもっふ」が先駆といえば先駆だが、ふもっふはシリアスな本編とは別途展開する、コミカルな短編で活躍するキャラだった。また、ふもっふのフォロワー的なキャラクターが目立って現れたわけではない。『くま』はくまが活躍するのが本編なのである。くまは異世界でも「なんだこりゃ」とたびたび言われるが、ギャグではない。そして同様のもふもふをウリにしたオキシトシン分泌促進作品が無数に登場したのが一〇年代である。

本作は、もふに包まれた活劇である。すべてが安全安心な状態でスリルを楽しむという、遊園地のジェットコースターのようなものだ。もっとも、世の娯楽の大半は「受け手を脅かさない」ものではあるが、本作は外形的にももはやそのことを隠していない。むしろ積極的に「安心・気楽」であることを露出している。そしてそれは決して否定すべきことではない。ユナは「大人が食えないのは働かない大人が悪い。でも、子供が食べられないのは子供のせいじゃない。大人のせいよ。親がいなければ、周りの大人が助けてあげればいい。だから、子供は助けるし」と言って子どもたちと孤児院を助ける。また、たびたび横暴な男性から女性を守る。つまり大人が子どもを抑圧し、男が女を抑圧するという男性中心主義的な社会から、ユナ＝くまは子どもと女性を救う。本作は、作者や読者が日本に生きる生活者として日々抱いている実感に根ざした、ある種のフェミニズム小説だ。また、異世界への転移以前に家族が崩壊していたユナは、異世界でも「子どもには実父と実母が揃っているのが良い家族」という規範を押しつけない。それでいて孤独を称揚するのではなく、擬似家族的な、それでいてそれぞれが自立した集団形成に寄与する。本作のお気楽さは、なんでも簡単にユナが解決してしまうことのみに起因するのではない。彼女が望み、実現していく社会のありようが、押しつけがましくなく、多様な人にとって居心地のよいものだからだ。ユナは理想像を決して声高に主張しないし、内政仕事は面倒くさいからやらないというスタンスを崩さない。実際、作者はそういうことを書くのは面倒なのだろうし、この作品でそんなことを描かれても読者も読むのがかったるく思うだろう。ユナは自分の目に入った範囲で困った人がいれば助けるし、良い状態をつくろうと行動するだけだ（この点は『八男』や『デスマ』と似ている）。現実社会で子どもや女性、弱者が直面しているのと似たような困難や面倒を、ユナは片付け、ラクな状態まで持っていってくれる。これを「お気楽すぎる」と批判するくらいなら、現実をお気楽なものでない状態にしている社会の体制や価値観を、まず先に批判し、変えていくべきだろう。

YouTube発コンテンツのラノベ化の明暗――VTuber小説と「マンガ動画」小説

ラノベは一〇年代初頭から小説投稿サイト「小説家になろう」発のウェブ小説や、ニコニコ動画上で流行したボーカロイド楽曲を原作にしたボカロ小説を書籍化し、ウェブ発コンテンツからヒット作を生み出してきた。

一〇年代末〜二〇年代初頭においても新たな鉱脈探しは止まっていない。

ここではあまりうまくいかなかったVTuber小説と、ムーブメントに発達する可能性を持つ「マンガ動画」ノベライズを対比させながら、同じYouTube発でも小説に向いたものと向かないものの違いは何かを考えてみたい。

続かなかったVTuber小説

一九年四月、VTuber小説が二冊同時に刊行された。

バーチャルYouTuberまたはVTuberとは、セルルック（2Dアニメ風）3DCGや2Dイラストで構成されたキャラクターの外見をまとい、「生徒会長で美術部員」といった基本設定を持つ、YouTubeや各種生放送配信サービスで活動する人々のことである。ざっくり言えば「見た目を3DCGにして演じているYouTuber」とでも理解しておけばいいだろう。

VTuberは、YouTubeアカウントの登録者数が二八八万人を超えるキズナアイを筆頭に無数に存在し、人気VTuberの所属する事務所《プロダクション》も複数ある。その中でもホロライブ所属のVTuberたちが登場する小説が、カバー株式会社（原著、企画・原案）、兎月竜之介（著）『ときのそらバーチャルアイドルだけど応援してくれますか？』として、また、.LIVE所属者たちが登場する小説が.LIVE（原著、企画・原案）、姫ノ木あく（著）『電脳少女シロとアイドル部の清楚な日常　目指せ学園祭大成功！』として世に出た。

これは、VTuberが話題だと知った角川歴彦が直々に「VTuber小説をやれ！」と編集長クラスにハッパをかけてこの企画が始動したという（この話は複数のKADOKAWAの人間から聞いた）。

ただ、角川会長がどれだけ見通していたのかはわからないが、VTuberを小説化し、作品として成功させるのはアニメのノベライズと比べてはるかに難しい。

VTuberは見た目はマンガ、アニメ、ラノベ的なキャラクターだが、やっていることはYouTuberやタレントに近い（実際、テレビのバラエティ番組にしばしば出演している）。

たとえばHIKAKINやラファエル、東海オンエアなどのYouTuber

またはお笑い芸人たちを登場人物にした小説をただ書いたところで、さほどおもしろくはならないだろう。

彼らの持つ見た目や動き、トークスキルは映像には向いていても文字に向いたものとは限らない。

YouTuberや芸人であることの良さが活かせないのだ。ＶＴｕｂｅｒ小説も本質的に同じ課題を抱えている。ＶＴｕｂｅｒたちを小説の中でいくら絶叫させたところで、動画／生放送でホラーゲームの実況をしながら本気でビビって叫んでいる姿の方がおもしろい。

視聴者がＶＴｕｂｅｒに期待することのひとつはハプニング性や生々しい感情や振る舞い、当意即妙な反応などであり、小説ではそれらは描けない。

また、ＶＴｕｂｅｒがYouTuberと異なる面白さを持つのは、動画や生放送の中で、時としてキャラクターとしての「設定」を超えて「中の人」（演者）が垣間見えるところだ。無茶ぶりや機材トラブル発生によってキャラブレしたり、中の人の素が出てしまったり、演者がキャラクターについてメタ的な発言をしてしまったりするという二重性がおもしろい。

ところが小説『電脳少女シロとアイドル部の清楚な日常』はこれらにあまり配慮されていない。.live所属の「アイドル部」の面々が学園祭で劇やライブを行うまでを描くのだが、ＶＴｕｂｅｒ特有の「ガワ」（見た目）と「中の人」の二重性が小説では描けない。

したがって演劇をやらせても、「キャラを演じている人に、さらに別のキャラクターを演じさせる」という面白さが生まれない。ライブも同様だ。ＶＴｕｂｅｒが得意とし、大きな市場となっている音楽とダンスによるパフォーマンスもまた、文字で表現するのは難しい。

たとえばアイドルものは小説では鬼門である。数少ない成功パターンのひとつは朝井リョウ『武道館』のように小説に得意な心理描写を駆使してアイドルの内面を徹底して掘り下げ、外から見えている華やかさや明るい面と内に秘めているものとの齟齬やギャップを描くしかないが、『シロ』では動画やライブ同様にＶＴｕｂｅｒたちがわちゃわちゃやっている姿が中心で心理描写は少なく、普段見えていない部分が見えるという驚きがない。

一方、『ときのそら』の方は「アイドルとして活動するときのそらの日常」をときのそらと友人A《えーちゃん》の一人称で描いていく。「普段の放送では見えていない部分」が見え、心理描写もある。それから特徴的なのは、終盤にときのそらとえーちゃんがそれまでの活動を振り返る場面を入れていたことだ。これによって、ときの／ホロライブの動画や生放送を視聴してきたファンと作中キャラクターたちとの目線、感情が重なる。動画／生放送というフローの良さを味わってきた人たちに、小説という形式で回顧する場面を作ることで、いつでも振り返られるストックの良さを感じさせることに成功していた――ただし、あとからファンになった人間にはこの手法は通用しない。

いずれにしてもＶＴｕｂｅｒは「生放送や動画、ライブで観たほうがはるかに楽しい」ということを突き崩せず、ＶＴｕｂｅｒ小説はなろう系やボカロ小説のようにヒット作が陸続と現れることにはつながらなかった。

ＶＴｕｂｅｒの運営側にしても、チェックが煩雑なわりによほど売れないかぎり印税がたかが知れている小説より、音楽活動／ライブや継続的に投げ銭がもらえる日々の配信のほうがマネタイズしやすかったこともあるだろう。

ムーブメント化するかもしれない「マンガ動画」小説

二〇年一二月二五日に天乃聖樹・著、もすこんぶ（イラスト、企画・原案）『クラスの大嫌いな女子と結婚することになった。』（ＭＦ文庫Ｊ）が刊行されたが、これが初の「マンガ動画」ノベライズ作品である。また、一二月二八日には三河ごーすと著、原作フェルミ研究所の『人類滅亡して最後の1人になったら？』（KADOKAWA）、二〇年一月二五日には三河ごーすと『義妹生活』（ＭＦ文庫Ｊ）もシリーズ刊行された。

マンガ動画とは、チャンネル登録者数二一五万人のYouTubeチャンネル「フェルミ研究所」がオリジナルのカラーマンガを、セリフに声をあてて制作した動画の演出法を一八年に確立して以降、デジタルコミックの新たな表現形式として一般化したものである。

『クラスの大嫌いな女子と結婚することになった。』はチャンネル登録者数四三・七万人の「漫画エンジェルネコオカ」で二〇年三月に投稿された第一話が三三五万回再生を突破した同名の人気マンガ動画シリーズをラノベ化したものである。小説版刊行が告知された時点から話題となっており、売れ行きも好調だ。

フェルミ研究所は当初、実用・雑学ネタをマンガ風に表現した動画が多かったが、ノベライズされた『人類滅亡して最後の1人になったら？』は完全にストーリーマンガである（動画のPart1の再生数は約六一〇万回）。

漫画エンジェルネコオカはラブコメのストーリーマンガを多数手がけており、『クラスの～』以外にもいくつも人気シリーズがある。

フェルミ研究所やネコオカ以外にももちろんこうしたマンガ動画は無数に存在している（『義妹生活』は「マンガ」というよりノベルゲームやスマホゲームのシナリオパートのようなキャラの立ち絵＋会話表示で展開する動画だが、「アニメ・マンガ動画」と謳っている）。

筆者は、マンガ動画のノベライズはＶＴｕｂｅｒ小説と比べると「いける」のではと考える。

ＶＴｕｂｅｒのファンはＶＴｕｂｅｒに「時間の共有ができるキャ

ラ」は求めていても、虚構度の高い「物語」は求めていなかった。

だがマンガ動画には、一般的なマンガやアニメ同様に、キャラと物語の両方を求める視聴者が付いている。この違いは大きい。

また、マンガ動画では一本数分の動画にコンパクトにまとめるためにスピード感のある演出がなされている。

そして動画で描かれていない（はしょられた）キャラクターたちの心情や、一話と二話の間で何が起こっていたかといった部分を補完するのに、小説というメディアは向いている――これはボカロ楽曲の小説化が一〇年代前半に成功した理由でもある。

『人類滅亡して～』はある日目覚めたらまわりに誰もいなくなっていたサラリーマンが、サバイバル生活をするなかでゾンビと戦う女性と出会う、というゾンビ／サバイバルものだ。

『クラスの～』は、タイトル通り、犬猿の仲の高校生男女が、高校時代にはいがみあっていたが今は想い合っているお互いの祖父と祖母に命じられた結婚・同居生活強制に始まるラブコメ、『義妹生活』は親の都合で義理の兄妹となった高校生が同居しながらフラットな関係から徐々に距離を縮めていくラブコメだ。

いずれも設定、展開ともに比較的ベタだ。

だが、YouTubeのマンガ動画という始まったばかりの新しい器《ハコ》では比較的ベタなものが受け入れられるし、そこに新しい世代が付いているのが二一年現在の状況だ。どんなジャンルも勃興期、黎明期には（多少稚拙であっても）直球なものがうけ、時間とともに作品数が増えて読者も作家も成熟すると、相互模倣によってジャンルの「お約束」が成立する。

と同時に「差別化のための差別化」が起こり、ひねった作品が増え、設定や展開が複雑化していく。そうなると新規ファンを獲得しづらくなる。

なろうも、なろう以外のラノベもすでに成熟しきった段階にある。「マンガ動画」小説はラノベ読者を若返らせ、ジャンルを再活性化させる起爆剤になりうるかもしれないし、あるいは「こんなのラノベじゃない」とみなされて別カテゴリを確立していくことになるのかもしれない。

一〇年代末に生まれた新しい「マンガ動画」文化は、今回の小説化を皮切りに二〇年代にどんなメディアミックスを迎えるのか（たとえば、両作ともに現代ものだからアニメ化だけでなく実写化もありうる）。現状すでに男女問わずファンが付いているが、果たしてどこまで広がるのか。その運動のゆくえが注目される。

2021

この年に放映・配信された＆放送・配信予定の小説原作のＴＶアニメ、ウェブアニメ

『異世界魔王と召喚少女の奴隷魔術Ω』『裏世界ピクニック』『幼なじみが絶対に負けないラブコメ』

『乙女ゲームの破滅フラグしかない悪役令嬢に転生してしまった…（第２期）』

『俺だけ入れる隠しダンジョン』『回復術士のやり直し』『蜘蛛ですが、なにか？』

『現実主義勇者の王国再建記』『弱キャラ友崎くん』

『スライム倒して300年、知らないうちにレベルMAXになってました』『盾の勇者の成り上がり Season2』

『たとえばラストダンジョン前の村の少年が序盤の街で暮らすような物語』『月が導く異世界道中』

『転生したらスライムだった件 第２期』『ひげを剃る。そして女子高生を拾う。』『美少年探偵団』

『魔術師オーフェンはぐれ旅 キムラック編』『無職転生 異世界行ったら本気だす』

『もっと！まじめにふまじめ かいけつゾロリ第２シリーズ』『Re: ゼロから始める異世界生活 2nd シーズン』

関連トピック

20年に公開された映画『鬼滅の刃 無限列車編』が日本の映画興行史上１位となる記録更新を続ける

蜘蛛ですが、なにか？　（カドカワBOOKS）

馬場翁

二〇一五年五月～連載中
二〇一五年一二月～刊行中
TVアニメ二〇二一年一月～六月放送

集団転生して姿を変えた元・高校生たちを描く群像劇（蜘蛛子、最強を目指す）

日本の高校で授業を受けていたクラス全員が次元魔法を食らって死亡、異世界へ転生。大半はヒト型種族に、一部はペットの竜などになるが、主人公は地下迷宮の蜘蛛（通称・蜘蛛子）になり、孤独にモンスターと戦わねばならないサバイバルを強いられる。

カフカ（または芥川龍之介？）的とも言える設定だが、実際に展開される物語は「世界の管理者を倒す」ことを目指して強くなることを目標に、より強い敵を捕食していくという『ドラゴンボール』的なバトルものである（蜘蛛子の動機の単純さは『問題児』に近い）。一般文芸でも蜂を主人公にした百田尚樹『風の中のマリア』などは一応あるが、「なろう」では本作や『転スラ』のように異形の存在に転生したファンタジーもポピュラリティを得て、サブジャンルとして確立されている。なんでも擬人化して神や妖怪にしてきたアニミズムの国らしいと言うべきか。

　そもそもこの作品は『転スラ』を読んだことがきっかけで書き始められたものだというが（『かつくら』二〇一六年夏号、桜雲社、八一頁）、いくつか共通点と相違点がある。本作も『転スラ』も主人公は初期設定では弱そうに見えるが、本作なら蜘蛛の素早さと糸のスキルを駆使し、『転スラ』なら食べた相手の能力を吸収することで徐々にのし上がっていく。一見最弱から始めて最強に転ずるのはラノベ定番の展開だ。ただ『転スラ』とは異なり、蜘蛛子は集団を組成して大きくしていくわけではない。ともあれ、蜘蛛が主人公という企画は普通、商業出版の編集会議では通らないだろう（ウェブ小説が登場する前のラノベならまず、通らない）。こういう作品を作家に書かしめ、無数の読者の目に触れさせた投稿サイトが、サブカルチャーにもたらしたものは大きい。

　この蜘蛛は強いが、かなりのあいだ孤独だ。転生前は家庭崩壊、学校でもぼっちと居場所がなかった主人公は、異世界でもピンで生き抜く。対照的にクラスの面々は異世界で学校に通い出すなど、リア充ぶりを発揮し始める。そこだけ比較すると切なくも感じられるが、蜘蛛子はさびしく思って感傷的になるより、敵をいかに倒すかに夢中だ。

ぼっちであることを気にしない。ダンジョン内で捕食した毒ガエルや巨猿などはだいたいまずく、美食ライフを漫喫する『のぶ』や『異世界放浪メシ』とは一線を画している。むろんその状態がずっと続くわけではないが、ようやく出会えた最初のうまいものはナマズである。

　蜘蛛子たちは明確に何かのゲームの中に転生したとは言われていないが、スキルを使った分だけステータスやレベルが上がることから「ゲームのようだという感覚を抱く。主人公はあるスキルを授かった際に、エドモンド・ハミルトンのSF小説『フェッセンデンの宇宙』よろしく、この世界はどうやら何者かによってつくられたものであり、自分はその登場人物にすぎないのではないかと思い至る。しかも上位存在はひとりではなく、上位存在同士で牽制しあっている。蜘蛛に特別なスキルを授けた、〝邪神〟を自称する「管理者D」は、スマホを使って蜘蛛に語りかける。蜘蛛に転生するという変化球的な始まりながら、本作もまた、ファンタジー文学定番の主題「この世界は何なのか？　何のために存在しているのか？　この私の生きる意味とは？」という「世界の謎」「生の意味」に斬り込んでいく。最強を目指す物語であると同時に、カフカや芥川的な問いも投げかける。

　主人公は成長し、新たな能力獲得に酔いしれる一方、誰かを殺すための力が強くなっていくことに恐れを抱く。この世にひとりしかその称号を与えられない「勇者」になったことに苦悩する転生者の人間も現れる。あるいは、前世は男だったが公爵令嬢に生まれかわり女体に興味を持たなくなる者、その世界の宗教に目覚めて敬虔な信仰を獲得する女子まで登場する。そしてかつてのクラスメイト同士で異なる勢力、異なる種族に属し、徐々にすれちがい、時に対立を深めていくことになる。

人間を含めたあらゆる生物は、遺伝と環境の相互作用で個性を獲得していく。転生ものでは、遺伝子もそのひとを取り巻く環境も持っていけない。引き継げるのは記憶だけだ。だからあたらしい身体と頭脳を手に入れ、生前とは異なる環境、ルールに置かれたキャラたちは、人格がどんどん変わっていく。SF小説が描いてきた心身入れ替えによるラディカルな人格変容を用いて、同じ教室にいた人間たちなのに驚くほど立場・心身によって思考が違うことを描く（ここは『盾の勇者』の主題「複数性」に連なる）。ただ、蜘蛛子は襲われていた人間を助け、回復魔法をかけてやる。転移したあとでは人間を殺してもなんとも思わなくなる『オバロ』とはこの点が異なる――『ゴブスレ』や『ありふれた職業』の項で論じたように「どんな存在なら殺していいのか？」の線引きは一〇年代ラノベでたびたび扱われてきた問題だ。本作はそれぞれに違った個性をもち、様々な思惑と戸惑いに満ちた複数キャラが並行して動いていく群像劇だ。群像劇ラノベは数が少なく、ヒット作はさらに稀有だが、『デュラララ!!』完結の一五年に始まった本作は、一〇年代後半以降を代表する群像劇ラノベのひとつだ。

弱キャラ友崎くん

（ガガガ文庫）

屋久ユウキ

二〇一六年三月～刊行中

TVアニメ二〇二一年一月～三月

人生をゲームと捉えることで必然的に生じる青春ラブコメの自己啓発・ナンパ指南本化

生まれ持ったスペックで人生は決まる。だが自分には学力、容姿、コミュニケーション能力、運動の才能などが何もない――ゲームの才能以外は。格闘ゲーム・アタファミで日本トップのゲーマーnanashi＝友崎はそう思って生きている。

彼がオンラインで対戦していた日本№２のNO NAMEとオフ会をすると、その正体はクラスでは人当たりがよく、勉強も運動もできる女子の日南。持ち前の卑屈さを発揮する友崎に対し「人生というゲームに向き合え」「負けたくせに努力せず正当化する奴が一番嫌い」と説教する日南に感化され、人生がクソゲーかどうかチャレンジする（進んだ女子にくすんだ男子が誘われるという意味で『アクセルワールド』序盤と似た展開だ）。

友崎は、日南という生きる攻略サイトからギリギリ達成可能な課題と助言を提示され、ひとつずつクリアしていくなかでコミュ力進歩、外見変化を実現し、クラスに溶け込んでいく。

人生をゲームにたとえる行為は、少なく見積もって一九六〇年発売の「人生ゲーム」以来あり、「現実なんてクソゲーだ」と語った若木民喜のマンガ『神のみぞ知るセカイ』は二〇〇八年連載開始と『友崎』の一回り昔の時代から珍しくない。ただ『神のみ』や『デアラ』の頃はヒロインを攻略する恋愛ＳＬＧ／ノベルゲームをモデルにしていたが、本作はそのパラダイムから半歩出て、攻略対象を人生に設定する（学力や運動能力などのパラメータを上げないとメインヒロイン藤崎詩織が振り向いてくれなかった一九九四年作のギャルゲー『ときめきメモリアル』に回帰しているふしもあるが）。

そして『俺妹』序盤とは逆で「趣味」ではなく「外見」と「コミュ力」に焦点が当たる。また『俺ガイル』あたりまでそうだったように、抽象化・戯画化された仮想敵でありかつ主人公達が一周してマウンティングする対象として「リア充」を描くのではなく、本作では「リア充ぶりは何からもたらされるのか」が分析され、小分けに学習可能なものとして扱われる。主人公はゲームという趣味を変えずに、リア充を目指す。

二〇〇九年に岩崎夏海『もし高校野球の女子マネージャーがドラッカーの『マネジメント』を読んだら』が刊行されてヒットした頃、ラノベ読者は『もしドラ』をバカにし、ビジネスメディアなどでの「ラノベ風」という形容に対して「別物だ」と反発した。だが本作では、コミュ力開発のための自己啓発・ナンパ指南本めいたノウハウが説かれ、ビジネス書・実用書的な価値観で展開される。それでも読者はラノベとして受け入れている。二〇〇〇年代後半以降の部活ものラブコメでは、何かをしようと目標や課題が提示されるも、ハシゴが外される——目的が達成できない様子をギャグとして描いた。ところが本作では淡々と、まともに目標や課題のステップを踏んでいく。

この傾向は一九年六月からガガガ文庫で始まり『このラノ』２０２１文庫部門で一位となった裕夢『千歳くんはラムネ瓶のなか』（通称『チラムネ』）一巻ではより拍車がかかる。この作品は「〝リア充側〟青春ラブコメ」と銘打たれ、スクールカースト頂点の男子を主人公として「斬新」と言われた——が、なろう系では『賢者の孫』はじめ主人公がイケメン最強のリア充でモテまくるものはざらにあるし、文庫ラノベでも『ＳＡＯ』など「普通にかっこいい主人公」の作品は珍しくない（作者もインタビューで「目新しいヒーロー像を描いたつもりはありません」と語っている。なお裕夢は池波正太郎『男の作法』を読者にすすめており、ここにも池波再評価が見られる。『このライトノベルがすごい！２０２１』宝島社、四八頁、五五頁）。『友崎』の主人公・友崎と指南役・日南の役割が『チラムネ』では逆転し、クラスの中心人物の主人公が、女子にフラれて不登校になった非モテ男子に説教をして脱オタ指南、コミュ力向上や外見矯正に向かわせる。不登校の人間を戯画的に描く手つきは実に不愉快だ。「リア充は周囲から勝手にレッテルを貼られて困っている」と書かれるが、『チラムネ』は不登校への負のスティグマの刻印にためらいがない（ただし『チラムネ』は二巻以降はこの路線から脱して古風な熱血青春小説と化す）。

『友崎』『チラムネ』的な「努力が足りないからクラスに溶け込めない、モテない」という理屈は、新自由主義的な自己責任論だ。背後に個人の努力では避けられない経済・社会・文化的影響があること、後天的に変えがたい個人の発達や適性の差異が存在することを覆い隠す。だが『はがない』のようにそこから「降りる」のではなく「乗る」。これが一〇年代後半以降の青春ラブコメで支持されている。たとえば三河ごーすと『友達の妹が俺にだけウザい』の主人公は無駄が嫌いな「効率厨」で、同人ゲームサークルのメンバーを丸ごと大手企業に就職させるためにある条件を呑む。これも「所与のルールや評価制度の中での最適化」を考えている一例だ。受験やゲーム攻略のように人生でも勝ち組を目指す。それは『賢者の孫』の項で指摘したように、書籍化を目指すなろう系作家の世界とも似ている。『幼女戦記』が示した理詰め・最適化の隘路を辿るかに見える日南とは徐々に道を違えていく友崎がどこに到達するかで本作の評価は変わるが、序盤は往年の『ホット・ドッグ・プレス』的デートマニュアルを思わせる。

たとえばラストダンジョン前の村の少年が序盤の街で暮らすような物語　（ＧＡ文庫）

サトウとシオ

二〇一七年九月～刊行中
ＴＶアニメ二〇二一年一月～三月放送

いじりではなく無自覚なボケと勘違いで笑いを取る、ラブなきコメディ

いかにも「なろう」にありそうな長文タイトルのファンタジーだが、なろう発ではない。ＧＡ文庫大賞優秀賞受賞作の文庫ラノベだ。

タイトル通り、英雄の末裔たちが暮らす猛者揃いの村では最弱の少年ロイド・ベラドンナが、軍人になる試験を受けるべくイーストサイドの魔女マリー――ロイドの村の村長が、彼女の師匠なのだ――の元へ。そこでモンスターに襲われた〝ベルト姫〟こと解除不可能な呪われたベルトを身に付けた少女セレンを助け、解呪の力を持つロイドの持

ち物によって拭かれたことで偶然ベルトが外れ、一発で惚れられてしまう。ロイドは試験を受けるが「使える魔法は？」と訊かれて「雨を降らせることができます！」など規格外なことを言い、答案用紙に落書きにしか見えない古代文字で回答を書いたために無知な試験官に信じてもらえず、まさかの落第。しかたなく軍人志願の学生たちが通う食堂でバイトしながら来年の試験合格を目指すが、セレンをはじめ真の実力に気づいた者たちもいて——というお話だ。

　ロイドは強いが強いという自覚がなく、その振る舞いが読者に笑いをもたらす（いわゆる「俺TUEEE」でギャグをつくるという点では『魔王学院』などと通じている）。たとえばロイドと学校で出会うリホは孤児院出身で、同じく孤児院出身のロールによってミスリルの義手の手術を施されているが、それは聖剣を抜くためのものだ。リホとロールが対決してそのシリアスな過去が読者に明かされるときには、聖剣はとっくにロイドに抜かれている。これまで誰にも抜かれたことのない聖剣が刺さっている村が、聖剣を観光地化してビジネスしているところにロイドが派遣され、あっさり抜いて帰ってきていた——ロイドは「こんな簡単に抜けるものが本物の聖剣なはずがない」と思っていた、というわけだ。

　まじめな展開が脱臼され、ことごとくが誤解と「まさかそんなバカなことがある／そんなやつがいるはずがない」（しかし、ある／いる）などといった思い込みによってすれ違っていく。

勘違いの連鎖で話を進める作品として本書では『幼女戦記』を取り上げているが、他にコメディとしてはたとえば葵せきな『ゲーマーズ！』（一四年〜一九年刊、一七年ＴＶアニメ化）がある。『ゲーマーズ！』では「あいつのあの振る舞いは浮気に違いない」などといった誤解や邪推が生み出す笑いは、恋愛模様を描くために用いられていた。つまり「ラブコメ」だった。

だが本作ではコメディはあってもラブはほぼない。セレンをはじめロイドは女性キャラクターから溺愛されていても自覚がない。主人公は鈍感だがそれでも徐々に恋愛方面に関係性を進展……というのがラブコメでよくあるパターンだが、ロイドの天然ぶりは『ドラゴンボール』の悟空や『ONE PIECE』のルフィレベルで、内面がない。思春期的な恋愛脳や性欲、煩悶がない。何度か書いたように、二〇〇〇年代以降のラノベの人気作は恋愛と笑いと戦いをほぼセットとするドーパミン・アドレナリン刺激小説であり、三つのうちどこに力点を置くかだった。大人向けのウェブ小説ではそこにオキシトシン分泌系ホームドラマ（擬似家族、食、もふ、ほっこり）が加わる。一〇年代後半発の文庫ラノベである本作は、コメディとバトルはあるが、ラブは希薄で、ホームドラマ要素も弱い。『このすば』では、女性キャラは豊富でみなカズマのことを徐々に好いていくようになるものの、二〇〇〇年代ラノベと比べれば恋愛要素は（特に前半は）後退していた。本作はその傾向がより増している。

芸人のマキタスポーツは、ラーメンや音楽、ＳＮＳの「ドンシャリ」化——低音と高音の強調、つまり「バランス良く」よりも「キャラの立った、極端な濃い味付け」が好まれる傾向——を指摘したが、ラノベも同様なのかもしれない。若者がSNSで話題ごとにアカウントを分けて使いこなすことを反映するように、笑いを提供する作品は、本作のようにボケ倒して恋愛要素は後景に退き、一方でラブコメではギャグやバカな展開よりも「糖度が高い」と表現されるベタベタに甘い展開に特化したもの、または思春期の自意識と自尊心・承認欲求にフォーカスした青春ものと分化している、と。ラノベに対していくつかある主要なニーズのうちひとつかふたつのみを明確に満たす作品では、かつてほどひとつのシリーズで広範な読者を獲得することは困難だ。だが一〇年、二〇年前よりコンテンツ量が増え、触れる前から「どんな作品で、何がウリか」を瞬時に受け手に伝えねばならない今日では、バランス型より特化型がウケやすいのは避けがたいのかもしれない。バランスのよい作品に見える『転スラ』ですら、リムルの恋愛模様は描いていない。ただいずれにしろ本作のセールス好調ぶりからわかるのは、一〇年経っても恋愛と比べてこのジャンルの読者の笑いへの需要は衰えていない、ということだ。そして、誰かの属性や行動をいじり、誰かを殴る蹴るといった暴力描写で笑いを取るより、無自覚なボケとそれに対するツッコミで笑いを取っていく健全さは、一〇年代後半以降的なお笑いの感覚だ。誰も傷つけずに笑いをもたらすために、勘違いをして、すれ違う。

スライム倒して300年、知らないうちにレベルMAXになってました（GAノベル）

森田季節

二〇一六年六月〜連載中（小説家になろう）
二〇一七年一月〜刊行中
TVアニメ二〇二一年四月〜六月放送予定

文庫ラノベデビュー作家最大のヒットとなったなろう投稿作はスローライフ擬似家族

森田季節は二〇〇八年にMF文庫Jライトノベル新人賞で優秀賞を受賞してデビュー。文庫ラノベの主流とは言いがたい、一般文芸との境界線上的な作風によって一部の編集者に好かれてラノベや一般文芸で作品を書いてきた。

そんな作家が、なろうに「趣味」で投稿し始めた本作が最大のヒット作となった。文庫ラノベ出身作家がなろうに投稿して書籍化された例は、新木伸、三上康明、三木なずな、安井健太郎など一〇年代後半になると珍しくなくなった（変名、ペンネーム変更も入れれば無数に存在すると言われる。また、元々ウェブで活動して文庫ラノベでデビューした後なろうに投稿している作家に藤孝剛志などがいる）。ただ、ＴＶアニメ化にまで至ったのは二〇年代初頭現在では森田くらいではないか。逆になろうで書籍化デビューした作家が、書き下ろしで文庫ラノベを書いてアニメ化するほどヒットした例はおそらくまだ一作もない（単行本も入れるならば住野よるがいる）。そもそもアニメ化するほど売れること自体が狭き門だが、一〇年代後半以降になってもいまだ文庫ラノベと単行本で一応の客層の線引きがある――接近はしたが、好まれるものの勝手が多少なりとも違う――ことの証左でもあるだろう。

文庫ラノベでは企画が通らなかった（または通らないと作家が最初からあきらめている）作品を、ウェブに出すことで読者が付いてヒットする、ということが普通に起きるようになった。文庫ラノベでは売上的に微妙だった作家が、ライト文芸やウェブ小説で書くと跳ねるという事例ができたことは、一〇年代の小説業界の大きな変化である。

本作では、二〇代社蓄が一七歳の姿の不老不死の魔女アズサとして異世界転生。スローライフを送りながら三〇〇年スライムを倒し続けると、経験値倍増スキルのおかげでレベルが最高になってあらゆる魔法を使えるようになる。そんな魔女の家にレッドドラゴンのライカ、ブルードラゴンのフラットルテ、調剤師ハルカラ、幽霊のロザリー、魔王ベルゼブブ、スライムのシャルシャとファルファ等々がやってきて擬似家族的に楽しい生活を送る。

ドラゴンやスライムといってもみなふだんは人間型の姿をしており、全員女性である。ただいわゆる百合的なものではない（恋愛要素はない）。異世界に男性がいないのではなく、アズサと暮らしたり、主要なイベントに絡んできたりするのが女性しかいないのだ。芳文社の萌え4コマ的な女の子同士のかけあいをなろう系的な異世界ものの味付けをして書いた、ワンエピソードが短い連作コメディ、と言えばいいだろう。

たとえば、身体を小さくする毒キノコの解毒剤を取りに、魔族の土地にある世界樹（一〇八階あるダンジョン）に向かうと、完全に観光地化していてエレベーターがあり、しかし使うとお金がかかるし、野生のモンスターは来訪者に慣れきっている。しかも一〇八階にある薬屋で目当ての品を買おうとすると、アズサたちが見たことがあるものが売っており、某キャラがワイバーンで飛んで納品に来る――そもそも塔にのぼる必要がなかった、といった具合にコミカルな展開の話が、各キャラのボケとともに繰り広げられる（ときどき「家族っていいね」的な感動もある）。

この作品では、労働に対する本音・願望がダダ漏れし、また、世相が反映される。アズサは前世で過労死し、しかも誰かから自分の仕事が認められる前に死んだ。異世界では誰かから「偉い」と言われそうなことを進んですることは避けているが「褒められると嬉しい」と思う。ケンカを売られたので戦って倒したあとライカと同居することになったアズサは、過労死の記憶がリフレインして、家を徹夜で作ろうとするライカを止める。このように働き方改革、ワークライフバランスが完全に実現した世界を描く。

また、アンデッドをやって四〇年のポンデリが「遊び相手がいなくて寂しい」と言うため、ベルゼブブは「魔族の土地に引っ越せ」と言うものの、引越し費用は働かないと手に入らない——しかし働くのイヤだ、というわけで「ゲームで遊んであげる屋」（遊び相手を探している人とゲームでいっしょに遊ぶことでお金をもらう）をやることをアズサは提案する。こういう「遊びを仕事にする」ことは、しばしば「世の中そんなに甘いもんじゃない」などと否定されがちな「好きなことで、生きていく」（YouTubeの広告のフレーズ）的価値観が実現した世界だ。そもそもが「不老不死になったらダラダラ好きに生活したい」から始まる作品であり、アズサは働く必要がないのだが。

本作もオキシトシン系だ。一〇年代後半〜二〇年代初頭の人気作に顕著な、ウェブ発の異世界ファンタジー（単行本ラノベ）における恋愛や性の後退と、擬似家族的な親密さの称揚がある。他方の文庫発ラノベの多くには今も恋愛と性にフォーカスしたラブコメ要素があり、それが高校生・大学生男子から支持されている。二〇〇〇年代までは異世界ファンタジー、現代もの異能バトル、ラブコメは同じ層の読者を対象にした三派鼎立だったが、一〇年代後半以降、客層は分離した。

ひげを剃る。そして女子高生を拾う。

（角川スニーカー文庫）

しめさば

二〇一七年三月～連載中（カクヨム）
二〇一八年二月～刊行中
TVアニメ二〇二一年四月～六月放送予定

性愛からは切り離された、家事とコミュニケーションを担ってくれる女子高生を求めて

結婚生活と恋愛とセックスを三位一体のものとする考えのことをロマンティック・イデオロギーと呼び、フェミニズムのアクティヴィストや一部の社会学者は批判してきた。三位一体のものではないことは、単に概念的な批判に留まらず、今日では、神経科学の発達によってそれぞれに関係するホルモンが違うことが明らかになっている。たとえば愛着や幸福感に関わるのはオキシトシンやバソプレシンであり、恋愛に関わるのはセロトニン（の欠乏）やドーパミン、アドレナリンであり、性欲にはテストステロンが関

わっている。男性は婚約・結婚したり、子どもができると血中のテストステロン濃度が下がりオキシトシン濃度が上がることや、女性が排卵日付近とそれ以外で求める男性のタイプが異なる（排卵日付近にはテストステロン濃度が高い男性を好む）こともわかっている。本書ではラノベがもともと性欲や恋愛感情、つまりドーパミンやアドレナリン、テストステロンに親和的なバトル・ラブコメを中心としたものだったが、一〇年代にはスローライフ、もふもふ、擬似家族といったオキシトシン触発系作品が顕著に台頭したことを指摘してきた。

人間はホルモンの奴隷であり、かつまた、結婚相手と恋愛相手とセックスパートナーをひとりの人間で完璧にこなせるということを、生物としての人類は前提にしていない。したがって不倫や一夫多妻、一妻多夫制度がこの世界からなくなることはない。

KADOKAWAが一六年から運営する小説投稿サイト「カクヨム」に連載された本作では、二六歳のサラリーマン・吉田が二歳上ながら会社で専務（！）を務める上司（役員）の後藤にフラれてやけ酒した帰りに家出少女の沙優と出会い、自室でかくまう生活を始める。沙優は吉田と会う前には幾人もの男にカラダを提供することとひきかえに仮住まいを得てきたが、吉田は沙優にセックスを求めない。代わりに食事や洗濯といった家事を求め、話し相手になってもらう。それを「新婚生活みたいで楽しい」と思う。

この「男は仕事。女は家事」という性別役割分業を前提とし、シャドウワークを女性に担わせるという価値観は、フェミニストなら間違いなく批判するところだ。高校時代に付き合っていた神田先輩に「生でしないの？」と訊かれた吉田が「養えるようになったら」と応えるなど、本作のジェンダー論的問題点はほかにも散見される。

それをさておくならば、注目すべきは吉田が性欲や恋愛感情と切り離して、沙優に日々の生活のパートナーであること、その幸せを求めていることだ（沙優側はそうではなく、比較的早くから吉田を異性として恋心を抱くことが物語上の大きなヤマを作るものの）。

『デスマ』や二〇年の本屋大賞受賞作・凪良ゆう『流浪の月』がそうであったように、ラノベに限らず近年のエンタメ小説では、異性同士が共同生活をしているのに恋愛やセックスが絡まず、といって友達とも形容しがたい関係性を描く作品がまま見られる。

これらのなかでも男性向けの作品に共通するのは「恋愛やセックスはめんどうくさいが、それらをスキップし、自分に好意を持っていて楽しくコミュニケーションが取れる異性がほしい／そういう生活に浸りたい」とか「恋人はいいから、むしろ年頃の子ども（娘）がほしい」といった、作家や読者の潜在的な欲望だろう。

もちろん、結婚相手と子ども（娘）ではまったく違うが、そこが「家族」というくくりでないまぜになったような、どちらとも取れる存在を求めている印象がある（これはなろう作品でしばしば思春期的な性愛衝動が欠落した、大人と子どもの感覚が一体化した男性の子ども／青年の主人公が描かれることとパラレルな現象に思える）。

異性に結婚と恋愛とセックスの三位一体を求めるのではなく、それを別々に処理しながらも、「結婚」部分の伴侶と娘に求めるものはアマルガムを形成している、とでも言えばいいだろうか。そして、だからこそこの一〇年代後半以降的な感覚からすると、小学生ヒロインを性の対象として表象している『りゅうおうのおしごと！』が——言葉を選ばず言えば——古く映る。

　二〇〇〇年代のラノベでは、一〇代男女同士のラブコメ要素は売れるためにはほぼ必須であり、恋愛模様を描くこともソフトエロ要素も好まれた。その後もそうしたニーズは根強いものの、それらを後景に退けた、ないしは「別腹」とした大人／親目線の作品が、かくも人気を得るようになった。二〇〇〇年代半ばの『らき☆すた』『けいおん！』あたりからアニメやマンガでは一般的になった「同性同士（とくに女性同士）で仲良くする」表現のヒット作が一〇年代後半になるとラノベでも遅ればせながら生まれただけでなく、ラノベはついに、本作をはじめ「異性同士のキャラであっても両想いの恋愛関係ではなく、セックスもなく、ただ仲良くしている」表現に至り、それを愛でる鑑賞者を多く得るに至った。

　とはいえこれらのラノベでは、女性は男性に恋愛感情を抱いており、その点では過渡的な表現にも思える。この先、二〇年代ラノベがどこに向かうかは未知数だが、ヒントめいたもののひとつはおそらくこのあたりにある。

あとがき

一〇年代初頭からArcadiaやなろう発のウェブ小説、ボカロ小説が台頭し、ライト文芸がサブジャンルとして独立した。ボカロ小説とライト文芸はラノベとは別物扱いになった（「ライトノベル」が指す範囲は狭まった）一方で、なろう作品はラノベの一部としてみなされるようになった。

なろう系台頭と並行して文庫ラノベでは戦記ブームがあり、一〇年代半ばころまではファンタジーが圧倒的に強かった。一〇年代後半になると文庫ラノベでは現代日本を舞台にしたラブコメが盛り返し、なろうでは異世界転生・転移ではないファンタジーに流行の中心は移行した。

Arcadia・なろう作品は当初単行本で刊行され、従来の文庫ラノベとは判型・売り場だけでなく内容的にも読者の年齢的にも分かれていたが、単行本市場の急成長とヒーロー文庫などのなろう系書籍化レーベルの伸長を目の当たりにした従来の文庫レーベルも、『このすば』ヒットあたりからなろう系の刊行が当たり前になる。このことと、戦記ファンタジーなど本を読み慣れていない中学生には難しい作品の増加などがあいまって、スニーカーやファンタジア等ですら「中高生向け」という建前が実質的に崩れ、社会人が主人公やラブコメラノベにおけるヒロインの作品まで増えていく。

こうした「大人向け」化が進んだことや、恋愛ＳＬＧ的ギャルゲー観残存の古くささ（感覚のズレ）などを要因として本来のターゲットだった中高生が離れ、文庫ラノベ市場は半減した（ただし、単行本と合わせれば小さくなっていない）。

内容的に見ると、従来のラノベは「楽しい」「ネタになる」「刺さる」を主たるニーズとし、バトル・笑い・恋愛を三大要素とした「ドーパミン・アドレナリン系」とも言うべきものだったが、大人が読むウェブ小説では、ほっこり・もふもふ・うまいめしなどを描く「オキシトシン系」作品も台頭した。

前者の流れを汲む文庫ラノベでは二〇〇〇年代に引き続き「シリアスな『世界』と日常のお気楽な『学園』の重ね合わせ」を変奏してきたが、一〇年代には大人の読者も取り込むために知的要素を増したり、時代に呼応するべく社会派的な要素を取り込んだりしたものの、「炎上回避のためのハーレムエンド」が定番化したために「上半身と下半身のリアリティレベルの乖離」がしばしば生じた。

後者のオキシトシン系作品では「目的はないが快楽のある擬似家族もの」「思春期的な強い性愛衝動が剥落した大人と子どもの感覚が一体化した男性主人公」「女性キャラの性愛対象と『娘』扱いへの分離」といった特徴が見られた。

また、いくつかのなろう系からは「『教会』の敵視と欺く神との戦い」を描いた連なりが確認できたし、なろう・文庫ラノベ発を問わず「打算・最適化戦略の隘路と天然の勝利」「オタクとリア充の表象の変化」「池波正太郎再評価」「殺していい対象とは？」といったキーワードで流れを整理できるものもある。

以上が本書の要約であり、一〇年代の売れた作品を並べて見えてきた風景だ。

編集者の小林拓音氏から最初に企画の打診を受けたのが二〇年九月一四日。一〇月二〇日に正式に企画が通り、「一〇年代を振り返る本として二〇年度中に出したい」とのことで、二一年一月三一日締め切り、二月一九日責了、三月刊行というスケジュールが組まれた。

刊行前の本書の宣伝文に小林氏が「ラノベを読めば日本がわかる！」と書いていて「言いすぎだろう」と筆者も思った。しかし、社会派的な要素を表立って描くことの少ないラノベも、世の動きとは無縁ではないのはたしかだ。たとえば一〇年代以降あちこちでフィーチャーされることの増えた「ぼっち」に先鞭を付けたジャンルのひとつがラノベだった。一方で文庫市場の半減という意味では、時代とのズレもあった。

本書は理論的・体系的な著作ではない。ただ、キーワードや問い、図式はいくつか提示したつもりだ。誰かがこの十年あまりの変化をまとめておかないと、時代が下ると流れや感覚が伝わりにくく、見えにくくなりそうだと思って引き受けたが、もちろん一〇年代ラノベに対して本書と異なる視点、切り口や掘り下げ方を採用すれば違う姿が見えてくるだろうし、筆者の見立てが別の人間からすれば的外れに感じるところもあるだろう。本当はこういう本は色々な視点から書かれたものが何冊もあるほうが望ましい。本書が今後の議論につながり、誰かの思考を触発するものになっていれば幸甚だ。一部、手厳しい評価を下した作品もあるが、大前提として筆者は取り上げたすべての作品、作家に敬意を抱いている。

フューチャリスティックなテクノがなぜ荒廃したデトロイトの黒人たちによってつくられたのかを描いたのが野田努『ブラック・マシン・ミュージック』だった。野田氏が編集する『ele-king』の版元からの刊行が決まったときから私なりに必然性を考えた結果、「一見すると享楽的な作品群から社会や時代を読み取った」本書が生まれたと言っても間違いではない。

デスマーチからはじまる異世界狂想曲
『Febri VOL.47』ウェブ小説レビュー、一迅社、2018年

転生したらスライムだった件
「意外と知らない…『転生したらスライムだった件』が常識を超えて「爆発的ヒット」したワケ」『現代ビジネス』講談社、2021年1月30日、https://gendai.ismedia.jp/articles/-/79230

ゴブリンスレイヤー
「人間を殺してはいけないのにゴブリンを殺してよいのはなぜか？『ゴブリンスレイヤー』から考える」『Yahoo!ニュース 個人』ヤフー、2020年2月4日、https://news.yahoo.co.jp/byline/iidaichishi/20200204-00161504/

コラム　やる夫スレ書籍化から見えるラノベとの差異
『Febri VOL.58』ウェブ小説レビュー、一迅社、2019年
「書を捨てよ、ウェブへ出ようFile.18」『小説すばる』集英社、2019年11月号
「小説と原作を比べることで浮かび上がる“やる夫スレ”の批評性」『Yahoo!ニュース 個人』ヤフー、2019年11月1日、https://news.yahoo.co.jp/byline/iidaichishi/20191101-00149098/

本好きの下剋上～司書になるためには手段を選んでいられません～

『Febri VOL.38』ウェブ小説レビュー、一迅社、2016年

コラム　ボカロ小説の第二の波――ヨルシカ、YOASOBI、カンザキイオリ
「ボカロ小説の第二の波ヨルシカ、YOASOBI、カンザキイオリ」『Yahoo!ニュース 個人』ヤフー、2020年9月29日、https://news.yahoo.co.jp/byline/iidaichishi/20200929-00200640/

乙女ゲームの破滅フラグしかない悪役令嬢に転生してしまった…

「『はめふら』とクソLINE流出事件から考える2020年的「正しい生き方」」『Yahoo!ニュース 個人』ヤフー、2020年5月24日、https://news.yahoo.co.jp/byline/iidaichishi/20200524-00179860/

八男って、それはないでしょう！

『Febri VOL.49』ウェブ小説レビュー、一迅社、2018年

魔王学院の不適合者～史上最強の魔王の始祖、転生して子孫たちの学校へ通う～

「『魔王学院の不適合者』が描くのは、実は身近な問題？ 転生した魔王は“間違った歴史”とどう向き合うか」『リアルサウンドブック』blueprint、2020年7月23日、https://realsound.jp/book/2020/07/post-590145.html

コラム　YouTube発コンテンツのラノベ化の明暗――VTuber小説と「マンガ動画」小説
「2020年代、「マンガ動画」小説が大きく盛り上がる可能性」『現代ビジネス』講談社、2021年1月10日、https://gendai.ismedia.jp/articles/-/78865

蜘蛛ですがなにか？

『Febri VOL.37』ウェブ小説レビュー、一迅社、2016年

たとえばラストダンジョン前の村の少年が序盤の街で暮らすような物語
「『たとえばラストダンジョン前の村の少年が序盤の街で暮らすような物語』のボケと勘違いの笑いの現代性とは」『Yahoo!ニュース 個人』ヤフー、2021年1月4日、https://news.yahoo.co.jp/byline/iidaichishi/20210104-00216006/

ひげを剃る。そして女子高生を拾う
『Febri VOL.48』ウェブ小説レビュー、一迅社、2018年

初出一覧

コラム 涼宮ハルヒの変遷『ハルヒ』受容の一七年史

「「涼宮ハルヒ」とは一体何だったのか？17年の歴史を振り返る」『現代ビジネス』講談社、2020年11月25日、https://gendai.ismedia.jp/articles/-/77511

コラム ウェブ小説書籍化の歴史——「異世界転生」前史①九〇年代～二〇〇〇年代前半

「90年代ウェブ小説の書籍化」『Web小説書籍化クロニクル』note、2021年1月19日、https://monokaki.ink/m/mfa7373053aae

これはゾンビですか？

「クリリンのことか？はい、ゾンビです　ライトノベルにはいらない子について」『ユリイカ』青土社、2013年2月号

無職転生

「今度こそはきちんと生き抜く」…超人気作『無職転生』の"圧倒的切実さ"の正体」『現代ビジネス』講談社、2021年1月31日、https://gendai.ismedia.jp/articles/-/79231

コラム ラノベの中学生離れ——中学生市場はなぜ重要なのか

「大人が知らない間に「若者のライトノベル離れ」が起きていた…!」『現代ビジネス』講談社、2020年11月21日、https://gendai.ismedia.jp/articles/-/77046

冴えない彼女の育て方

「冴えカノ劇場版『冴えない彼女の育て方Fine』はとにかく加藤がかわいかった」『Yahoo!ニュース 個人』ヤフー、2019年10月27日、https://news.yahoo.co.jp/byline/iidaichishi/20191027-00148495/

ダンジョンに出会いを求めるのは間違っているだろうか

「今からアニメに秒で追いつく！マンガで読む『ダンまち』シリーズの世界」『WHAT's IN? tokyo』ソニー・ミュージックエンタテインメント、2020年10月15日、https://tokyo.whatsin.jp/612555

とんでもスキルで異世界放浪メシ

『Febri VOL.40』ウェブ小説レビュー、一迅社、2017年

Re:ゼロから始める異世界生活

「「死に戻り」とは「告解」であるーー『Re:ゼロから始める異世界生活』のテーマを考察」『リアルサウンドブック』blueprint、2020年8月11日、https://realsound.jp/book/2020/08/post-599455.html

コラム 韓国ウェブ小説の衝撃

「韓国でも「異世界転生」が流行している？韓国ウェブ小説の衝撃」『現代ビジネス』講談社、2020年9月21日、https://gendai.ismedia.jp/articles/-/75645

ようこそ実力主義の教室へ

「『ようこそ実力主義の教室へ』が圧倒的に支持されるワケハイパー・メリトクラシー化した学校空間を描く巧みさ」『リアルサウンドブック』blueprint、2020年12月30日、https://realsound.jp/book/2020/12/post-683452.html

告白予行練習

「中高生女子に支持され続けるボカロ小説HoneyWorks『告白予行練習』シリーズの魅力とは」『Yahoo!ニュース 個人』ヤフー、2020年1月15日、https://news.yahoo.co.jp/byline/iidaichishi/20200115-00158815/

コラム 有料課金モデルを試みたLINEノベルはなぜ終わったか

「LINEノベルはなぜ成功しなかったのか？新たな小説投稿サイトが勝ちにくい理由」『リアルサウンドブック』blueprint、2020年7月10日、https://realsound.jp/book/2020/07/post-583406.html）

飯田一史（いいだ・いちし）

青森県むつ市出身。中央大学法学部法律学科、グロービス経営大学院MBA修了。出版社にて小説誌、カルチャー誌、ライトノベルの編集者を経てフリーランスのライターに。マーケティング的視点と批評的観点からウェブ文化や出版産業、マンガ、アニメ、児童書等について取材＆調査して解説。寄稿先に現代ビジネス、Yahoo!ニュース個人、リアルサウンドブック、新文化、monokaki、日刊サイゾーなど。単著に『いま、子どもの本が売れる理由』『マンガ雑誌は死んだ。で、どうなるの？』『ウェブ小説の衝撃』、共著に限界研編『21世紀探偵小説』『ポストヒューマニティーズ　伊藤計劃以後のＳＦ』、山川賢一・奥村元気編『Fate/Plus 虚淵玄Lives 解析読本』ほかがある。

ライトノベル・クロニクル 2010 − 2021

2021年3月24日　初版印刷
2021年3月24日　初版発行

著者　飯田一史

装丁　神戸太郎
編集　小林拓音（ele-king）

発行者　水谷聡男
発行所　株式会社Pヴァイン
〒150-0031
東京都渋谷区桜丘町21-2 池田ビル2F
編集部：TEL　03-5784-1256
営業部（レコード店）：
TEL　03-5784-1250
FAX　03-5784-1251
http://p-vine.jp

発売元　日販アイ・ピー・エス株式会社
〒113-0034
東京都文京区湯島1-3-4
TEL　03-5802-1859
FAX　03-5802-1891

印刷・製本　シナノ印刷株式会社

ISBN　978-4-909483-87-4